KB114462

십자성-건왕의 검 6

허담 新무협 판타지 소설

초판 1쇄 찍은 날 § 2016년 3월 10일
초판 1쇄 펴낸 날 § 2016년 3월 17일

지은이 § 허담
펴낸이 § 서경석

편집책임 § 박가연
디자인 § 신현아

펴낸곳 § 도서출판 청어람
등록번호 § 제387-1999-000006호
등록일자 § 1999. 5. 31
어람번호 § 제2-2643호

주소 § 경기도 부천시 원미구 부일로 483번길 40 서경B/D 3F (우) 14640
전화 § 032-656-4452   팩스 § 032-656-4453
http://www.chungeoram.com
E-mail § chungeorambook@daum.net

ISBN 979-11-04-90692-3 04810
ISBN 979-11-04-90503-2 (세트)

十字星

십자성

전왕의 검

6

불타는 성(城)

허담 新무협 판타지 소설

FANTASTIC ORIENTAL HEROES

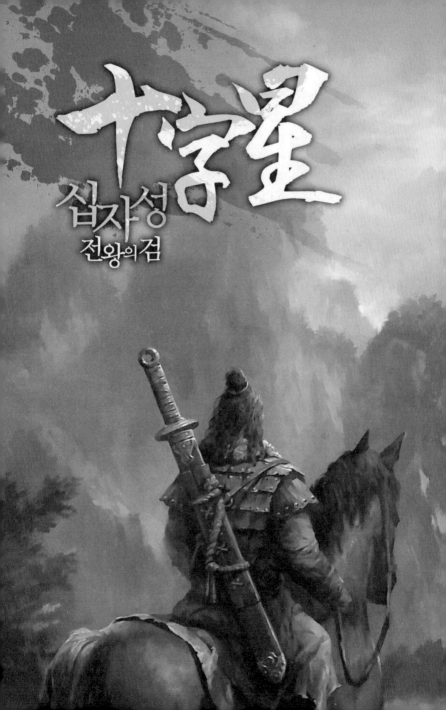

十字星

십자성

전왕의 검

目次

제1장
봉산(封山)

그자가 갑자기 왜?

모악의 입에서 의천노공이란 말이 나왔을 때 두려움과 함께 떠오른 의문이었다.

염화마군 철륵도, 지왕종문의 소주 우다문도 대체 왜 우서한이 지금 사람을 보내 지왕종문을 휘저었는지 짐작할 수 없었다.

그가 두려운 사람이고, 언젠가는 넘어야 할 산이라는 것은 알고 있었지만 적어도 지금까지 그는 지왕종문의 강호행에 대해 어떤 반발이나 제약도 가하지 않고 있었다.

두 사람은 월문을 알고 있었다. 그것도 아주 잘 아는 사람들이었다.

그래서 월문이 그들에게 주어진 업(業), 신비롭고 위대하며 근원적인 두려움을 일으키는 그 문(門)을 지키는 일 외에는 세상사에 관여치 않는다는 것을 알고 있었다.

또한 그들은 북두회의 숨은 실력자 묵안노 혹야 마한이 월문 출신임도 알고 있었다. 그리고 그가 누구보다도 세상일에 깊숙이 관여하고 있는 것도 분명했다.

그러나 그는 법황은커녕 월문의 신비한 법술(法術)의 정수를 제대로 배운 법사가 아니라는 것이 염화마군 등의 판단이었다.

월문의 정통 법사, 법황의 정통 제자라면 결코 마한과 같은 행동을 할 수 없기 때문이었다.

물론 방계의 월문 문도라도 경계는 해야 하지만 그렇다고 싸움을 피할 정도로 두려운 존재도 아니었다. 그래서 이들은 지왕종문을 만들어 묵안노 마한이 움직이는 북두회와 천하를 다툴 생각을 했던 것이다.

그 싸움에서 이겨 천하를 손에 넣은 이후에야 만나야 할 사람이 의천노공 우서한이었다.

그런데 오늘 우서한은 그들이 전혀 예상치 못한 시점에 지왕종문의 일에 관여했다.

그래서 의문이 들었다.

도대체 왜 지금?

"아무래도 이골마족 때문인 듯싶습니다."

의문이 산처럼 쌓여 생각의 길을 막을 때, 그 돌덩이를 치워줄 사람은 역시 법사 모악밖에 없었다.

"이골마족… 그 다섯 놈 때문에?"

우다문이 되물었다.

"그렇습니다. 우리가 천의비문의 의원을 데려와 하려 했던 일이 단지 소주님과 형제들을 치료하는 것만이 아니라는 것을 알았던 것 같습니다. 검은 사자들의 시간 동안 그는 월문의 법황이라는 신분을 가진 자로서는 견디기 힘든 시간을 보냈다지 않았습니까?"

"그랬지. 그 도도한 월문의 법황들은 언제나 자신들이 모든 자의 머리 위에 있는 존재라고 생각하는데, 전마에게 삼 년을 복종했다니 견디기 힘들었을 거야."

우다문이 고개를 끄떡였다.

그러자 염화마군 철특이 말했다.

"문제는 그가 어떻게 내가 이골마족을 데려온 것을 알고 있었느냐는 것이다. 그들 다섯은 변방을 뒤져 데려온 자들, 그가 어찌 그들의 존재를 알 수 있었겠는가?"

염화마군 철특의 질문이 모악에게 향했다. 그러자 모악이 가볍게 한숨을 쉬며 말했다.

"후우… 그건 곧 그가 우리가 아는 것보다 훨씬 무서운 존재라는 뜻이겠지요. 그의 눈이 우리 곁에 아주 가까이 있다는 말이 아니겠습니까?"

"으음……."

염화마군 철특이 나직하게 침음성을 흘렸다. 이 대답이야말로 그가 가장 듣기 두려웠던 대답이었다.

"그가 있는 곳이 월하선봉이라고 했지?"

우다문이 불쑥 물었다.

"그렇습니다."

염화마군 철륵이 대답했다.

"이렇게 된 이상… 내가 그를 한번 만나볼까?"

"안 됩니다, 소주!"

염화마군 철륵과 모악이 동시에 소리쳤다. 마치 우다문이 지옥으로 뛰어들겠다고 말한 것같이 놀란 두 사람이다.

"낄낄, 두 사람답지 않게 뭘 그렇게 놀라? 나쁘지 않은 방법이잖아?"

"그런 말씀 마십시오. 그를 만나면 그는 절대 소주님을 보내주지 않을 겁니다."

염화마군이 말했다.

"그럴까?"

"분명 그럴 겁니다."

염화마군이 확신했다.

"내 생각은 조금 다른데……."

"……?"

"내 몸을 보고도 그가 우릴 경계할까?"

"그건……."

염화마군 철륵이 말꼬리를 흐렸다.

"날 보여주면 아마도 시간을 벌 수 있을 거야."

"소주……!"

염화마군이 탄식했다.

"그들은 말이야, 결코 자신들의 업에서 벗어나지 못해. 그가 이곳에 사람을 보냈다는 것은 우리가 단순히 이골마족과 천의비문의 의원들을 데려왔기 때문만은 아닐 거야. 아마도 그는 우리가 과거 전마가 했던 일을 답습할 거라 생각했겠지. 그 목적의 끝이 월문의 문(門)에 있다고 생각한 거야."

"아무래도 그렇겠지요."

모악이 고개를 끄떡였다.

"그럼 그 의심을 지워주면 돼. 내 몸을 보여주고 내가 부탁을 하지. 우리가 이 땅에서 살아갈 수 있는 기회만 달라고."

"그렇다고 해도 그는 적어도 소주님을 잡아둘 것입니다."

"죽이지는 않아도 말이지?"

"예, 그는 주도면밀한 사람임이 분명합니다. 또한 세상 사람들은 의인이라 말하지만 외려 냉혹한 면이 있겠지요. 모든 월문의 문주는 그러했으니까요. 더군다나 그간의 행적을 보면……."

"음… 몇 할이나 될까?"

우다문이 물었다.

"칠 할 이상입니다."

모악이 대답했다.

"그래? 그럼 정말 위험한 방법이군. 당장을 쓸 방도가 아니야."

"그렇습니다. 설혹 그가 소주님의 부탁을 들어준다 해도 그만한 대가를 요구할 것입니다. 아마도… 그는 소주님을 자신의 사람으로 쓰려 할 겁니다."

"충실한 사냥개로 말이지?"

"그렇습니다."

"알았어. 이 수는 최후의 수로 생각하지. 지금은 그저 그의 경고가 먹혀들었다는 것만 알려주면 되겠지."

"어찌 말입니까?"

염화마군 철륵이 물었다.

그러자 우다문이 눈살을 찌푸리며 말했다.

"마군에게는 고통스런 일이 되겠지만, 지왕종문의 문을 닫고 대혈산을 봉산(封山)하자고!"

"봉문을 한단 말입니까?"

철륵의 눈에서 열기가 흘러나왔다.

그는 선천적으로 타고난 전사다. 전사의 심장은 싸우지 않으면 스스로를 파괴시킨다. 그러니 염화마군 철륵에게 봉문은 죽음이나 마찬가지였다.

"한 오육백 일 정도만 참아봐."

"……?"

철륵이 무슨 말이냐는 듯 우다문을 바라봤다. 그러자 우다문의 눈빛이 갑자기 서늘해졌다.

"내 피를 알지?"

우다문이 물었다.

"어찌 성스러운 신화지혈을 잊겠습니까?"

철륵이 대답했다.

"좋아. 그럼 날 믿지 말고, 내 피를 믿어봐. 적어도 이 년이면… 난 신화지왕이 되어 있을 거야."

"이곳은 신화지(神火地)가 아니지 않습니까? 오직 불의 성에서만 가능한 일인데……?"

철륵이 의아한 표정으로 물었다.

"방법이 있어. 좀… 문제가 있는 방법이기는 하지만. 위험한 면도 있고……."

"무슨 방법입니까?"

"우리가 직접 이곳에 신화지를 재현하는 것이지."

"그게 가능할까요?"

"쇠를 녹이는 정도의 열로 사방 십 장의 열지(熱地)를 만들고 그 열기를 백 일 동안 이어지게 한다면 가능한 일이지."

"음… 그건……."

간단한 문제가 아니다. 쇠를 녹이는 열기를 백 일 동안, 그것도 십 장의 넓이에 유지할 수 있을 거라 자신할 수 없었다.

"위험한 것은 무엇입니까?"

모악이 침착하게 물었다.

"두 가지가 있어. 하나는 이 몸으로 그 열기를 감당하지 못할 경우. 내가 비록 신화지혈을 가진 몸이지만 지금은 그 힘을 쓸 수 없으니까. 두 번째는… 열기가 부족할 경우. 내 본원지기를 끌어내야 하는데 그렇게 되면… 알지?"

우다문이 염화마군을 보며 물었다.

"무림에선 주화입마라 부른다더군요."

"본원지기를 잘못 끌어내면 난 한 줌의 재가 되고 말 거야. 물론 성공해도 본래 내가 원하던 경지에는 이르지 못하겠지. 몸을 보호하면서 지왕의 경지에 도달하는 것은 어려운 일이니까. 그럴 경우 성공해도 칠 할 정도겠지."

"그 정도만으로도 이 세상에서 소주님을 당할 자가 없을 겁니다."

철륵이 대답했다.

"월문의 법황도?"

"그, 그건……."

"후후, 그것 봐. 그래선 안 된다고. 어떻게든 완벽한 경지를 만들어내야 해. 전마도 그에게 당하지 않았는가."

"그렇긴 하지만… 적어도 칠성의 경지만 이루신다면 그를 상대할 방도를 만들어낼 수는 있을 겁니다. 지금처럼 그를 두려워할 필요는 없다는 것이지요."

이번엔 모악이 말했다.

"그래? 하긴 내겐 법사 그대가 있으니까. 그댄 월문의 무공에 대해 누구보다 잘 알고 있으니……."

"꼭 그런 것은 아니지요. 정통에 이르지 못했으니까요."

모악이 쓸쓸한 표정으로 고개를 저었다.

"아! 그렇군. 미안해. 내가 아픈 곳을 건드렸군. 그래서 그대가 불의 성으로 아버님을 찾아온 것인데 말이야. 가만, 그러고 보니 어쩌면 그자도 그대와 비슷한 경우가 아닐까?"

"누구 말씀이십니까?"

모악 대신 철특이 물었다.

"그 묵안노 마한이란 자 말이야. 사실… 북두회의 일을 주도하는 마한의 뒤에 의천노공이 있다고는 믿기 힘들어. 의심이 간단 말이야. 법황의 체면이 있지. 그의 지시로 하는 것이라기엔 영 하는 짓이 조잡해……."

"그렇군요. 그 가능성을 생각지 못했습니다. 둘 사이에 문제가 있을 수도 있겠군요."

염화마군 철특이 눈빛을 번뜩였다.

"그럼 우리에게도 기회가 있을 겁니다."

모악은 자신의 아픈 곳을 아무렇지도 않게 후벼 파는 우다문이 마음에 들지 않았지만 또한 우다문의 말이 무척 중요하다는 것을 간과하지는 않았다.

"좋아, 좋아. 어찌 됐든 문제는 있지만 시도해 보자고."

우다문이 철특에게 동의를 구했다.

"알겠습니다. 명대로 하지요. 그런데 백일연공에 오백 일 봉산은 과하지 않습니까?"

철특이 물었다.

"앞뒤로 준비할 시간이 필요하니까. 다시 세상에 나갈 때는… 누구에게도 시간을 주고 싶지 않아."

"알겠습니다."

철특이 고개를 숙이며 대답했다.

　　　　　*　　　　　*　　　　　*

"그래서 네가 원하는 건 뭐야?"

설루가 물었다.

"글쎄……."

적풍이 점점 넓어지는 강줄기를 보며 대답을 미뤘다.

대혈산을 탈출한 적풍 일행은 격류를 벗어난 후에는 육로를 이용해 장안을 지나 황하까지 내달렸다.

추격자는 없었다. 이상한 일이기는 했지만 더할 나위 없이 좋은 일이기도 했다.

그렇다고 장안에서 휴식을 취하지는 않았다. 장안은 여전히 북두회와 지왕종문이 팽팽하게 대치하고 있는 상황이어서 쉬기에 적당한 곳이 아니었다.

대신 일행은 그곳에서 다시 배를 하나 빌려 타고 황하를 따라 하류로 내려가고 있었다.

여행은 벌써 십여 일이나 계속되었고, 이젠 거의 막바지에 이르러 있었다.

여행하면서 적풍과 설루는 지난 세월 서로에게 있었던 일들을 이야기했다. 아마도 적풍이 누군가에게 그렇게 많은 말을 할 수 있다는 사실을 알았다면 십자성의 고수들은 크게 놀랐을 것이다.

적풍은 십 년 동안 하지 못한 말을 모두 하려는 듯 설루에게 자신의 일들을 끊임없이 이야기했다.

그러나 무슨 일인지 적풍의 이야기가 길어질수록 설루의 표정이 어두워졌다.

그 어두움이 적풍이 겪은 과거의 고통 때문만은 아닌 것은 확실했다.

설루의 얼굴에 점점 그늘이 지기 시작한 것이 삼 일 전부터였다. 그리고 오늘 적풍이 대혈산까지 설루를 구하러 가게 된 여정을 모두 설명했을 때 설루가 한 질문이었다.

적풍이 진심으로 원하는 것이 뭐냐고.

적풍은 예상치 못한 설루의 질문에 쉽게 대답하지 못했다. 그 자신조차도 과연 자기가 원하는 것이 무엇인지 확실하게 알지 못한다는 것을 깨달았기 때문이었다.

어떤 때는 설루만 찾으면 세상 사람들이 모르는 한적한 곳으로 가 조용히 몸을 숨기고 살아가고 싶은 생각도 있었다.

그러다 또 어느 순간 자신이 가진 힘이 몸속에서 꿈틀댈 때는 십자성의 고수들을 이끌고 천하를 질타하고 싶은 욕망이 들끓었다.

어느 것이 자신이 진심으로 원하는 삶인지는 그래서 그조차도 확신할 수 없었다.

"십자성을… 떠날 수는 없겠지?"

설루가 물었다.

"그건 어렵겠지."

적풍이 대답했다. 그렇게 대답해 놓고 보니 애초에 설루를 구한다 해도 그녀와 함께 강호를 떠나는 것은 불가능한 일이기도 했다.

"복수심만은 아니길 바라."

설루가 말했다.

그러자 적풍이 살짝 아미를 모았다가 대답했다.

"복수라… 하고 싶기도 하지. 해야 할 것 같기도 하고. 그러나 이 싸움은 좀 더 원초적인 문제의 싸움이야."

"원초적인 문제?"

"그래."

"그게 뭔데?"

"생존!"

적풍은 설루와 대화를 하면서 스스로 답을 찾아냈다.

사실 그 답은 오래전부터 알고 있었던 것이다. 단지 십자성의 세력이 천하의 패권을 다툴 만큼 커지는 과정에서 간혹 그가 왜 도검을 들고 십자성을 세웠는지 잊을 때가 있었던 것이다.

"생존?"

"음, 애초에 목적은 그것 하나였어. 지금도 물론 그게 가장 중요한 목적이야. 신혈족으로서 살아남는 것! 그게 우리 신혈족들에겐 가장 중요한 가치인 거지. 그걸 위해 천하를 얻기 위한 싸움을 해야 할 만큼!"

"그렇구나. 생존은… 양보할 수 없는 문제지. 그런데 그 방법이 오직 천하를 상대로 한 싸움뿐일까?"

"지금으로선 그래. 십자성이 강호에 군림하게 되면 그 그늘

아래서 신혈족도 안전하게 살아가겠지."

"가능할까?"

설루는 걱정스러운 모양이었다. 그도 그럴 것이 싸워야 할 곳이 북두회나 지왕종문이라면 걱정하지 않을 수 없었다.

이번에 적풍이 지왕종문에 들어가 사람들을 구해 오기는 했어도 여전히 지왕종문은 강력한 무림의 패자였다.

"가능하고 아니고는 문제가 아니야. 해야 할 일이라는 거지. 아직도 그들의 사냥은 계속되고 있고, 북두회나 지왕종문은 신혈족을 천하의 패권을 장악하는 도구로 쓰려 하고 있어. 천의비문 역시 그 때문에 희생되고 있지. 그러니 이 일을 하지 않을 수 없어."

적풍의 말에 설루가 말없이 고개를 끄떡였다. 그런 설루를 보며 적풍이 물었다.

"왜, 내 생각과 달라?"

"아니, 그냥 걱정이 될 뿐이야. 하지만 그만두라고도 못 하겠네. 대안이 없으니까. 하지만 두 가지는 약속해 줘."

"말해봐. 뭐든!"

"첫째… 가능한 네 아버지의 길을 가지는 말아줘."

자신을 버리지 말라는 뜻이다.

전마 적황이 유하와 적풍을 버리고 떠난 그 일을 되풀이하지 말란 의미였다.

"그런 일은 없어."

적풍이 단호하게 말했다.

"둘째, 언제나 너나 나나 혹은 또 다른 누군가가 신혈족이 안전하게 살아갈 수 있는 다른 방법을 찾는다면 그땐……."

설루가 말꼬리를 흐렸다.

적풍도 입을 닫았다. 문득 적풍의 마음속에 이건 약속할 수 없는 일이란 생각이 들었다.

그가 때때로 느끼는 군림의 욕망은 사실 그조차도 절제하지 못할 때가 있는 본능이었다.

"어려운 일이야?"

설루가 적풍의 표정을 보며 물었다.

"노력해 보자."

"어려운 일인가 보구나."

"미안하지만 이건… 본능의 문제야. 이 피는 싸움을 좋아하는 것 같아."

적풍이 우울한 표정으로 말했다.

"그래도 난 네가 그 본능을 이겨낼 수 있다고 믿어. 지금은 노력한다는 정도의 답으로 만족할게."

"나도 한 가지 부탁할 게 있는데……."

"말해봐."

설루가 미소를 지으며 대답했다.

"앞으로 어떤 일이 있어도 날 떠나지 않을 거지?"

순간 설루는 적풍의 눈에서 두려움을 느꼈다. 마치 그녀가 떠나면 세상에 오직 그 하나만 존재할 것 같은 고독함에 대한 두려움이었다.

"걱정 마. 무슨 일이 있어도 네 곁에 있을 거니까."

"그럼 됐어. 그것으로 난 충분해."

"아무튼 조심해. 사부님을 따라다니며 보니까 세상엔 참 괴상하고 강한 자가 많더라고."

"걱정 마. 오직 한 사람을 제외하고는 누구도 날 해칠 수 없으니까."

"오직 한 사람이라면… 역시 의천노공?"

이미 적풍의 과거 행적을 모두 들은 설루는 적풍을 위협할 단 한 사람을 쉽게 생각해 냈다.

"응!"

"그렇게 강한 사람이야?"

"아버지를 죽였으니까."

적풍은 묵묵히 대답했다.

그런데 이상하게도 아버지 전마 적황을 죽인 사람에 대해 말하면서도 적풍의 눈에는 적대감이 없었다.

이상한 일이었다. 애초에 신혈족의 생존을 위해 싸우겠다는 말을 할 때의 적풍은 전의에 불타는 눈을 하고 있었다. 그런데 오히려 아버지를 죽인 자에 대해선 적대감이 없는 듯 보이는 것이다.

"그를… 좋아하는구나?"

설루가 예상치 못한 질문을 던졌다.

"응?"

"의천노공 말이야."

"무슨 소리야? 아버지를 죽인 사람인데……."

적풍이 말도 안 된다는 듯 고개를 저었다.

"그거 알아? 너에게 나타나는 그 신혈의 기운 중에 가장 특별한 것은 전의(戰意)라는 거. 내가 두려워하는 것도 바로 그 싸움에 대한 본능적인 몰입이야. 물론 살기와는 다르지. 살기는 죽음을 원하는 거니까. 하지만 네가 지닌 그 전의, 혹은 투지는 순수한 기운을 가지고 있어. 죽이고자 함이 아니라 강한 것을 증명하려 한다고 할까? 두렵기는 하지만 살기처럼 거부감이 드는 것은 아니야."

"그래서 그게 내가 그 노인네를 좋아한다는 생각과 무슨 상관이 있는 거지?"

"북두회나 지왕종문에 대해 말할 때 네게서 전의가 느껴져. 당장에라도 검을 들고 그들과 싸우러 갈 사람처럼 말이야. 그런데 의천노공에 대해 이야기할 때는 그런 전의가 느껴지지 않아. 그건 네가 그에 대해 너도 모르는 호감을 가지고 있다는 의미가 아닐까?"

설루의 말을 들으며 적풍은 내심 흠칫했다.

자신조차 종잡을 수 없었던 의천노공 우서한에 대한 감정을 설루를 통해 명확하게 깨달은 것이다.

'그 늙은이를 내가?'

부정하고 싶지만 부정할 수 없는 기분이 든다. 그런데 그러다가 문득 적풍이 희미한 미소를 지었다.

"뭐야, 그 웃음은? 마치 날 비웃는 것 같은데?"

설루가 화난 듯 물었다. 아마도 천하에서 적풍에게 이런 식으로 말할 수 있는 사람은 설루가 유일할 것이다.

"두 가지 사실이 날 즐겁게 하는구만!"

적풍이 늙은이처럼 말했다.

"혼자만 즐기지 말고 내게도 좀 나눠주지? 두 가지나 된다면."

설루가 농으로 적풍의 말을 받았다.

"하나는 설루 너 때문이고, 다른 하나는 누군가를 생각했기 때문이지."

"자세히 말해봐."

설루가 적풍의 말을 재촉했다.

"내 마음을 읽어내는 너를 보니 대견한 마음이 들어. 우린… 이제 나이가 먹은 것 같지?"

"십 년이 넘었으니까. 네가 변한 만큼 나도 변했지."

설루는 적풍의 말이 조금은 우울한 모양이었다.

"그러지 마. 내 말은 지금 네 모습이 마음에 든다는 뜻이니까."

적풍이 말했다.

"그래? 기쁜 소리네."

"눈이 밝아진 것 같아. 세상을 보는 눈이."

"글쎄… 난 사실 조금 더 혼란스러워진 것 같은데……."

설루가 자신 없는 투로 말했다.

"보이는 게 많으니까 혼란스럽다고 느낄 수도 있겠지. 하지만 어쨌든 보이는 게 많다는 것은 현명해진다는 뜻이기도 하니까. 그리고 그렇게 또 시간이 흐르면 그 혼란스러움도 정리될 거야. 그때가 되면… 넌 정말 무서운 여자가 되어 있겠지."

"후후, 그러니까 내게 잘하라고!"

"알았어."

적풍이 미소를 지으며 대답했다.

"그럼 이제 다른 사람에 대해 말해봐. 널 기분 좋게 만든 사람이 의천노공은 아닌 것 같은데……."

"내게서 의천노공에 대한 적대감을 느끼지 못했다고 했지?"

"응."

"그 이유를 알았어."

"그래? 대체 이유가 뭐지? 네 아버지를 죽인 사람인데……."

설루가 호기심이 동한 표정으로 물었다.

"그건 그의 제자 때문인 것 같아. 허소월이라는 아인데… 아, 이젠 아이가 아니겠네. 스물은 넘었을 테니까. 아무튼 난 그 아이와 제법 가까웠어. 의천노공과 내 아버지의 원한 따위는 사실 두 사람의 문제인 거고, 소월과 내게는 별개의 문제였으니까."

"하지만 그는 월문 법황의 제자야. 결국 너와 싸우게 되지 않을까?"

"나도 사실 그게 두렵기는 해. 다른 사람은 몰라도… 의천노공이라 할지라도 싸울 수는 있어. 승패는 확신할 수 없지만. 하지만 소월은……."

"그를 조심해야겠구나."

설루가 정색을 하며 말했다.

"응?"

적풍이 당황한 표정으로 되물었다.

허소월을 조심해야 한다는 말은 그렇게 갑작스럽고 당황스런 것이었다. 그러자 설루가 검지손가락으로 가볍게 적풍의 가슴을 찔렀다.

"웃! 왜 이래?"

갑자기 가슴을 찔린 적풍이 설루의 손을 잡으며 물었다.

"내가 널 기습했다면 넌 막지 못하겠지?"

"그야… 설마! 소월이 날 공격할 수도 있다고 생각하는 거야?"

"응."

설루가 망설이지 않고 대답했다. 너무 확신에 찬 설루의 대답에 오히려 적풍의 말문이 막힐 지경이다.

"왜……?"

적풍이 겨우 한마디 질문을 던졌다.

"그는 결국 월문의 법황이 될 테니까. 의천노공이 네 아버지를 공격한 것은 월문의 법황으로서 그에게 주어진 업(業)을 수행하기 위해서였다며. 그럼 소월이라는 그 아이 역시 월문의 업을 수행하기 위해 널 공격할 수 있다는 거지. 그리고 넌 그 아이에게 호감을 가지고 있으니까 방심하게 될 거야. 마치… 네 아버지가 의천노공을 경계하지 않았던 것처럼……."

"음……."

적풍이 나직하게 침음성을 흘렸다.

설루의 말은 기우가 아니었다.

그런 일이 일어날 가능성은 농후했다. 월문의 법황으로서의 허소월과 그의 나이 어린 친구로서의 허소월은 전혀 다른 존재다.

막상 허소월이 자신을 향해 파마시를 쏘아대면 적풍은 반격할 수 있을까?

자신할 수 없는 일이었다. 이상하게도 허소월에게는 적의가 생길 것 같지 않았다. 그냥 웃으면서 그 아이의 손에 자신을 맡겨 버릴 것 같은 생각이 드는 적풍이었다.

그러자 문득 허소월이 두려워졌다.

"그런 일이 일어나면 날 생각해."

적풍의 귀에 시원한 물 한 모금 같은 목소리가 들렸다.

"응?"

적풍이 설루에게 되물었다.

"그 아이가 혹시라도 널 공격한다면 날 생각하라고. 그럼 전의가 생길 거야."

"음……."

해답은 늘 가까운 곳에 있다.

지켜야 할 사람이 있다는 것은 그 어떤 이유보다도 큰 동기가 된다. 그건 원한보다도 강한 힘을 내는 법이다.

"그래, 그럼 되겠네."

"어때, 내가 정말 소중한 사람이지?"

"내겐 제일이지."

"그리고 한 가지 더 알아둬야 할 게 있어."

"뭐지?"

적풍이 되물었다.

설루의 말이라면 언제라도, 그 무엇이라도 들어줄 각오가 되어 있는 사람 같았다.

"그자를 보았지?"

"누구?"

"지왕종문의 소주라는 자!"

"우다문?"

"응. 그자를 경계해야 해."

"그래? 대단찮아 보이던데?"

"지금은 그렇지. 하지만 그가 만약 그의 본래 힘을 모두 되찾는다면 그는 의천노공과도 대적할 수 있을 거야."

"그렇게 대단한 자였나?"

"비밀이 많은 자들이야. 무림을 떠나 있던 자들은 분명한데 어디서 살았는지 알 수는 없더라고. 어디서 도망쳐 나온 사람들 같기도 하고."

"그런 자들을 도망치게 하는 자들이 있다는 사실이 무섭군."

"그러게 말이야. 그런데 또 이상한 건 누군가의 추격을 두려워하지는 않는다는 거였어."

설루가 고개를 갸웃하며 말했다.

확실히 이상한 일이었다.

지왕종문을 세운 철륵과 그의 동료들이 누군가에게서 도주해 중원에 온 것이라면 필시 추격자들을 걱정해야 하는데 추격자에 대해선 전혀 걱정들을 하지 않는다니 기이한 일이다.

"누굴까? 대체 어디서 왔을까?"

"사부님은 천축을 이야기하시더라고."

설루가 말했다.

"천축?"

"응. 그 땅에는 신비한 사람들과 종파들이 많이 있으니까."

"하긴 그럴지도……."

적풍도 고개를 끄떡였다.

그때 갑자기 쿠샨이 선실을 벗어나 두 사람이 있는 갑판으로 달려왔다. 평소와 다르게 그의 표정이 조금 상기된 것처럼 보였다.

"무슨 일이오?"

적풍이 다가온 쿠샨에게 물었다.

그 모습을 보며 설루는 자신의 남자가 참 기이하다고 느꼈다. 그녀를 대할 때와 그녀 이외의 사람을 대할 때 적풍은 완전히 다른 사람 같았다.

"지왕종문이 성의 문을 닫고 대혈산을 봉쇄했답니다."

"그게 무슨 소리요?"

"봉문(封門)에 들어간 것이지요. 대혈산 역시 봉산(封山)되었습니다."

"봉문을? 대체 무슨 생각이지?"

적풍이 고개를 갸웃했다.

봉문을 한다는 것은 지왕종문이 강호에 이룩해 놓은 모든 세력을 포기한다는 의미가 된다. 그렇게 되면 천하는 북두회의 세상이 될 것이고, 종국에는 북두회의 고수들이 대혈산으로 몰려가 지왕종문을 멸살하고 말 것이다.

비록 적풍이 대혈산에 들어가 그들에게 혼란을 주었다고 해도 지왕종문의 근간이 흔들리는 것은 아니었다.

그러니 그런 이유로 그들이 선택한 방법이라면 최악의 수라고 할 수 있었다.

"분명 다른 속셈이 있을 거야."

설루가 말했다.

"그렇긴 한데 짐작할 수 없군. 강호의 세력을 포기하면서까지 그들이 얻을 수 있는 게 있을까?"

"모르는 게 많은 자들이니까."

"후우… 또 다른 변수인가?"

적풍이 가볍게 한숨을 쉬었다.

그러자 쿠샨이 입을 열었다.

"성에서 향후 행보를 묻고 있습니다. 지왕종문이 강호에서 물러났으니 그 자리를 차지해야 하는 것 아니겠습니까? 늦으면 북두회가 모든 것을 얻게 될 것입니다."

"황하 이남을 중심으로 취하라 하시오."

"알겠습니다. 그리고… 성으로 돌아가시겠습니까?"

"아니오. 들를 곳이 있소."

"하지만 이런 상황에선……."

"걱정 마시오. 이득을 취하는 데는 나보다 두 노인네가 훨씬 능숙할 테니까."

사부 유령마군 사혼과 마도충을 말하는 것이다.

"그렇군요. 하면 어디로 갈까요?"

"야문의 스승을 만나러 갑시다."

적풍이 말했다.

"그럼 저들은……?"

쿠샨이 선실 쪽을 보며 물었다. 그곳엔 지왕종문에서 데리고 나온 다섯 명의 신혈족과 천의비문의 의원들이 머물고 있었다.

"그들을 위해 만든 거처요."

"알겠습니다."

쿠샨이 고개를 숙여 보이고는 적풍 앞에서 물러났다.

"야문의 스승이라면 그 고력이란 사람?"

쿠샨이 물러가자 설루가 물었다.

"음."

"그가 만든 장소가 있어?"

"천불동으로 가기 전 그에게 신혈족이 머물 수 있는 장소를 마련해 보라고 했었지. 아마 지금쯤이면 완성됐을 거야."

"다행이야. 그들이 안심하고 머물 곳이 있어서……."

"언젠가는 그런 장소가 필요 없게 되어야지."

적풍이 대답했다.

일행은 나흘을 더 내려가 배에서 내렸다. 그곳에서부터는 걸어서 닷새를 더 여행했다.

숲과 강을 건너고 깊은 계곡을 지나는 여행이어서 누군가 그들의 뒤를 쫓고 있다 해도 도저히 목적지를 알 수 없는 그런 여행이 계속됐다.

그러다가 갑자기 이해할 수 없는 일이 벌어지는 것을 깨달은 순간 일행은 걸음을 멈췄다.

"진(陣)이군요."

쿠샨이 말했다. 그는 일행 중 가장 날카로운 눈을 가진 사람이다.

쿠샨의 말을 듣고 나서야 일행은 그들이 거의 반나절 동안 계속해서 같은 장소를 반복해 돌고 있었다는 것을 깨달았다.

"장난이 심하군."

적풍이 쓴웃음을 지으며 말했다.

"진의 위력을 직접 주군의 눈으로 확인하길 바라는 모양입니다."

"그래도 반나절은 심한 것 아니오?"

"후후, 그렇긴 하지요."

쿠샨이 가볍게 웃음을 흘렸다.

그러자 적풍이 주위를 돌아보며 소리쳤다.

"파진(破陣)하는 것을 보고 싶다면 그렇게 하겠소. 물론 그럼 당신의 일이 늘어나겠지만 말이오!"

적풍의 목소리가 숲을 타고 멀리까지 퍼져 나갔다.

"누구에게 말하는 거야?"

설루가 어리둥절한 표정으로 물었다.

"우리가 온 것을 알고 있을 테니 어딘가에서 지켜보고 있겠지. 하지만 주인을 대하는 수하의 태도로는 너무 불경하지?"

"네가 그의 주인이라고?"

야문의 스승 고력에 대해서는 설루도 알고 있었지만, 그가 적풍을 주인으로 모시고 있다는 이야기는 하지 않은 적풍이었다.

"난 싫은데 그 스스로 그렇게 자처하더군."

"주군께서 그리 말씀하시면 이 늙은이는 서운하지요."

적풍의 말이 끝나자마자 숲 저쪽에서 속삭이는 듯한 목소리가 들렸다.

"스스로 수하를 자처하면서 주군에게 이런 대접을 하는 것이 더 문제 아니겠소?"

적풍이 말했다.

"그야 제가 한 일을 주군께 보여 드리기 위함이었지요."

한순간 거짓말처럼 숲 한가운데 고력이 나타났다.

그는 변해 있었다.

'이자가 회춘을 한 건가?'

적풍이 신기한 표정으로 고력을 바라봤다.

항주의 야문에서 고력은 거의 죽어가는 늙은이의 모습이었다. 바싹 말라서 손에 물잔 하나 들 힘도 없어 보였었다. 등과 허리는 굽어 얼굴이 어깨 아래에까지 내려와 있기도 했었다.

그런데 오늘 적풍 앞에 나타난 고력은 비록 주름이 가득한 얼굴이기는 하지만 두 다리로 꼿꼿하게 대지를 밟고 서 있었다.

더군다나 골격이 변한 것처럼 머리가 다시 어깨 위로 올라가 있었다. 변하지 않은 것은 그의 마른 몸 정도였다.

피부도 예전처럼 푸석하게 시들어가던 피부가 아니었다. 비록 뼈에 바싹 붙어 있었지만 그의 몸에서는 생기가 돌았다.

"변했구려."

"좀 변했지요. 괜찮아 보이십니까?"

고력이 되물었다.

"영약이라도 드셨소?"

"하하, 좋은 것을 많이 먹기도 했지요. 그러나 제가 변한 것은 그 때문이 아닙니다."

"그럼 어떻게 회춘하셨소?"

"회춘까지야… 사람은 늙어도 할 일이 있어야 한다는 말이 맞더군요. 이곳에서 세상 그 누구도 뚫을 수 없는 절진을 만들다 보니 어느새 몸과 마음에 생기가 돌았습니다. 그러다 보니 나도 모르게 이렇게 좋아졌습니다. 그러니 따지고 보면 이 모든 것이 제게 일을 맡겨주신 주군의 덕이지요."

그러나 적풍은 이자가 말한 것이 전부가 아니라는 것을 알고 있었다. 그래서 여전히 수하를 자처하는 고력이 부담스런 적풍이었다.

"봅시다."

고력이 변한 이유를 끝까지 들을 생각은 없었다.

그가 말하기 싫다면 굳이 강요할 필요가 없는 일이다. 그만큼 그와 거리를 두면 그뿐이기 때문이었다.

적풍의 질문이 이어지지 않자 오히려 고력이 실망한 표정을 지었다.

"주군께선 여전히 매정하시군요."

"말하고 싶을 때 말하시오. 지금은 집 구경부터 합시다."

"알겠습니다. 차차 말씀드리지요. 자, 이제 조심해서 절 따라오십시오. 자칫하다가 길을 잃으면 환영에 시달리게 될 것입니다. 모두들 조심하시오."

고력이 적풍을 따라온 자들에게 주의를 주고는 앞서서 길을 열기 시작했다.

제2장
북십자성

적풍을 따라온 신혈족들이 허탈한 표정을 지었다.

그 대단한 진을 통과하면서 그들은 내심 안락한 잠자리와 풍족한 먹을거리, 그리고 세상으로부터 격리된 안전한 거처가 그들을 기다리고 있을 거라 기대했었다.

그러나 그들의 눈에 들어온 풍경은 실망을 넘어 당황스럽기까지 했다.

"이게 뭐야?"

지왕종문을 탈출한 신혈족 다섯 명 중 가장 젊은 이위령이 당황한 마음을 입 밖으로 뱉어냈다.

이위령은 창을 쓰는 자로, 본래는 사냥꾼으로 살던 사람이었다. 신혈족답게 특별한 재주를 가지고 있었는데, 사람들이 바람의 귀라 부를 만큼 뛰어난 청력을 지니고 있었다.

자신은 십 리 밖 호랑이 기척도 들을 수 있다고 했지만, 그게 사실인지는 확인할 방법이 없었다. 그러나 어쨌거나 그가 뛰어난 청력을 지니고 있는 것은 분명했다.

눈을 감고도 날아오는 도검의 위치를 정확하게 파악할 수 있는 정도의 청력이 있음은 이미 뇌옥에서 궁백 등이 확인한 사실이었다.

그래서 그의 의형제들이 붙여준 별호가 풍신이다.

"여기서 살라는 것이오?"

궁백도 허탈한 표정으로 적풍에게 물었다.

그러나 적풍도 지금의 상황이 당황스럽기는 마찬가지였다. 어디에도 사람이 살 수 있는 곳이 존재하지 않았다.

그의 눈에 보이는 것은 산처럼 쌓아놓은 목재와 석재, 그리고 풀이 무성한 사방 일백여 장의 공터였다. 그 공토 뒤쪽으로 흐르는 작은 개울, 그리고 다시 개울 뒤로 십여 장의 풀밭을 지나 마주하게 되는 거대한 절벽이 그의 눈에 들어온 전부였다.

다행히 기온은 온화했다. 노숙은 할 수 있는 장소라는 뜻이다.

그러나 본래 사람이란 하늘을 가리고 벽을 쌓아 바람을 막고 살아야 하는 존재다.

그런데 근방에서 집의 모양을 한 곳은 찾을 수 없었다.

"어찌 된 거요?"

적풍이 고력에게 물었다. 그러자 고력이 어깨를 으쓱하며 대답했다.

"이 정도면 괜찮지 않습니까?"

"대체 어디서 살라는 겁니까?"

처음 입을 열었던 이위령이 고력에게 물었다. 그러자 고력이 손을 들어 풀밭 위에 쌓여 있는 목재와 석재들을 가리키며 말했다.

"자네들이 살 집은 자네들이 지어야지. 설마 이곳에 구중궁궐이라도 있을 거라 생각했나?"

"완성되었다고 하지 않았소?"

다시 적풍이 물었다. 그는 분명 그런 전서를 받고 이곳으로 온 것이었다.

"진은 완성되지 않았습니까?"

"왜 거처를 짓지 않은 거요?"

이 땅 주변에 절진을 펼치는 와중에 사람을 시켜 집을 지을 수도 있었을 것이다. 그런데 고력은 그리하지 않았다. 적풍은 반드시 그 이유가 있을 거라 생각했다.

"진시황이 여산에 자신의 무덤을 만들 때, 그는 그 일에 투입된 인부들, 그중에서도 릉 안에 기관진식을 만든 자들은 일이 끝난 후 모두 죽였지요. 죽은 후 릉 내로 도적이 침입해 자신의 시신을 훼손하는 것을 막기 위해서 말입니다. 제겐 진시황과 같은 잔혹성은 없습니다."

"그러니까. 이곳의 비밀을 지키기 위해서였다는 말이오?"

"그렇습니다. 사실… 여기 살 사람이 몇이나 될지도 모르는 일이고. 그리고 적어도 이곳에 정착하려면 자기가 살 집은 자기 손으로 지어야 한다는 게 제 소신이기도 합니다."

고력이 정색을 하며 말했다.

생각해 보면 고력의 판단이 옳을지도 모른다. 이 땅이 신혈족을 위한 땅이라면 세상에서 가장 비밀스런 곳이 되어야 한다. 그러기 위해서는 한 사람의 목수를 쓰는 것조차 조심해야 하는 것이 당연했다.

"이곳을 중심으로 사방 십여 리에 외진을 만들었습니다. 그일 또한 저와 다른 두 아이가 한 일이지요. 그러니 이 안에 집지을 여유가 있었겠습니까? 집이야 살 사람들이 지어야지요."

"다른 두 사람은 누구요? 혹⋯⋯?"

"짐작하시는 그 아이들입니다."

"이곳에 있소?"

"그렇습니다."

"어디 있소?"

적풍이 정색을 하며 물었다. 그가 심중에 두고 있는 사람은 야문십이흑선 중 비밀에 싸여 있는 십일선과 십이선이었다.

그 둘은 야문이 멸문의 위기에 처했을 때를 대비해 비밀스럽게 길러온 인물들이었다. 적풍 역시 아직 이야기만 들었을 뿐 그들을 만나지는 못하고 있었다.

그리고 그것이 적풍으로 하여금 고력을 온전하게 신뢰하지 못하게 하는 이유기도 했다.

"주군의 거처에서 기다리고 있을 겁니다."

"내 거처?"

"설마 하니 주군의 거처조차 만들지 않았겠습니까?"

고력이 미소를 지으며 말했다.

"가봅시다."

적풍이 서둘렀다.

그러자 고력이 고개를 끄떡인 후 일행을 데리고 실개천이 흐르는 절벽 쪽으로 이동했다.

두 남녀가 보였다. 나이는 이제 갓 스물은 넘은 것 같기도 하고, 혹은 그보다 훨씬 많을지도 모른다는 생각이 들기도 했다.

적풍이 그렇게 생각한 것은 그들의 얼굴과 눈이 어울리지 않기 때문이었다.

그들의 얼굴은 이제 갓 피어나는 젊음을 나타내듯 화사해 보였다. 아이 때조차도 이런 화사함을 가지고 있는 사람이 드물 것 같은 얼굴이었다.

그런데 그들의 눈은 달랐다. 그들의 눈은 수십 년 강호를 종횡한 듯 깊고 노련해 보였다.

한편으로는 한 줄기 서늘함도 지니고 있었는데, 그건 곧 이들의 과거가 결코 녹록치 않았음을 말해주고 있었다.

고력이 일행을 데려간 곳은 개울 넘어 십여 그루의 소나무가 기이한 형태로 가지를 얽고 있는 곳이었다.

그 뒤로 수직의 절벽이 솟아 있었는데, 그 절벽에 소나무에

가려 밖으로 드러나지 않는 동굴이 있었다.

소나무 뒤쪽에서부터 동굴까지는 잘 다음은 귀한 돌길이 있었고, 동굴 입구에도 화려하지는 않지만 값비싼 향나무로 짠 문이 달려 있었다.

그뿐 아니었다. 동굴 위쪽으로 여러 개 작은 문이 달려 있었는데, 그건 아마도 동굴 안에 있는 석실들로 빛을 끌어들이기 위해 만든 창문일 터였다.

적풍은 이 석동을 보는 순간 고력이 사실은 그동안 얼마나 많은 심력을 기울여 이 장소를 만든 것인지 단번에 알 수 있었다.

그리고 그곳에서 그 이질적인 얼굴과 눈빛을 가진 두 남녀를 발견했던 것이다.

"어서 오십시오, 성주님!"

고력은 적풍을 주군이라고 불렀다. 그런데 그가 키워온 이 두 명의 흑선은 적풍을 성주로 불렀다.

그 의미는 분명했다. 고력은 어떨지 몰라도 이 두 사람은 적풍을 자신의 주군이 아닌 야문과 협력 관계에 있는 십자성의 성주로 대하겠다는 의미였다.

물론 그야 아무 상관없는 일이기는 했다. 결국 이 두 사람을 움직이는 사람은 그 누구도 아닌 고력일 테니 말이다.

"이들이오?"

자신에게 인사를 하는 두 남녀를 보며 적풍이 고력에게 물었다.

"그렇습니다. 이 아이는 고월송이라고 하고 십일선입니다. 그리고 이 아이는 이령이라 부르고 십이선이지요."

고력이 두 사람을 소개했다. 남자 쪽이 고월송이고 여자 쪽이 이령이다.

"그런데 나이가 어떻게 되오?"

적풍이 처음부터 궁금했던 것을 물었다. 그의 물음에 그를 따라온 신혈족들과 천의비문의 의원들도 호기심을 드러냈다. 그들도 이 두 사람의 나이를 종잡을 수 없었던 것이다.

"둘 모두 스물한 살입니다."

고력이 대답했다.

"역시 그렇구려. 그런데… 참 특별한 눈을 가졌소."

적풍이 말했다. 정확히 말하자면 늙은 눈이라는 해야 할 것이다.

"그렇지요? 아마도 제법 고단한 수련을 해왔기 때문일 겁니다."

고력이 대답했다.

"그동안은 어디에 있었소?"

"고려 땅에 탐라라는 섬이 있습니다. 그곳에 있었습니다."

"탐라라면 원이 대목장을 만든 섬인데……."

쿠샨이 옆에서 중얼거렸다.

"맞소. 잘 아시는구려."

"왜 그곳까지……?"

이해가 가지 않는 일이었다.

물론 이 두 사람을 사람들의 눈에서 숨기고 싶어 한 것은 알고 있지만 그렇다고 그 먼 고려의 섬까지 보냈다는 것이 쉽게 이해가 가지 않았다.

"애초에 이 아이들 고향이 그곳이라서……."

고력이 쿠샨의 물음에 대답했다.

"탐라 출신이란 말이오?"

쿠샨이 되물었다.

이 둘이 그곳에 사는 사람들이었다면 대체 이들이 어떻게 야문의 사람이 될 수 있었단 말인가.

"맞소."

"그럼 어떻게……?"

쿠샨이 되물었다.

"뭐, 조금 복잡한 인연이긴 하지만 아마 내 옛 선조가 누구인지 들어 아실 것이오."

"알고 있소."

쿠샨이 고개를 끄떡였다.

고력의 선조가 그 옛날 신적인 두뇌를 가졌다고 알려졌던 전설의 천기자란 사실은 이미 적풍에게서 들은 터였다.

"본래 천기자 조사는 해동 탐라에 그 뿌리가 있었소. 천기자께서 중원으로 나올 때 가문 거의 전부가 중원으로 이동했으나 여전히 그곳에는 조사의 피를 이은 사람들이 남아 있소. 그래서 본 문의 문주들은 적어도 십 년에 한 번은 그곳에 들르는 것이 전통이오."

"무슨 말인지 알겠소이다. 그곳에서도 인재를 찾는구려."

쿠샨이 고개를 끄떡였다.

그러자 지금껏 두 사람의 이야기를 듣고 있던 적풍이 물었다.

"그럼 이 두 사람이 섬을 떠나 중원으로 온 것은 나 때문이오?"

"반드시 그렇지는 않습니다. 본래 스물이 넘으면 출도를 시키려 했었습니다. 마침 그 기회가 닿은 것이지요. 나도 믿고 일손을 거들 사람이 필요했고……."

고력의 대답에 적풍이 고개를 끄떡이고는 고월송과 이령에게 말을 건넸다.

"그간 수고했소."

"아닙니다. 외려 노야께 가문의 전통 비술을 배울 시간이 되었습니다."

가문의 비술이란 곧 천기자의 기관진식을 말하는 것이다.

"도움이 되었다면 다행이오. 그런데… 둘 중 누가 신혈의 피를 가졌소?"

지난 날 고력은 야문십일선과 십이선 둘 중 하나는 신혈의 피를 가졌었다고 말했었다.

"접니다."

이령이라 불린 여인이 대답했다.

"그럼 본래 탐라 출신은 아니겠구려?"

"어려서 노야께서 데려가셨었지요."

이령이 차분하게 대답했다.

"자자, 서로 내력을 아는 것은 잠시 뒤로 미루시고, 안으로 드시지요?"

고력이 두 사람 사이에 끼어들며 적풍을 동굴 쪽으로 인도했다.

동굴 안은 중앙의 너른 대실(大室)과 그와 연결된 다섯 개의 작은 석실로 이뤄져 있었다.

마치 벌집처럼 만들어진 석실들은 향나무로 가구들을 짜 넣어 시종일관 은은한 나무향을 흘려냈다.

"향이 좋아."

석실에 들어서자마자 설루가 말했다. 그러자 고력이 웃으며 말했다.

"천향목이라고, 향이 천년을 간다는 귀한 나무지요. 주모께서 오신다기에 제가 특별히 준비해 보았습니다."

"고마운 일이에요. 그렇게까지 신경 써주시다니……."

설루가 고력에게 가볍게 고개를 숙여 보였다.

"무슨 말씀을… 오늘 주모를 뵈오니 오히려 제 준비가 소홀한 게 아닌가 걱정입니다. 주군께서 왜 그리 주모를 데려오려 하셨는지 이해가 갑니다."

설루의 미모를 두고 하는 말이었다.

설루는 여전히 지왕종문에서와 마찬가지로 기운을 변화시키는 역용으로 선천적인 아름다움을 감추고 있었지만, 고력의 날카로운 눈은 그녀의 본색을 이미 파악했던 것이다.

"농이 심하시군요."

설루가 가볍게 미소를 지었다.

"농이 아닙니다. 외려 부족한 감이 있을 겁니다. 본래의 모습을 보이시면……."

고력의 말을 들으며 적풍은 다시 한 번 이 기이한 노인에 대해 경계심을 일으켰다. 역용을 뚫어 볼 수 있는 눈을 가진 자가 천하에 몇이나 있을 것인가.

'하긴 천기자의 후예가 아닌가.'

그의 내력을 생각하면 이상할 것도 없는 일이다.

"앉으시지요."

고력이 생각에 잠긴 적풍에게 자리를 권했다.

적풍과 일행은 동굴 중앙의 큰 석실에 자리를 잡고 둘러앉았다.

"이것으로 긴 여행은 끝난 듯합니다."

일행에 자리를 잡고 앉자 쿠샨이 안도한 표정으로 말했다. 십자성을 떠난 이후 줄곧 가졌던 긴장감이 풀린 모습이다.

그도 그럴 것이 쿠샨만이 적풍의 곁에서 지난 몇 개월간 적풍의 행보를 지켜본 유일한 사람이었다.

비록 적풍을 믿고 있었지만 그의 위태로운 행보에 가슴 졸이지 않은 날이 없었던 쿠샨이었다.

"수고 많으셨소."

적풍이 쿠샨을 보며 말했다.

애초에는 홀로 움직일 생각이었지만, 이제 생각해 보면 쿠샨과의 동행이 적풍에게 큰 도움이 되었었다.

"제가 한 일이 있나요?"

"아니오. 많은 도움을 받았소."

"그렇게 생각해 주시면 고마운 일이지요."

쿠샨이 가볍게 고개를 숙여 보였다.

그러자 적풍이 그를 따라온 신혈족과 천의비문 문도들을 돌아보며 말했다.

"모두 수고하셨소."

"우리야 그저 고마울 뿐입니다."

"저희 역시 감사드립니다."

다섯 신혈족의 대형 궁백과 천의비문 의원들의 연장자인 유온이 동시에 대답했다.

그들로서는 지왕종문의 마수에서 벗어난 것이 새로운 생명을 얻은 것처럼 기쁜 일이었다.

"오면서 내가 어떤 사람인지는 모두 아셨을 거요."

적풍의 말에 사람들이 제각기 고개를 끄떡였다. 따로 시간을 내서 말해준 것은 아니지만 이제 이들은 적풍이 십자성의 성주임을 알고 있었다.

처음에 그 사실을 알았을 때, 이들은 자신들이 지왕종문을 벗어나 또 다른 마인(魔人)의 소굴로 들어가는 것이 아닌가 걱정했었다.

그러나 시간이 지나면서 이들은 적풍이 염화마군 철륵이나 강호의 여타 패자(覇者)들과는 다른 사람이란 것을 깨달았다.

특히 신혈족들은 적풍이 원하는 바가 신혈족의 생존이란 사실을 알게 된 순간부터 이미 마음속으로는 적풍의 충성스런 수하가 되어 있었다.

반면 천의비문의 의원들은 다른 이유에서 적풍을 신뢰했다.

천의비문과 적풍 사이에 얽힌 혈연의 고리는 여전히 알지 못했다. 설루나 적풍 자신도 그가 천의비문에서 파문된 유하의 아들이라는 사실을 그들에게 말해주지 않았기 때문이다.

대신 그들은 설루의 존재로 인해 적풍에게 깊은 호의를 가지고 있었다. 설루는 그들의 사매, 그 사매를 구하기 위해 지옥으로 뛰어든 자에 대한 신뢰감으로 인해 적풍이 남처럼 느껴지지 않는 천의비문의 의원들이었다.

"강요할 수는 없는 일이지만 난 그대들이 모두 이곳에 머물렀으면 하오."

강요하는 것은 아니라고 했지만 일단 적풍의 입에서 나온 말을 거스르려면 큰 용기가 필요하다.

"우리야 갈 곳도 없으니 잘된 일이지요. 사실 고향으로 돌아가면 다시 그들의 표적이 될 겁니다."

궁백이 대답했다.

"우린… 문주님을 일단은 뵈어야 할 것 같습니다만……."

유온이 말꼬리를 흐렸다.

천의비문의 의원들이 설루로 인해 적풍에게 호감을 가지고 있다고 해도 지왕종문을 탈출한 이상 문주 유천궁을 만나야 하는 의무를 가지고 있었다.

그러자 갑자기 고력이 고개를 저으며 말했다.

"그건 좋은 생각이 아니오."

"그게 무슨 말씀이십니까? 설마 우리에게 본문으로 가지 말라는 말이십니까?"

"그렇소."

유온의 질문에 고력이 고개를 끄떡였다.

"이곳에 대한 비밀을 지키는 문제라면 걱정 마십시오. 비문의 명예를 걸고 이곳에 대해서는 발설치 않을 것입니다."

그러자 고력이 고개를 저었다.

"아마 불가능할거요."

"우릴 믿지 못하시는 겁니까?"

유온이 화가 난 표정으로 물었다.

자신들을 믿지 못한다는 것은 곧 천의비문을 불신한다는 말과 같다.

"묻겠소. 천의비문의 멸문과 오늘 일을 말하는 것을 선택하라면 어느 쪽을 택하겠소?"

"그… 그게 무슨……?"

유온이 갑작스런 고력의 질문에 당황한 표정으로 되물었다.

"이번 일은 이미 강호의 강자들 귀에 들어갔을 것이오. 아무리 지왕종문이 용담호혈의 땅이라 해도 그곳엔 이미 북두회의 간자가 활동하고 있을 테니 말이오. 북두회나 지왕종문 모두 이번 일의 배후, 그러니까 주군의 정체에 대해 궁금해할 거요. 그럼 그들이 누구의 입을 통해 그 말을 들으려 하겠소?"

"그건……."

이미 고력이 무슨 말을 하려는지 짐작한 유온이 말꼬리를 흐렸다.

"듣기로 천의비문은 천불동에서 나와 황해 인근의 월출산에 새롭게 터전을 잡았다고 하더구려. 아마 당신들이 그곳에 도착할 때쯤이면 이미 북두회, 아니, 정확히는 묵안노 마한의 사람이 먼저 와서 기다리고 있을 것이오. 그리고 협박하겠지. 천의비문의 멸문이냐, 아니면 듣고 본 것을 털어놓을 것이냐고."

"……."

고력의 말에 유온이 묵묵부답 말이 없다. 그의 말이 틀리지 않다는 것을 이미 그도 알고 있기 때문이었다.

그러자 고력이 다시 말을 이었다.

"그런데 사실 그것보다 더 위험한 문제가 있소."

"그게 뭡니까?"

유온이 의기소침한 표정으로 물었다.

"당신들이 우리 주군에 대해 해줄 말이 그리 많지 않다는 거요. 그런데 만약 당신들의 대답이 그들의 마음에 흡족하지 않다면 그들은 아마도 천의비문의 씨를 말려서라도 당신들에게서 마지막 한마디까지 끌어내려 할 것이오. 당신들이 주군에 대해 알고 있든 없든 상관없이 말이오. 그러니 월출산으로 가는 것은 그대들과 천의비문 모두를 위태롭게 하는 일이오. 그래도 가겠소?"

고력이 물었다. 그러자 유온이 말없이 비문의 의원들에게로 시선을 돌렸다.

"사형, 월출산으로 가는 것은 무리예요."

설루가 유온을 설득했다.

"하아… 정녕 가지 못하는 건가?"

유온이 나직하게 탄식했다. 그러자 적풍이 입을 열었다.

"사람을 보내 그대들의 소식은 전해줄 수 있소."

"그래… 주시겠습니까?"

유온이 그나마 다행이라는 표정으로 물었다.

"그 정도야 못 할 일은 아니오."

적풍이 고개를 끄떡였다.

"좋습니다. 그럼 우리도 이곳에 머물지요."

"아마 천의비문의 문주께서도 만족하실 것이오."

"왜 그렇게 생각하십니까?"

유온이 되물었다.

"지금 천의비문은 무척 위태로운 지경에 처해 있소. 지난번에 만났을 때 문주께선 일부러 사람을 나누고 있다고 했소. 한곳에 모여 있다가 누군가에게 공격당해 멸문당하는 것을 막기 위해서 말이오. 그런 면에서 보자면 이곳은 천의비문의 일맥을 이어가기에 아주 적당한 곳일 거요."

"그런 말씀을 하셨습니까? 그렇다면야……."

유온이 한결 마음이 편해진 표정을 지었다.

"그럼 모두들 이곳에서 살기로 한 것으로 알겠소. 이젠 모두 나가서 각자 살 집을 지으시구려. 여기 있는 석실에서 모두가 살 수는 없으니 말이오. 집이 지어질 때까지 천막을 치고 살아야 할 거요."

고력이 적풍과 단둘이 있고 싶은지 사람들을 재촉했다.

"알겠습니다. 우린 그만 나가세."

궁백이 신혈족들을 데리고 나가자 유온도 천의비문의 의원들을 데리고 석실을 벗어났다.

그러자 기다렸다는 듯이 고력이 적풍에게 물었다.

"뛰어난 사람들을 데려오셨군요."

"그렇게 보셨소?"

"자질로 보자면 예전 검은 사자들보다도 뛰어나 보였습니다. 염화마군도 대단하군요. 저런 자들을 어디서 찾았지?"

고력이 감탄하며 밖으로 나간 신혈족들을 바라봤다.

그 순간 적풍은 고력의 눈에 피어나는 욕망을 놓치지 않았다. 그 욕망을 보면서 적풍은 고력을 회춘하게 만든 것이 영약이 아니라 어쩌면 과거 검은 사자들의 시간으로 돌아갈 수 있다는 그의 욕망 때문일지도 모른다는 생각이 들었다.

나쁜 일은 아니었다. 이유야 어쨌든 고력은 적풍을 위해 최선을 다할 것이기 때문이다.

"무림의 정세는 어찌 보시오?"

적풍이 약간 흥분한 듯 보이는 고력에게 물었다. 그러자 고력이 정신을 차리고 차분한 표정으로 대답했다.

"그들이 대혈산을 봉산하고 봉문에 들어간 이유가 중요할 것 같습니다만……."

"내가 그들에게 준 피해는 봉문할 정도로 크지 않소."

"그렇다면 필시 다른 이유가 있겠군요."

"그게 뭔지 오면서 내내 고민을 해봤는데… 어쩌면 내 장난 때문일지도 모르겠단 생각이 들었소."

"장난이라뇨?"

고력이 뜨악한 표정으로 되물었다.

"내가 그곳을 탈출할 때 모악이란 자에겐 장난을 좀 쳤소."

"무슨 장난을 말입니까?"

"그는 내 내력을 몹시 궁금해했소. 한 팔이 잘린 상태에서도 끝까지 따라와 물을 정도로 말이오. 그래서 내가 그에게 재미있는 한마디 말을 해줬소."

"무슨……?"

"내가 지왕종문을 방문한 것은 의천노공의 경고라고 말이오. 아마 그들은 날 의천노공이 보낸 사람으로 생각할 거요."

"하하하!"

적풍의 말에 고력이 웃음을 터뜨렸다.

"정말 재밌군요."

쿠샨도 곁에서 빙그레 미소를 지으며 말했다. 그러자 고력이 웃음을 멈추고 입을 열었다.

"그렇다면 모든 것이 이해가 됩니다. 그들로서는 감히 의천노공을 상대로 일전을 결할 자신은 없었을 겁니다. 그래서 봉문을 하고 의천노공을 상대할 비책을 강구하려는 것이겠지요."

"그들에게조차 의천노공이 그리 두려운 존재일까요?"

설루가 고개를 갸웃하며 물었다. 그러자 고력이 대답했다.

"주모께서 생각하는 것 이상으로 의천노공 우서한의 힘은 강력합니다. 그가 강호에 나와 지왕종문을 강호공적으로 선언하면 천하의 모든 고수, 지금 지왕종문의 그늘에 들어 있는 문파들조차도 그들에게 등을 돌리고 의천노공을 따를 겁니다. 그리되면 지왕종문도 도저히 견딜 수 없겠지요."

"정말 그렇게 될까요?"

설루는 여전히 의심스런 모양이었다.

"주모님, 무림의 고수들은 거의 본능적으로 검은 사자에 대한 두려움을 가지고 있습니다. 그들이 없는 지금조차도 말입니다. 그러니 검은 사자들을 물리친 의천노공의 권위라는 것은 사실 상상 이상이지요. 지금이야 의천노공이 강호를 떠나 있으니 드러나지 않을 뿐이지만."

고력이 정색을 하며 말했다.

그 자신도 의천노공 우서한에 의해 생사의 고비를 넘긴 사람이지만 그에 대한 분노조차도 의천노공의 힘을 과소평가하게 하지는 않는 모양이었다.

"그런데 의천노공은 이번에도 무림의 일에 관여치 않을까요?"

쿠샨이 물었다.

"아마 그럴 것이오. 의천노공은… 사실 무척 심기가 깊은 사람이오. 그는 세상에 나오지 않을수록 그 자신이 세상에서 고귀한 존재가 되어간다는 것을 알고 있소. 어쩌면 스스로 무림의 전설이 되고 싶은 지도 모르지… 하긴 지금도 그런 건가?"

고력이 이때만큼은 의천노공 우서한에 대한 적개심을 숨기지 않았다. 설루가 적풍을 바라봤다.

그녀의 시선에 의문이 담겨 있다.

적풍이 살짝 고개를 저었다. 순간 설루는 적풍이 이들 두 사람에게 자신과 의천노공 사이에 있었던 일들, 그리고 묵안노 마한이 의천노공을 독에 중독시켰다는 말을 하지 않았다는 것을 깨달았다.

설루가 나직하게 한숨을 쉬었다. 자칫하다 그 사실들을 말할 뻔했기 때문이었다.

"하기사 묵안노가 있는데 그가 굳이 손에 피를 묻히려 하지는 않을 겁니다."

쿠샨이 말했다.

"후후, 맞소. 그럴 거요. 그자는… 아주 음흉한 자지. 고고한 선인인 척하는 꼴이… 젠장!"

수십 년이 지난 지금도 그에 대한 열등감을 떨쳐 버리지 못하는 것이 스스로 마음에 들지 않는지 고력이 적풍이 앞에 있음을 잊고 욕설을 내뱉었다.

"북두회는 어쩔 것 같소?"

적풍은 고력의 기분쯤이야 아무 상관없다는 듯 자신이 궁금한 것을 물었다. 그러자 고력이 대답했다.

"반드시 지왕종문을 공격할 겁니다."

고력이 확신했다.

너무 자신있게 말해서 외려 적풍 등이 놀랄 정도였다.

"왜 그렇게 생각하십니까? 그들로서도 지왕종문의 속셈을 모르는 상황에선 공격에 나서기가 쉽지 않을 텐데요?"

쿠샨이 물었다.

"묵안노의 생각은 잘 모르겠지만 그조차도 이번에는 공격에 나서지 않을 수 없을 것이오. 이유는 단 하나, 묵안노가 비록 북두회를 배후에서 움직이고 있다고 해도 결국 북두회의 우두머리들은 육가의 가주들이니 말이오. 그들이 강호를 평정할 이 기회를 놓치겠소?"

고력이 냉철하게 정세를 분석했다. 그러자 적풍이 물었다.

"어찌 움직일 것 같소? 대혈산으로 바로 가겠소? 아니면 지왕종문의 세력을 하나씩 꺾어나가겠소?"

"바보가 아닌 이상 대혈산으로 바로 갈 겁니다. 외곽에서 티격태격하는 것은 지금까지로 족하지요. 세력으로 말하자면 북두회 육가의 주인들이 세력을 더 얻어 뭣하겠습니까? 지금으로 충분하지요. 더군다나 머리가 잘리고 나면 죽고 말 이무기의 몸뚱인데……."

고력이 대답했다.

"그럼 그 몸뚱이 우리가 가져야겠군."

적풍이 중얼거렸다.

"나쁘지 않지요. 거둬들일 수 있다면 능히 북두회와 일전을 결할 수 있을 겁니다."

쿠샨이 대답했다. 그러자 적풍이 만족한 웃음을 지으며 쿠샨에게 말했다.

"그대가 십자성엘 가주겠소?"

"제가요?"

쿠샨이 불편한 표정으로 되물었다.

"달리 보낼 사람이 없어서 말이오. 가서 우마와 이 일을 상의해 주시오."

"주군께선……?"

"난… 이곳에 있겠소."

"하지만 지금은 중요한 때입니다. 이곳에 머무는 것은……."

쿠샨이 말을 하다 말고 슬쩍 설루의 눈치를 살폈다.

누가 봐도 적풍이 설루와 시간을 보내기 위해 이곳에 남겠다는 것으로밖에 생각할 수 없었다.

"일이 급하면 가도 돼."

설루가 쿠샨의 마음을 읽고는 적풍을 보며 말했다.

"아니, 이곳에 있는 게 좋겠어."

"주모님 때문만은 아니군요?"

고력은 눈치가 빠른 자다. 어느새 적풍의 내심을 읽어낸 듯 보였소.

"그렇소."

"하면……?"

"어쩌면 다시 대혈산에 가야 할지도 모르겠소."

"무엇 때문에?"

다른 사람보다 먼저 설루가 물었다. 한편으로는 기대가 섞인 표정이다. 아마도 화수 유취려의 안위 때문일 것이다.

그러나 적풍의 대답은 설루의 기대와는 달랐다. 사실 화수 유취려의 안위는 적풍에게 그리 큰 관심사가 아니었다.

"만약 북두회가 대혈산을 공격한다면 분명히 마한은 그들을 데려올 거야."

"그들?"

"그가 만들어내려는 새로운 검은 사자들!"

"아, 그들……!"

"물론 검은 사자라는 이름을 쓰지는 않겠지. 하지만 어쨌든 이 싸움에 반드시 그들을 투입할 거야. 설혹 그들이 완벽하지 않더라도."

"왜 그렇게 생각하십니까?"

쿠샨이 물었다.

"그들을 세상에 선보일 수 있는 가장 좋은 기회이기 때문이오. 마한의 의도는 분명하오. 그들을 앞세워 북두회 육가 위에 군림하는 것. 그러기 위해서는 그가 만든 힘을 보여줘야 하는데 이번만큼 좋은 기회가 또 있겠소? 지왕종문의 성을 깨거나 혹은 염화마군의 목이라도 벤다면… 지왕종문이 멸망하고 나면 아마도 다시는 그런 기회를 찾기 어려울 것이오."

"우리 십자성이 있지 않습니까? 지왕종문에 못지않은 사냥감이지요."

고력이 장난하듯 물었다.

"물론 그렇지만 적어도 아직은 십자성이나 천무맹을 지왕종문만큼 대단하게 생각지는 않을 것이오."

그러자 고력도 순순히 적풍의 생각에 동의했다.

"사실 저도 그리 생각합니다. 그의 흉중에 천하가 들어 있다면 반드시 대혈산에 그들을 끌고 올 겁니다. 그런데……."

고력이 말꼬리를 흐렸다. 뭔가 묻고 싶은데 망설이는 기색이 역력했다.

"말해보시오."

"그들을 만나면 어찌하실 생각이신지?"

마한이 길러낸 신혈족의 고수들을 두고 하는 말이다.

"이곳으로 데려올 생각이오."

"예?"

"주군, 그게 무슨……?"

고력과 쿠샨 모두 당황한 모습을 보였다. 물론 설루 역시 의아한 표정을 짓기는 마찬가지였다.

"대체 무슨 수로 그들을 데려온다는 거야?"

설루가 물었다.

"설득해야지. 자신들과 동족들을 사냥한 묵안노의 노예로 살 수는 없지 않느냐고 말이야."

"그게 지금 말이 된다고 생각해? 그들은 이미 묵안노의 충복이 되어 있어. 어떤 이유에서든 말이야."

"그렇겠지."

"그런데 그런 말로 그들이 설득될 거라고 생각하는 거야?"

"할 수 있는 데까지는 해봐야지."

적풍의 대답은 세 사람이 기대한 것이 아니었다.

그들은 적어도 적풍이 신혈족을 데려오려 할 때는 그만한 방책이 있을 거라 생각했다. 그래서 세 사람에게 적풍의 대답은 오히려 당황스러울 정도였다.

"위험한 일입니다."

고력이 만류했다.

설득을 하지 못할 수는 있다. 그러나 그럴 경우 그들이 적풍을 순순히 돌려보낼 리 없었다. 그러자 적풍이 슬쩍 사자검을 만지며 중얼거리듯 대답했다.

"따르지 않으면… 모두 죽을밖에."

"주군!"

고력이 갑작스런 적풍의 살기에 화들짝 놀라 적풍을 바라봤다. 그러자 적풍이 지금까지와는 달리 강렬한 패기를 흘려내며 말했다.

"신혈족을 추살한 자의 노예가 되겠다는 자들을 살려둘 필요가 있나?"

그 순간 사람들은 적풍을 설득하는 것을 단념했다. 이미 결심을 굳힌 적풍에겐 어떤 말도 소용이 없을 것이기 때문이었다. 설혹 설루라고 해도 말이다.

그러나 사람들은 한 가지 사실을 모르고 있었다. 적풍이 묵안노 마한이 길러낸 신혈족 고수들을 데려오려는 시도를 할 수 있는 이유가 그의 손에 들린 사자검 때문이라는 것을.

적풍에게 전마비록을 넘겨준 쿠샨조차도 전왕의 검이라 칭해지는 사자검에 신혈족의 마음을 그들 자신도 모르는 사이에 움직이는 힘이 있다는 사실을 까맣게 모르고 있었던 것이다.

쿠샨은 곧 돌아오겠다는 말을 뒤로하고 신혈족의 비밀 거처를 떠났다.

궁백을 따르는 신혈족들과 유온이 이끄는 천의비문의 문도들은 그날부터 고력이 준비해 놓았던 자재들을 이용해 자신들이 거처할 집들을 짓기 시작했다.

집을 짓는 모습에서도 두 무리는 확연히 차이를 드러냈다.

궁백 등은 지붕을 낮추고 벽을 튼튼하게 만들었다. 또한 들어가는 문을 제외하고는 창문도 겨우 사람 머리만 한 크기로 만들어 안에서는 밖을 볼 수 있지만, 밖에서는 안을 볼 수 없게 만들었다.

그뿐이 아니었다. 그들은 집을 짓는 위치도 숲 가깝게 자리 잡아 사람들의 눈에 잘 띄지 않게 했다.

궁백 등은 태어나면서부터 사람들의 눈을 피해 살아왔기에 본능적으로 사람들의 시선을 피할 수 있는 거처를 마련했던 것이다.

반면 천의비문의 의원들은 개울과 가까운 곳에 자리를 잡았다. 집 근처의 수풀을 제거해 해충과 들쥐들을 방비하고, 바람이 잘 통하게 나무들을 적당히 베어냈다. 빛은 거의 하루 종일들었다.

지붕을 높이고 창을 넓게 만들어 집 안으로 신선한 공기와 햇빛을 끌어들였다.

이는 집에서 잡균이 자라는 것을 방비하기 위한 것으로, 오래전부터 의가에 정해져 온 전통에 기인한 집 짓기였다.

그렇게 이질적은 기질을 지닌 두 무리는 그러나 예상외로 잘 어울렸다. 서로 상대의 집 짓는 것을 도와주기도 하고, 상대가 집을 짓는 방식에 호기심을 보이기도 했다.

이 이질적인 두 무리가 빠르게 어우러질 수 있었던 데에는 또 다른 이유도 있었다.

그건 무리 중 단둘뿐인 여인 두 사람 때문이었다.

"아야야! 동생, 동생, 살살 좀!"

거구의 신혈족 여인 몽금이 비명을 질러댔다.

그녀는 설루가 자신의 의술을 수련하기 위해 만든 작은 석실 침상에 엎드린 채 침을 맞고 있었다.

"참아요, 몽 언니! 이래야 근육이 빨리 풀린다고요."

그녀의 양어깨에 침을 놓고 있던 설루가 매몰차게 말했다.

"아이고… 굳이 침을 맞지 않아도 이삼 일이면 풀릴 텐데 내가 괜히 침을 맞겠다고 해서는……."

"무슨 소리예요. 이번에는 결코 가볍지 않은 부상이었다고요. 아마 제게 오시지 않았으면 한 달은 고생하셨을걸요? 힘줄까지 조금 틀어졌어요."

"그래? 그렇게 많이 상했었나?"

"그러게 적당히 좀 하시지… 장정 다섯이 달려들어도 들기 힘든 바위를 무슨 오기로 혼자 들어요?"

"막내 녀석이 놀려대는 통에 그만……."

몽금이 멋쩍은 표정을 지었다.

"언니도 참, 항상 이 소협에게 당하면서 계속 그 수에 넘어가시면 어떻게요?"

"그러게 말이야. 지나고 보면 꼭 녀석에게 당한 꼴이 된단 말이야. 그 녀석이 내가 들어 옮긴 바위를 자기 집 섬돌로 쓸 줄 누가 알았겠어? 하지만 어쩔 수가 없었어. 녀석이 하도 약을 올려대는 통에……."

"다음부터는 절대 이 소협의 수에 넘어가지 마세요."

설루가 마지막 침을 꽂으며 말했다.

"매번 그렇게 결심은 하지. 하지만 고 녀석이 워낙 영악해야지."

"제가 방법을 알려 드릴까요?"

"그런 방법이 있어?"

몽금의 눈이 커졌다.

"제가 자세히 보니 이 소협은 꾀를 낼 때 귀를 움직이더라고요. 마치 당나귀처럼 말이에요. 그러니 다음번부터는 이 소협을 상대할 때는 항상 귀를 보세요."

"그래? 오호라! 이 녀석, 이젠 당하지 않는다. 아니지, 외려 내가 녀석을 골려줄 수 있겠구나."

몽금이 쾌재를 부르는데 동굴 밖 송림 쪽에서 신혈족의 일원인 이위령의 목소리가 들렸다.

"두 분께선 제 흉은 그만 보시지요? 아무리 궁리를 하셔도 절 당해내실 수는 없어요."

"아니, 저 녀석이? 언제 또 남의 소리를 엿듣고 있었지?"

몽금이 고개를 들어 소리가 난 쪽을 노려봤다.

"정말 귀가 밝기는 해요."

설루가 미소를 지으며 말했다.

그러자 다시 이위령의 목소리가 들렸다.

"자자, 없는 사람 흉은 그만 보시고 모두 나와보세요."

"무슨 일인데?"

몽금이 소리쳤다.

"드디어 북두회가 움직였다네요!"

이위령이 대답했다.

"북두회가? 드디어……. 동생, 침을 뽑아줘."

"알겠어요, 언니!"

설루가 방금 전 시침한 침을 급히 뽑아냈다. 북두회가 움직였다는 것은 곧 자신들의 생활에도 변화가 찾아왔다는 것을 의미하기 때문이었다.

제3장
검은 구름이
대혈산으로 몰려들다

적풍은 절벽을 뚫어 만든 창을 통해 밖을 바라보고 이었다. 뭔가를 골똘히 생각하고 있는 그의 눈이 어둠처럼 무심해 보였다.

그런 적풍의 등에 따뜻한 기운이 느껴졌다. 설루가 적풍의 겨드랑이 사이로 손을 넣어 뒤에서 적풍을 안았다.

"무슨 생각 해?"

설루가 적풍의 어깨 위로 얼굴을 내밀며 물었다.

"그냥……."

적풍이 말꼬리를 흐렸다.

"대혈산 일을 생각하는 거야?"

"음……."

"십자성의 고수들을 동원할 생각이라면 난 반대야."

설루가 말했다.

평소와 다른 그녀다. 그녀는 십자성의 일에 대해선 거의 관여치 않았다. 그런데 오늘은 직접적으로 십자성을 언급하고 있었다.

"십자성을 움직이지 않고도 그들을 데려올 수 있다면 좋은 일이긴 하지만……."

적풍이 말꼬리를 흐렸다.

"자신 있는 줄 알았는데?"

지난번 북두회가 대혈산을 공격하면 다시 한 번 대혈산에 가겠다고 했던 적풍은, 그곳에서 묵안노 마한이 길러낸 신혈족 고수들을 데려올 비책이 있는 것처럼 말했었다.

그런데 지금 보면 딱히 특별한 방법이 없는 것 같기도 했다.

"그들을 만날 수만 있다면 자신은 있어. 문제는 어떻게 만나느냐는 거지."

"만나기만 하면 된다는 거야?"

"칠 할은 확률이 된다고 봐. 하지만 아마도 묵안노는 그들을 철저히 감시하고 있을 거야. 그 감시자들을 뚫는 데 십자성의 고수들이 필요할까 생각중이야. 사실 난 그들을 아주 조용히 만나고 싶거든."

"그들의 행로를 알면 좋을 텐데……."

설루가 중얼거렸다.

맞는 말이다. 묵안노 마한이 신혈족 고수들을 세상에 드러내 놓고 움직이지는 않을 것이다. 결정적인 순간에 그들을 등장시킴으로써 자신이 가진 힘을 최대한 각인시키려 할 것이 분명했다.

그렇다면 북두회 육파의 고수들과는 다른 길로 신혈족의 고수들을 움직일 가능성이 컸다.

그 길을 안다면 그들을 은밀히 만날 방법이 나올 것이다.

"나도 같은 생각이야. 그래서 고민한 거지. 그들의 행적을 알아내는 데 야문을 쓸지 아니면 비마대를 쓸지. 둘 중 하나만 움직이면 분명 그들을 찾을 수 있을 텐데……."

그러자 설루가 잠시 고민하다가 말했다.

"내 생각에는 야문(夜門)이 나을 것 같아."

"그래?"

"아무래도 십자성을 주시하는 눈이 있을 테니까. 만에 하나라도 저들에게 비마대의 행보가 드러날 수 있어."

"그렇겠지? 후… 그 노인네에게 다시 부탁을 해야겠군."

적풍이 못마땅한 표정으로 말했다.

그러자 설루가 물었다.

"처음부터 궁금했는데 왜 고 노야를 경계하는 거지?"

"그냥… 흉중에 다른 생각을 품고 있는 것 같아서."

"배신을 할 수도 있다고 보는 거야?"

"그건 아니야."

"그럼?"

"내가 그를 쓰는 것이 아니라 그가 날 이용하고 있다고 생각하는 것 같단 말이지. 그건 내가 용납할 수 없는 일이야. 그런데 또 이렇게 아쉬운 소리를 해야 하는군."

적풍의 말에 설루가 적풍의 시야 밖에서 어두운 표정을 지었다.

적풍의 대답에서 패도를 추구하는 사람의 감정이 느껴졌기 때문이었다.

"이 일의 끝은 생각해 봤어?"

설루가 조심스레 물었다. 적풍은 설루가 무슨 말을 하려는지 금세 알아챘다.

"결국은 그와 담판을 지어야 한다는 것은 알고 있어."

"역시 의천노공이지?"

"음……."

적풍이 고개를 끄떡였다.

"그럴 기회가 올까?"

"묵안노를 베면 그가 올 거야."

"하지만 묵안노는 그를 배신했잖아?"

"그건 사사로운 일이지. 의천노공의 무서운 점은 적조차도 자신의 의지대로 이용할 수 있다는 거야. 내가 그 증거잖아?"

"하긴……."

적풍이 전마의 혈육임을 알면서도 그를 강호로 내보낸 의천노공이다. 그의 강한 심장은 인정하지 않을 수 없었다.

"어쩌면 그 노인은 이미 독에서 벗어났을 수도 있어. 그럼에도 그가 묵안노를 그대로 두는 것은 묵안노가 하는 일이 그에게 그리 나빠 보이지 않기 때문일 거야. 내가 그곳에 있으면서 느낀 것은 묵안노조차도 그의 능력을 제대로 알고 있지 못한다는 것이거든."

"그렇게 대단한 자야?"

설루가 두려운 표정으로 물었다.

"대단하지. 무공만이라면 어떻게 버텨볼 수 있겠지만 그는 무공 이외에 강호제일이라는 혜안과 신비한 비술들을 지니고 있어. 월문의 뿌리가 밀교라고 했는데 밀교는 본래 진언이나 비술에 능한 곳이잖아? 세상에는 사이한 종교로 알려져 있지만 사실 정통 밀교는 돈독한 불심과 신비로운 힘을 지닌 신비종파거든."

"많이 조사했구나."

"그를 상대하자면 월문을 알아야 했으니까."

사실 적풍은 월하선봉에서 내려온 이후 줄곧 의천노공 우서한을 상대할 일로 고심해 왔다. 결국 최후에는 그를 이겨내야 하기 때문이었다. 그러지 못한다면 그는 영원히 우서한의 무노로 살 것이다.

그래서 적풍은 가장 먼저 월문의 뿌리를 찾는 일에 노력을 기울이고 있었다. 그래서 그 뿌리인 밀교에 대해서도 제법 많은 지식을 쌓을 수 있었던 것이다.

"그를 벨 수 있을까?"

"글쎄… 꼭 그를 벨 생각은 없어."

"그럼?"

"그에게서 나와 신혈족의 자유를 얻어내면 그뿐이지. 십자성을 인정받는 것! 그게 최소한의 목표야. 그를 죽일 수는 없어도 그에게서 자유로워지면 만족이지."

"아버님의 복수는?"

"복수는 무슨! 각자 자신이 원하던 일을 추구하다 일어난 일인데. 만약 아버지가 어머니와 나를 위해 싸우다가 그리되었다면 다른 문제지만……."

매정하지만 맞는 말인 것도 같다고 설루는 생각했다.

전마 적황이 추구한 것은 오직 그 자신이 원했던 그 무엇이었다. 그 목적을 위해 가족까지 저버린 사람이 아닌가. 그러다가 죽음을 당했다. 그러니 그 죽음은 사실 사사로운 복수의 대상이 될 수 없었다.

설루의 얼굴에 안도의 빛이 스치고 지나갔다. 일이 잘된다면 의천노공과 적풍이 생사결을 하지 않아도 일이 매듭지어질 수 있다는 생각이 들었기 때문이었다.

"하지만 그 늙은이가 내 요구를 받아들일 가능성은 많지 않아."

"왜? 그에게 무슨 손해가 있는데? 아무 손해도 없잖아?"

"역대 월문 문주들의 업(業) 중 하나가 신혈족을 통제하는 일이었다더군. 신혈족이 강호무림이나 세상사에 관여치 못하게 하는 일……. 그러니 그가 신혈족이 득실대는 십자성을 인정할 수 있을까?"

"그런… 건가?"

설루가 실망한 표정으로 중얼거렸다.

"그래서 결국 그와 최후의 일전을 결할 준비를 소홀히 할 수 없는 거야. 그래서 혈궁 같은 무리까지 필요했던 거지. 네게 구지마 기륜이란 놈이 한 일을 생각하면 당장 혈궁을 멸문시키고 싶지만……."

"그는 이미 죽었어."

설루는 적풍이 자신이 당한 일로 인해 혈풍을 일으키는 것을 원치 않았다.

"그래서 참아주는 거야. 아직은 필요한 자들이니까. 아무튼… 그 모든 것을 끌어모아야 의천노공과 겨우 겨뤄볼 수 있을 거야."

"후우… 정말 어려운 일이구나."

"그렇지. 그러니 어쩔 수 있나. 아쉬운 사람은 나니 다시 그에게 부탁을 하는 수밖에!"

고력에 대한 말이었다.

"나쁘게만 보지 마. 난 괜찮은 분이라고 생각하는데……."

"그나마 네게 잘해줘서 다행이다."

"후후… 그러게 말이야. 그런데 그녀는 어떤 사람이지?"

"누구?"

"야문의 문주. 고 노야는 만날 때마다 그녀에 대해 말하더라구."

"음… 글쎄. 속과 겉이 모두 강한 여인이지."

"그래? 빨리 만나보고 싶어."

"조만간 기회가 오겠지."

적풍이 대답했다.

야문의 스승, 고력은 기다리고 있었다는 듯 적풍의 부탁을 승낙했다.

"명에 따르지요."

그러면서도 굳이 적풍의 부탁을 명령이라고 말했다. 철저한 복종의 표시다.

적풍이 그를 꺼려하는 점이 바로 이런 것이었다. 적풍을 진심으로 주군으로 생각하지 않고 있는 인물이 겉으로는 대대로 충성을 이어온 가신처럼 행동하는 것은 부담스럽기까지 했다.

"북두회가 움직였으니 서둘러야 할 것이오."

"물론, 시간을 놓칠 일은 없을 겁니다."

"이 일이 얼마나 중요한지 잘 아실 것이오."

"문주가 직접 움직이게 될 겁니다."

"그렇다고 위험을 감수할 필요는 없소. 그녀에게 무슨 일이 생기면 아우를 볼 낯이 없소."

"걱정 마십시오. 야문이 움직이는 법은 사실 그리 위험하지 않습니다."

"좋소. 이번 일에 룡선들을 동원해도 좋소."

"장강 이무기라면 큰 도움이 되겠지요."

고력이 가볍게 미소를 지었다.

"북두회가 움직였으니 나도 곧 이곳을 떠나야 할 것 같은

데……."

적풍이 설루를 보며 말했다.

"벌써?"

"당장은 아니고. 며칠은 준비해야지."

"나도 함께 가."

"아니. 여기 있어."

적풍이 단호하게 말했다.

"짐이 되진 않을 거야."

"그래서가 아니야. 이곳을 맡아줄 사람이 필요해서 그래."

"그야 노야께서 계시잖아?"

설루가 고력을 보며 말했다.

그러자 고력이 고개를 저었다.

"아닙니다. 제 생각에도 주모께서 이곳에 계시는 것이 좋을 것 같습니다. 전… 밖으로 드러날 수 없는 사람이지요."

"그… 런가요?"

"더군다나 이곳이 온전히 신혈족의 터전이 되려면 주모께서 이곳에서 중심을 잡아주시는 것이 좋습니다. 주모님은 곧 주군이시니까요."

고력이 희미한 미소를 지으며 말했다.

"알았어요. 그럼 그렇게 하지요."

설루가 금세 고력의 말에 수긍했다.

"궁백과 몽금 둘을 남길게."

"순순히 남을까? 요즘 들어 답답해하는 것 같던데."

"신혈족의 터전을 만드는 일이야. 답답해도 감수해야지."

적풍이 단호하게 말했다.

"그 둘이면 주모님께 큰 도움이 될 것입니다."

고력도 적풍의 의견에 동조했다.

"그리고 이곳의 이름을 정했소."

"벌써 말입니까? 뭐라 부르시겠습니까?"

고력이 호기심이 동한 표정으로 물었다.

"북십자성을 이곳으로 해야겠소."

적풍의 말에 고력이 잠시 놀란 듯하다가 이내 맞장구를 쳤다.

"아… 그런 묘책이 있었군요. 나쁘지 않은 일입니다. 허구의 세력을 실재하게 만든다라… 좋습니다."

고력이 적풍의 생각이 마음에 드는지 연신 고개를 끄떡였다.

본래 적풍과 십자성의 고수들은 십자성의 이름을 강호에 드러내면서 은밀히 북십자성에 대한 소문도 함께 퍼뜨렸다.

북십자성은 허구의 세력이었지만, 그로 인해 무림에선 십자성의 세력을 실제보다 훨씬 크고 신비롭게 인식하고 있었다.

그런데 적풍은 신혈족을 모아들여 허구의 세력이었던 북십자성을 실제하는 세력으로 만들어내려 하는 것이다.

고력이 적풍의 생각에 반색할 이유도 충분했다.

고력은 아마도 그 세력을 자신의 눈 아래 둘 수 있다는 점이 흥미로울 터였다.

물론 겉으로야 설루가 이곳을 책임지게 되겠지만 실질적으로는 결국 고력 자신이 이 땅을 통제하게 될 거라 생각하는 그였다.

그의 내심을 짐작하고 있는 적풍은 고력의 만족한 듯한 웃음이 못마땅했지만 그렇다고 고력의 기분을 상하게 하고 싶지는 않았다.

"닷새 뒤 떠나겠소."

적풍이 자리에서 일어나며 말했다.

"알겠습니다. 그리 알고 준비하겠습니다."

고력이 머리를 조아리며 대답했다.

적풍이 고력의 처소를 벗어나자 고력이 만족한 듯한 미소를 지으며 중얼거렸다.

"좋아. 정말… 전마와는 달라. 절대 날 배신하거나 버리지 않을 사람이야. 후후후. 우서한, 결국은 내가 승자가 될 거야. 천기자의 후예가 월문의 문을 맡아야 하는 건 당연한 일 아니겠나? 하하하!"

고력의 눈가에 흐르는 욕망의 기운이 칼날처럼 날카롭게 번뜩였다.

"북십자성에 속한 고수는 일백은 넘지 않는 게 좋습니다. 더 큰 세력이 필요하다면 북십자성의 속한 고수들이 각자 강호에 별도의 세력을 구축하면 됩니다. 물론 그들을 따르는 사람들은 북십자성의 실체도, 이곳 신곡의 위치도 알지 못해야겠지요."

적풍은 흙 묻은 신을 벗지도 않고 자신을 따라나선 쿠샨을 보며 자신이 참 특별한 사람들을 데리고 있다는 생각을 했다.

십자성으로 자신의 명을 전하러 떠났던 쿠샨은 미처 절반의 길도 가지 않고 다시 적풍이 있는 곳으로 돌아왔다.

그게 방금 전의 일인데, 대운하를 타고 내려가던 중에 천무흑룡선을 만난 것이 그 이유였다.

천무흑룡선에는 마침 비마대원 십여 명을 대동한 우마가 적풍을 만나러 올라오고 있던 중이었다.

애초에 적풍을 떠나 십자성에 가는 것이 내키지 않았던 쿠샨에게는 그야말로 길을 되돌아올 절호의 기회를 만난 것이었다.

그 기회를 놓칠 리 없는 쿠샨이 흑룡선에서 우마에게 적풍의 명을 전하고 그 즉시 길을 돌려 신곡으로 돌아왔던 것이다.

돌아와서는 또 신발도 벗지 않고 마치 오래 헤어졌던 연인이라도 만난 것처럼 적풍을 따라 신곡을 둘러보러 따라나선 쿠샨이었다.

그런 면에서 보자면 쿠샨이나 고력이나 확실히 특별한 성정을 지닌 사람들이 분명했다.

"이제 모두 이곳을 신곡이라 부르기로 한 거요?"

적풍이 되물었다.

"신곡이란 이름이 이 땅에 묘하게 어울리는 것 같습니다."

애초에 이 땅은 이름이 없었다.

그런데 적풍을 따라 이곳에 들어온 궁벽 등 신혈족들이 고력의 절진에 둘러싸인 이 땅을 신곡으로 부르기 시작하면서 사람들도 자연스럽게 신곡이라는 이름에 익숙해졌다.

물론 적풍이 결정한 북십자성이란 이름으로 불러도 되지만, 북십자성은 어떤 장소의 이름이라기보다는 적풍이 거둬들인 신혈족의 세력을 지칭하는 의미가 강했으므로 적풍조차도 이 땅을 신곡이라 부르는 것이 더 익숙했다.

더군다나 북십자성은 함부로 입에 담을 이름도 아니었다.

"북십자성의 인원을 일백으로 하려는 이유는 뭐요?"

"사람이 많으면 결국 신비로움은 사라지고 비밀이 밖으로 드러나게 마련입니다. 제 생각에 북십자성은 가능한 더 깊은 곳에, 더 어두운 곳에, 혹은 더 높은 곳에 존재해야 합니다. 세상의 눈과 귀가 닿지 않는 곳에 말이지요. 그리고……."

"더 있소?"

"북십자성에 들이는 사람을 신혈족으로 제한하지 마십시오."

"그건 또 무슨 소리요?"

"북십자성을 신혈족만의 조직으로 만들 경우 주군을 따르는 십자성이나 천무맹의 고수들로부터 배척받을 수도 있습니다. 신혈족과 신혈족이 아닌 사람을 절반 정도씩 섞어서 받아들이는 것이 좋을 겁니다."

"음……."

적풍이 쿠샨의 말에 쉽게 동의하지 못했다.

북십자성은 누가 뭐래도 신혈족의 생존을 위한 조직이다. 그런 곳에 신혈족이 아닌 사람을 들인다는 것은 위험한 일이었다.

"애초에 신혈족의 생존을 위한다는 명분 자체도 드러낼 필요가 없을 겁니다. 그저 강호의 천외천의 세력, 신비한 구중천에 존재하는 세력으로 알려지는 것이 훨씬 좋습니다."

"후우… 결국 아무리 노력을 해도 신혈족만으로는 부족하단 말이구려."

"그렇습니다. 물론 제 판단입니다만……. 그리고 가급적 강호의 일에 북십자성의 이름으로는 개입하지 말아야 합니다. 언제나 남십자성 최후의 보루로서, 혹은 든든한 후원자 정도의 위치가 돼야 할 겁니다."

"그가 싫어하겠군."

"누구 말입니까?"

"야문의 스승 말이오."

"그분은… 욕심이 많은 분입니다. 물론 그렇다고 주군을 배신할 분은 아닌 것 같지만……."

"알고 있소. 그대의 말대로 합시다. 그보다야 그대가 믿을 만하지."

"고마운 말씀이시군요."

쿠샨이 가볍게 미소를 지었다.

그러자 적풍이 물었다.

"같이 가겠소? 아니면 이곳에 남겠소?"

"저야 당연히 주군을 따라가야지요. 그러기 위해 흑룡선에서 비마대주를 만나자마자 돌아온 것인데요."

"이곳에서 설루를 도와줄 수는 없소?"

"그건 제가 원하는 바가 아니지요. 아시지 않습니까? 제가 하려는 일이 뭔지."

"또 그 내 행장록을 써보겠다는 소리요?"

"그렇습니다."

"그게 뭐 그리 중요하다고……."

"사람마다 중요한 것이 각기 다 다른 법이지요."

쿠샨은 조금도 물러날 기미를 보이지 않았다. 그런 쿠샨을 보며 적풍이 나직하게 한숨을 쉬며 말했다.

"설루가 그에게 휘둘릴까 걱정이 돼서 그렇소."

고력을 두고 하는 말이다.

"그 걱정은 안 하셔도 될 것 같습니다만……."

"그렇게 보았소?"

"주모께선 외유내강한 분입니다. 제가 본 어떤 사람보다 더 심장이 강한 분이지요. 아마 어려서 고난을 겪으신 때문인 듯 보입니다만……."

"그래도 난 걱정이 되오."

"그야 당연하지요. 주군의 부인님이니까요."

"과연 그래서였으면 좋겠소."

"걱정 마십시오. 잘 이끌어가실 겁니다."

"좋소. 그럼 이번에도 함께 갑시다."

"고맙습니다, 주군."

"솔직히 말하면 나도 든든하구려."

적풍의 말에 쿠샨이 빙그레 미소를 지어 보였다.

오 일 뒤 적풍은 그가 지왕종문에서 데려온 다섯 명의 신혈족 중 셋과 쿠샨을 데리고 신곡을 떠났다.

그를 따라나선 신혈족은 감문과 역가, 이위령이었는데 감문은 귀신같은 손놀림을 가진 자로 상대가 눈치채지 못하는 사이 상대의 병기를 뽑아 그 병기의 주인을 죽이는 재주가 있는 자였다.

역가는 몽금에 버금가는 신력을 지니고 있었고, 풍신이란 별호를 가진 이위령의 밝은 귀와 바람을 타고 흐른다는 신묘한 창술 역시 적풍에게는 큰 도움이 될 터였다.

설루와 함께 신곡에 남을 사람들은 진의 입구까지 나와 적풍을 전송했으나 고력은 모습을 보이지 않았다.

신혈족 중 일부는 그런 고력의 행동을 불쾌하게 생각하기도 했으나, 적풍은 그게 본래 그의 본성임을 알기에 크게 개의치 않았다.

고력을 대신해선 그의 두 제자라고 할 수 있은 야문 십일선과 십이선이 배웅에 나섰다.

두 사람은 그때까지도 여전히 적풍과 일정한 거리를 두고 있었다.

아무튼 그렇게 일부의 사람들을 신곡에 남고, 적풍은 다시 강호로 향했다.

*   *   *

녹색 기운이 실내를 가득 채웠다.

녹색 기운들이 마치 실처럼 가는 줄기로 갈라져 거미줄이 쳐진 듯 공간을 지배하고 있었는데, 그렇다고 만질 수 있는 것은 아니어서 사람의 숨결이 닿으면 금세 연기처럼 흩어졌다.

수백 갈래로 갈라진 녹색 기운들은 하나의 뿌리에서 흘러나오고 있었다. 그리고 그 뿌리는 사람이었다.

"후욱!"

녹색 기운들을 끊임없이 흘러내던 자가 깊게 숨을 쉬었다.

그러자 방 안 전체를 장악하고 있던 녹색 기운들이 물결처럼 한 차례 흔들리고는 움직임을 멈췄다.

그때 문득 방문 밖에서 사람의 목소리가 들렸다.

"문주님! 손님이 오셨습니다."

방 안에 있던 자가 번쩍 눈을 떴다.

멈춰 있던 녹색 기운들이 소용돌이에 빨려 들어가듯 그의 입과 코로 흡수됐다.

그러자 언뜻 유약해 보이는 초로의 얼굴이 드러났다.

천의비문의 문주 유천궁이다.

"누구라고 하더냐?"

유천궁이 문쪽을 보며 물었다.

"묵안노가 보낸 사람입니다."

"묵안노……!"

유천궁이 나직하게 중얼거렸다. 순간 그의 몸속으로 사라졌던 녹색 기운이 한순간 눈을 통해 흘러나오는 듯하다가 다시 사라졌다.

"대전에서 보겠다."

"예, 문주!"

문 밖 사내가 대답을 하고는 사라졌다. 그러자 유천궁이 천천히 몸을 일으켰다.

"묵안노, 그자가 또 무슨 일로 사람을 보냈는가. 하지만 마한… 이제는 나도 쉽사리 당하지 않아. 치욕은 지금까지로 족했다. 비문의 아름다운 명성은 이제 과거의 일이다. 비문이 더 이상 강호의 아름다운 의가가 아닌 것을 그대가 알까?"

북두회 호천대 제구조의 조장 명사성의 동공이 빠르게 움직였다.

멀리 황해의 탁한 물결과 마주한 황량한 석산, 나무라고는 찾아보기 힘든 그 석산 한구석에 백여 그루의 소나무가 모인 작은 송림이 있다.

그 송림 안에 갈대를 엮어 지붕을 만들고 흙벽으로 바람을 막은 초가가 이십여 채 존재했다.

이곳이야말로 한때 강호에서 가장 신비롭고 존경받는 문파 중 하나였던 천의비문의 현 거주지였다.

"인간사(人間事) 알 수가 없어."

명사성이 혼잣말로 중얼거렸다.

그는 초가들 사이에서 유일하게 기와를 올린 집 마당에 서 있었다. 기와집이라고는 해도 급조한 기색이 역력해서 그 앞에 붙어 있는 문주전이라는 이름이 부끄러울 정도였다.

한때 세상에서 가장 존귀한 문파였던 곳의 거처라고는 믿을 수 없을 정도로 비루한 모습이다.

그러니 강호에서 가장 냉혹하다는 호천대의 고수 명사성조차도 씁쓸한 감흥에 빠져들지 않을 수 없었다.

그때 기와집 안쪽 문이 열렸다.

삐이걱!

쇠락한 가문의 문주전이라는 티라도 내고 싶은 걸까. 열리는 소리도 힘겨운 문이다.

명사성이 고개를 돌렸다. 그러자 앞서 그의 통보를 받고 문주 유천궁에게 말을 전하러 갔던 중년 사내가 모습을 나타냈다.

"드시오."

사내가 비루한 옷차림과 달리 당당한 태도로 말했다.

'훗, 곧 죽어도 명가의 식솔이란 건가?'

명사성이 내심 사내의 도도한 모습에 비웃음을 흘리며 사내의 안내에 따라 문주전으로 들어갔다.

그런데 대전의 문을 막 넘어서던 명사성이 자신도 모르게 흠칫 걸음을 멈췄다.

'이건 뭔가?'

수십 년, 어둠 속에서 강호를 종횡한 명사성의 본능이 위험을 경고하고 있었다.

그러고 보니 문주 전 안쪽의 사정도 밖에서 보는 것과는 무척 달랐다.

허름한 겉모습과 달리 문주전은 생각보다 넓고 단단해 보였다.

더군다나 빛이 거의 들지 않아서 아직 해가 질 시간이 아닌데도 사람의 얼굴을 분간하기 힘들 정도로 어두웠다.

"들어오시오."

문턱에서 걸음을 멈춘 명사성을 보며 천의비문의 사내가 말했다.

"밖에서 보던 것과는 다르구려."

명사성이 한 걸음 앞으로 옮기며 슬쩍 물었다.

"문주 전 뒤편은 절벽 속 동굴과 이어져 있소. 그 안의 석실이 모두 열두 개니 속이 밖보다 크달까."

사내가 냉랭한 태도와 달리 제법 친절하게 설명했다.

하지만 명사성은 그 친절한 대답에서 호의보다는 싸늘한 적의를 느꼈다.

하긴 그럴 만도 했다. 그간 천의비문이 북두회에 당해온 수모는 상상 이상이었다. 오늘의 천의비문의 이 비루한 처지는 사실 모두 북두회 때문이라고 할 수 있었다.

그렇게 생각하자 명사성이 자신도 모르게 자신의 목을 쓰다듬었다. 갑자기 이곳에서 자신의 목이 떨어질지도 모른다는 생각이 들었던 것이다.

그러다가 피식 실소를 흘렸다.

'의원 나부랭이들!'

생각해 보면 호천대 구 조의 조장으로서 부끄러운 일이었다. 겨우 의원 나부랭이들에게 겁을 먹다니 다른 동료들이 알면 놀림을 당할 일이다.

물론 천의비문에도 숨은 고수들이 있다는 것을 알지만, 그들이 제대로 된 고수였다면 지금껏 수모를 참고 살았을 리 없었다.

설혹 개중 정말 뛰어난 고수가 있다 해도 가문의 위기에도 힘을 쓸 용기가 없는 자들의 무공이란 낙엽보다도 쓸모가 없는 것이 아닌가.

"갑시다."

명사성의 금세 호천대 고수의 위엄을 되찾고 사내에게 말했다. 그러자 사내가 비릿하게 미소를 지으며 말없이 앞서 걷기 시작했다.

명사성은 그가 동굴 안쪽에 들어온 것인지 혹은 아직 동굴 밖 건물 부분에 있는 것인지 가늠할 수 없었다.

여전히 빛은 차단되어 있었고, 좁게 이어진 회랑은 수시로 방향을 바꿨다.

그러다가 드디어 제대로 빛이 존재하는 공간에 도달했다. 물론 그 빛은 태양으로 얻어진 빛은 아니었다.

사방 오 장여의 공간, 비좁은 문주전 내부에서는 그나마 너른 공간이라고 할 수 있는 곳이다.

세 개의 유등이 달려 있어 그곳에서 나오는 빛이 내부를 밝히고 있었다.

그리고 그곳에 그가 앉아 있었다.

애초에 병약한 자는 아니었으나 가문의 쇠락과 더불어 의기소침한 모습이 중병에 걸린 자를 연상케 하는 인물이었다.

명사성은 그를 잘 알고 있었다.

과거 그들이 천불동에 머물 때 그들을 통제하는 일은 호천대의 몫이었다. 그래서 자주는 아니어도 가끔 그의 얼굴을 보고 몇 마디 말도 나눈 적이 있는 명사성이었다.

"문주를 뵙습니다!"

명사성이 정중하게 천의비문의 몰락한 문주 유천궁에게 인사했다. 그러나 정중함은 꾸며진 것. 그의 얼굴에선 상대에 대한 두려움이나 존경심을 찾을 수 없다.

"어서 오시게."

유천궁이 거친 가죽을 깔아놓은 의자 깊숙이 몸을 기댄 채 대답했다.

순간 명사성의 눈빛이 살짝 흔들렸다.

'뭐지?'

이자는 과거 북두회, 그중에서도 묵안노 마한의 사자라면 버선발로 나와 맞던 자다. 그런데 지금 이 태도는 뭐란 말인가.

"묵안노께서 전하라는 말이 있으셨습니다."

명사성이 유천궁을 유심히 살피며 묵안노를 언급했다. 그럼에도 유천궁의 태도에는 변함이 없었다.

"말해보게."

"……."

유천궁의 예상 밖 반응에 오히려 명사성이 당황해 잠시 말문이 막혔다.

"난 시간이 그리 많지 않네. 할 일이 많아."

유천궁이 명사성의 말을 재촉했다.

"아, 죄송합니다. 묵안노께서는 한 가지 사실을 확인해 오라 하셨습니다."

"뭔가?"

"혹… 지왕종문에 끌려갔던 비문의 의원들이 돌아왔습니까?"

순간 유천궁의 눈이 가늘어졌다. 그 눈을 통해 한 줄기 날카로운 안광이 흘러나왔다가 사라졌다. 순간 명사성이 자신도 모르게 부르르 몸을 떨었다.

유천궁의 안광은 결코 나약한 의원의 눈빛이 아니었다. 그건 분명 절대적인 고수, 그것도 차가운 살기의 눈빛이었다.

"왜 그렇게 묻지?"

"예?"

"본 문의 형제들이 돌아왔어야 할 이유가 있느냐는 말이네."

"그것이… 돌아오지 않았군요."

"물론 오지 않았네. 그러니 이젠 자네가 내 궁금증을 풀어줘야 할 것 같은데……."

"그것이… 지왕종문에 변고가 생겼다고 하더군요."

"변고?"

"그렇습니다. 한 괴인(怪人)이 단신으로 대혈산에 들어가 여러 사람을 죽이고 천의비문의 의원 몇과 뇌옥에 갇힌 자들을 데리고 탈출했답니다."

순간 유천궁의 눈빛이 번뜩였다. 도저히 지난날의 나약한 유천궁이라고는 믿을 수 없는 눈빛이다.

명사성은 갑자기 이 건물에 들어설 때 느꼈던 두려움을 다시 느꼈다. 자기 목이 작두 위에 올라와 있는 것이 아닌가 하는 생각이 들 정도였다.

"그가 누군가?"

"예?"

"지왕종문에 들어갔다 나온 자 말이야."

"그건 저희도 아직… 단지 최근 들어 지왕종문을 따르던 문파들을 홀로 공격했던 초립 천무객이 아닐까 짐작하고 있습니다."

"초립 천무객이라… 그자에 대해선 나도 들었지."

"최근 들어 가장 유명한 인물이지요."

"그자의 정체는 아나?"

"그 역시……."

명사성이 고개를 저었다.

"후후후, 묵안노의 눈도 많이 흐려졌군. 그렇게 유명한 자의 정체를 아직도 파악하지 못하다니."

유천궁이 혼잣말로 중얼거렸다. 그러나 묵안노 마한을 조롱하는 듯한 그의 말에도 명사성은 감히 반박을 하지 못했다.

예전 천불동에서라면 절대 가만있지 않았을 명사성이다. 그러나 지금 그의 눈앞에 있는 유천궁은 그때와는 전혀 다른 사람처럼 보여서 그가 묵안노 마한을 조롱하는 것조차 무척 자연스럽게 느껴지는 것이었다.

"워낙 신출귀몰하는 자라……."

겨우 이 정도 대꾸가 명사성이 할 수 있는 말의 전부였다.

"알겠네. 날이 곧 저물 테니 하루 묵어가게."

"아, 알겠습니다."

명사성은 지금이라도 당장 이곳을 떠나고 싶었다. 용담호혈에 들어온 듯한 느낌이기 때문이었다. 그러나 그는 감히 유천궁의 권유를 거부하지 못했다.

"자림!"

"예, 문주!"

명사성을 유천궁에게 데려온 중년 사내가 대답했다.

"먼 길 온 손님이니 잘 모셔라!"

"알겠습니다, 문주!"

"그럼 쉬었다 가게."

유천궁이 그 말을 하고는 자리에서 일어나 유등 뒤쪽 어둠 속으로 사라졌다.

그러자 명사성이 자신도 모르게 가볍게 한숨을 내쉬었다. 오랫동안 물속에 들어가 있다가 나온 것 같은 해방감이 느껴졌다.

"갑시다."

그런 명사성을 보며 자림이라 불린 사내가 말했다.

"그럽시다."

명사성이 얼른 고개를 끄떡였다.

문주전을 벗어나자 호흡은 한결 더 가벼워졌다. 호흡이 가벼워지자 수많은 의문이 떠올랐다.

"의원의 이름은 어찌 되시오?"

그 여유가 자신을 데리고 나온 중년 사내의 이름을 묻게 했다.

"나 말이오? 난 견자림이라 하오."

"견 의원이셨구려. 그런데 천불동에서 보지 못했던 것 같은데?"

"나 역시 천불동에 있었소. 단지 가진 재주가 미천해서 앞으로 나서지 않았을 뿐이오."

"음, 그렇구려. 그런데……."

명사성이 망설이며 말꼬리를 흐렸다.

"말씀하시오."

견자림이 말했다.

"왠지 모르게 천의비문 문주께서 변하신 것 같다는 느낌이 들어서 말이오."

"그 모진 수모를 겪고도 변하지 않으면 사람이겠소?"

"음……."

명사성이 침음성을 흘렸다. 그 자신도 천의비문에 모진 수모를 준 사람 중 하나기 때문이었다.

"비문은 이제 병자를 받지 않소."

견자림이 명사성의 속내를 아는지 모르는지 말을 이었다.

"그러고 보니 이상하구려. 의가에 환자가 보이지 않으니……."

생각해 보면 애초에 가장 먼저 그 문제를 의아하게 생각했어야 했다.

아무리 쇠락한 천의비문이라도 의술에 대한 명성은 여전하다. 그러니 중병에 걸린 자들이 물어물어 천의비문을 찾아오는 것이 당연했다.

아마 그중에는 만금을 싸 들고 천의비문을 찾는 자들도 있었을 것이다. 그들을 받아들여 치료를 했다면, 지금 이렇게 곤궁해 보이는 천의비문의 사정은 달라졌을 것이다.

"문주께선 이곳 월출산에 도착하시어 더 이상 비문은 환자를 보지 않겠다는 선언을 하셨소. 비문의 문도들도 모두 그 말에 동의했고 말이오."

"아니, 대체 왜 그런 결정을 하셨단 말이오? 비문의 의술은 무가지보(無價之寶)! 그 의술을 포기하면 비문이 어찌 살아갈 수 있단 말이오?"

명사성이 진심으로 걱정스런 마음으로 물었다. 타인이지만 이대로 사장시키기에 천의비문의 의술은 너무 뛰어난 것이었다.

"본 문이 의술을 세상에 베푼 것은 선의로 한 일이오. 지난 세월 우리 비문의 도움으로 병을 고치고 수명을 연장한 자가 부지기수요. 북두회 육가 역시 마찬가지. 그런데 그 결과가 어떻소. 단지 그 옛날 의원을 찾아온 환자를 치료해 줬다는 이유로 본 문은 수십 년 수모와 멸시를 당했고, 급기야는 그 문도들이 뿔뿔이 흩어졌소. 만약 본 문에 뛰어난 의술이 없었다면 이런 일이 일어났겠소?"

"그거야······."

명사성이 대답을 얼버무렸다.

견자림의 말은 틀리지 않았다. 만약 천의비문에 신이 내렸다는 뛰어난 의술이 없었다면 오늘날의 고난은 겪지 않았을 것이다.

"사람들은 본 가의 의술을 하늘이 내린 무가지보라 하지만 우리에겐 재앙의 씨앗이었소. 그러니 문주께서 본 가의 의술을 봉인한 것은 문도들을 위한 어쩔 수 없는 선택이라고 할 수 있을 것이오."

"음··· 고육지책을 쓸 수밖에 없는 심정은 이해가 가오만··· 그럼 이젠 천의비문은 어떻게 살아가는 거요?"

"오늘 보신 대로요. 바다가 가까우니 고기잡이도 하고, 산이 없지 않으니 산채를 뜯어 먹을 수 있소. 그동안 금자도 조금 모아두었으니 내년부터는 산 아래 논밭을 사서 농사도 지을 생각이오."

"아······! 완전히 의원의 업(業)을 포기한단 말이오?"

"그렇소."

"그건… 그건 너무 아까운 일 아니오?"

"다른 사람을 구하려다 우리가 죽을 사정이니 어쩔 도리가 없구려."

견자림이 우울하게 대답했다.

명사성은 천의비문의 이 우울하고 어두운 기운이 수백 년 내려온 의술을 포기한 때문이라는 생각이 문득 들었다.

애초에 의술로 일어선 가문, 의술을 포기하면 그 생기가 사라짐은 당연한 일이었다.

"세상을 위해 참으로 아쉬운 일이오."

"세상은 은혜를 모르는 자들로 가득하오. 그런 세상에 어찌 다시 의술을 퍼뜨리겠소."

"그래도 천의비문의 의술이 사라지는 것은 아니니 아마 강호의 명문정파 중 비문의 의술이 필요한 문파가 생기면 분명 이곳을 찾을 거요. 그때는 치료를 거절하기 쉽지 않을 것이오만……."

"그 일이라면 걱정하실 필요 없소. 이제 이곳엔 문주님을 제외하고는 본가 의술의 정수를 깨달은 의원이 없으니까. 명의를 찾아 이곳으로 오는 자가 있다면 그야말로 헛걸음하는 것이라오."

"의원이 없다니, 그들이 다 어딜 갔다는 거요?"

"몰라서 묻소? 가장 뛰어난 사대의선은 묵안노께서 잡고 계시고, 일부는 지왕종문에서 데려가지 않았소. 이후에야 본 가의술에 정통한 의원은 겨우 서너 명 남아 있었는데, 그분들은 문주께서 의술을 봉인한다는 결정을 하자 각자 분가하여 이곳을 떠났소. 지금에야 어디에 있는지……. 하지만 그들 역시 한 가지 약속은 했소. 절대 천의비문이란 이름을 사용치 않을 거란 약속 말이오."

"아……."

명사성이 자신의 일처럼 탄식했다.

"이제 강호일절, 신비의술의 천의비문은 없어진 것이나 마찬가지요. 문주께서 비문의 정통 의술을 가르치지 않으시니 그저 평범한 의원들만 있을 뿐이고, 그들조차 환자를 보지 않으니 결국 의가로서는 생명을 다한 것이라 할 수 있소."

"참으로… 애석한 일이오."

"원망을 하자면 사실 이 모든 일이 묵안노께서 시작하신 일이 아니겠소?"

견자림이 원망스런 표정으로 말했다.

명사성도 이때만큼의 견자림의 원망을 탓할 수 없었다.

그러자 갑자기 이 처참히 몰락한 의가에 더 이상 머물 염치가 없어졌다. 머무는 것 자체가 바늘방석 위에 앉아 있는 느낌이다.

그래서 불쑥 명사성은 견자림에게 작별을 고했다.

"문주께서는 하룻밤 쉬어 가라시지만 아시다시피 우리 호천대는 잠시도 쉴 여유도 없는 곳이라오. 그래서 난 이만 가봐야겠소. 문주께는 대신 인사를 전해주시오."

"날이 지고 있는데……."

견자림의 말처럼 월출산에 석양이 드리우고 있었다. 떠날 시간이 아니라 쉴 때였다.

하지만 명사성은 이미 걸음을 옮기고 있었다.

"우리 같은 사람이야 밤을 낮처럼 쓰는 사람이니 상관없소. 부디… 평안하시오!"

명사성이 견자림에게 한마디 인사를 남기고는 마치 누가 잡기라도 할 것처럼 훌쩍 몸을 날려 송림 사이로 사라졌다.

명사성이 사라지자 견자림이 차가운 눈빛을 흘리며 말했다.

"아쉽군. 하룻밤 지내고 가면 더 재밌는 이야기를 들려줄 수도 있었는데… 신의(神醫)는 사라졌지만 마의(魔醫)가 태어난 이야기 말이지. 더 이상 사람을 살리지는 않지만, 죽이기는 한다는 사실은 모르고 가네. 운 좋은 사람이구만. 마의의 의술을 경험할 기회에서 벗어나다니, 후후!"

제4장
어둠 속에서…

북두회 육가에서 동원한 고수의 숫자가 일백팔십, 호천대 십이 개 조 중 정확히 절반이 동원됐다. 총인원 삼백에 이르는 숫자였다.

또한 그들의 원정 중에 곳곳에서 그들의 보급과 눈이 되어 움직이는 문파와 고수들을 더하면 근 천여 명이 이번 원정에 관여하고 있었다.

묵안노 마한은 명화산 북두회의 성 깊숙한 곳에 앉아 우울한 표정을 짓고 있었다.

그가 북두회를 만든 지 어언 삼십여 년, 그중 이렇게 대규모의 고수들을 북두회의 이름으로 강호에 내보내는 것은 처음 있는 일이다.

이런 방식은 사실 그가 일하는 방식이 아니었다. 그는 조용히 계획을 꾸미며 적을 궁지에 몰아넣은 후, 은밀하게 최후의 일격을 가해 숨통을 끊는 수법을 즐겨 썼다.

그래서 그동안 북두회가 천하를 지배하는 데 필요한 무력도 호천대면 족했던 것이다.

더군다나 이번 대규모 고수 집단의 출행은 그가 주도한 것도 아니었다. 북두회 육가의 수장들은 지왕종문이 한 명의 검객에게 농락당했다는 소식을 듣는 순간 누구도 말릴 수 없는 전의를 일으켰다.

아무리 악명이 높다 한들 단 한 명의 고수에게 당한 지왕종문은 더 이상 두려운 존재가 아니었다.

지왕종문을 멸하고 강호의 패권을 온전히 자신들의 손에 움켜쥐겠다는 욕망이 북두회 육가 수장들의 눈과 귀를 멀게 했다.

그래서 그들은 도대체 지왕종문을 쑥대밭으로 만든 자가 누군지, 혹은 황하 이남에서 꾸준히 세력을 키워가고 있는 십자성의 행보가 어떠할지, 하물며 그들 각자가 속한 강호의 세력들, 북산맹이나 천마맹, 혹은 정천육문이나 오대세가의 다른 문파들이 이 원정을 어찌 생각할지 같은 것에는 관심도 두지 않았다.

하물며 각 문파가 속한 세력의 다른 문파들의 동참도 거부한 채 오직 육가의 고수들만으로 원정대를 꾸렸을 정도였다.

승자가 모든 것을 갖는 싸움, 그 달콤한 열매를 다른 문파들과 나누고 싶지 않기 때문이다.

하지만 그 무엇보다 더 위험천만한 일은 육가의 가주들이 스스로 이 원정대에 참여한다는 사실이었다.

가주들이 참여한 원정에서 패한다면 그건 그 즉시 육가, 아니, 북두회의 몰락으로 이어질 것이다.

하지만 육가의 주인들은 실패할 경우 마주쳐야 할 참담한 현실 같은 것은 전혀 생각지 않았다.

묵안노로서는 절로 한숨이 나올 수밖에 없는 상황이었다.

"노야! 이젠 가셔야 합니다."

문득 문 앞에서 중년 사내의 목소리가 들렸다.

마한이 고개를 돌렸다.

호천대 육 조의 조장 노왕이 보인다. 처음 북두회를 만들 때부터 마한의 심복이었던 자, 북두회 육가 어느 곳에도 속하지 않으며 마한과 뿌리가 같은 노광이다.

"노광, 어찌 생각하느냐?"

"……?"

"이번 원정 말이다."

"성급한 결정이지요. 이긴다 한들 손실이 막대해 북두회의 힘은 오히려 크게 추락할 것입니다."

"너조차도 생각하는 바를 왜 그들은 생각지 못할까?"

"욕망에 눈이 먼 것이지요."

"후욱… 어리석은 자들. 하긴 그러하니 내가 그들을 통제할 수 있는 것이겠지."

묵안노 마한이 힘겹게 자리를 털고 일어났다.

그의 나이가 백 세를 넘은 지 언제던가. 강호엔 그저 팔십 전후의 인물로 알려져 있지만 기실 그는 백 세가 넘은 이후부터는 나이를 세지 않은 지 오래였다.

"돈오에게 전하라!"

"명을 받습니다."

"정천사자를 낸다."

"대야!"

노왕이 놀란 얼굴로 마한을 바라봤다.

"이번이 좋은 기회야, 강호에 정천사자의 존재를 드러낼……. 더군다나 육가는 필시 어려움을 겪을 것인데, 그들을 위기에서 구해주면 향후 정천사자의 존재를 인정받는 데 큰 도움이 될 것이다."

"그러나… 아직 그들은 완성되지 않았습니다."

"물론 석년의 검은 사자들에 비할 바는 아니지. 하지만 그럼에도 불구하고 당금 천하에 그들을 상대할 자들을 찾기 힘들 것이다. 홀로라면 모를까, 함께 움직이는 정천림은 무서운 흉기지. 그것으로 충분해. 천의비문의 의선들이 해줄 수 있는 일도 더 이상은 없고. 그들 스스로 자신들의 잠력을 깨우치지 않는 이상은……."

"알겠습니다. 모시겠습니다."

노광이 고개를 숙여 보이고는 문을 열었다.

그런데 마한이 열린 문으로 나가기도 전에 한 여인이 문 안으로 들어섰다.

"사부님!"

"네가 무슨 일이냐?"

마한이 의아한 표정으로 그의 거처로 들어오는 이제자 황옥에게 물었다.

본래 황옥은 마한의 명으로 이번 출행에 동행하지 않기로 했었다.

"지왕종문에 나가 있는 세작으로부터 급한 연락이 와서……."

"무슨 일이냐?"

"뒤늦게 한 가지 사실을 더 알아냈다고 하는데 그것이……."

"중요한 문제냐?"

"그렇습니다."

황옥이 표정이 심상찮다. 평소 염기가 은은히 흐르는 그녀의 얼굴이 오늘은 차갑게 굳어 있었다.

"고해라!"

"당시 절벽에서 뛰어내려 탈출한 침입자가 마지막 순간 지왕종문의 새로운 총관 모악에게 한 말을 놓쳤었답니다. 최근 들어 그 말이 어떤 것인지 확인했는데, 그 말에… 사숙이 언급되었답니다."

"뭣?"

마한이 화들짝 놀라 소리쳤다.

그가 비틀거리면서 한쪽 서탁을 잡았다.

"사부님!"

황옥이 얼른 마한을 부축했다.

"괜찮다."

마한이 황옥의 손을 밀어냈다. 그러고는 깊은 눈으로 황옥을 보며 물었다.

"분명 사제라 했느냐?"

"그렇습니다. 지왕종문에 의천노공의 경고를 전했다고 합니다."

"아하… 과연 법황이로다. 월하선봉에 앉아서 천하의 정세를 한눈에 살피고 있었다니……."

마한이 혀를 찼다.

"법황께서 회복하신 걸까요?"

황옥이 두려운 표정으로 물었다.

"글쎄… 모르는 일이지."

"하지만 그 독은 해독에 적어도 십 년은 필요하다지 않았습니까?"

"그렇다. 하지만 그 당사자가 월문의 법황이라면 또 모르지. 그래도 칠팔 년은 생각했었건만……."

"확실한 것은 아니니 월하선봉에 사람을 보내보심이 어떠할지?"

"어리석은 소리. 경계치 않으면 모를까 일단 경계하기 시작하면 누구도 월하선봉에 접근할 수 없다. 근방의 산촌에 법황을 지키는 자들이 숨어 있음을 모르느냐?"

"그럼 어찌해야 합니까?"

"지금으로선 계획대로 진행할밖에……. 한 가지 안심이 되는 건 사제가 날 찾아오지 않았다는 사실이다. 그건 두 가지 경우에 가능한 일이지. 하나는 아직 날 상대할 정도로 회복되지 않아서 다른 사람을 강호에 내보냈을 경우, 다른 하나는 내가 하는 일에 사제도 동의하고 있다는 의미일 수도 있다. 어떤 경우든 나에겐 적어도 이번 지왕종문 원정을 끝낼 시간이 있다는 뜻이다."

마한의 눈에서 투기가 솟구쳤다.

"이렇게 되고 보니 오히려 원정을 결정한 것이 다행이군요."

"그래… 일이 급하게 되었어. 이 원정에서 난 더 큰 것을 얻어야겠구나. 이번 일이 끝나면 북두회를 손에 넣겠다. 지왕종문이 멸망한 바로 그 자리에서……. 우리의 모든 힘을 그곳으로 모은다!"

"알겠습니다."

"모두에게 알려라!"

"준비하겠습니다."

황옥이 대답했다.

그런데 마한의 신경을 거스르는 소식은 그것이 전부가 아니었다.

"노야!"

마한이 막 황옥과 노광을 데리고 자신의 거처를 벗어났을 때, 월출산으로 심부름을 보냈던 호천대 구 조의 조장 명사성이 도착한 것이다.

"벌써 왔는가?"

생각보다 일찍 귀환한 명사성을 보며 마한이 물었다.

"오래 머물 곳이 못 돼서……."

"그게 무슨 소린가? 설마 내 사람을 박대하던가?"

"그런 것은 아닙니다."

"그럼? 갔던 일은 어찌 되었는가?"

마한이 물었다.

"그들은 천의비문에 귀환하지 않았습니다."

"그래? 그럼 정말 사제인가?"

마한의 표정이 어두워졌다.

"그런데……."

더 할 말이 남은 듯 명사성이 마한을 바라봤다.

"말해보게. 또 무슨 일이 있었나?"

"천의비문이 의가의 명패를 내렸답니다."

"응?"

"더 이상 의술을 후대에 전하지 않을뿐더러, 앞으로는 단 한 명의 환자도 받지 않겠다고 했습니다."

"유천궁이 그런 결정을?"

마한이 놀란 표정으로 되물었다.

"그렇습니다. 대신 문도들은 근처 바다에 나가 고기를 잡고, 산 아래 논밭을 일궈 농사를 짓는다고 했습니다. 그나마 남아 있던 뛰어난 의원들은 모두 문파를 떠났다고 했습니다. 월출산 천의비문의 거처가 너무 비루하고 비참해 보여서 하루 묵어 오는 것조차……."

"음… 유약한 자 같으니라구!"

마한이 혀를 찼다. 유천궁을 힐난하는 소리다.

"믿을 수 있을까요?"

황옥은 의심스런 모양이었다.

"별수 없었을 게다. 곁에 제대로 된 신의는 한 명도 남아 있지 않으니……. 더군다나 비문을 그리 만든 사람이 바로 유천궁 그 자신, 문도들 역시 그를 신뢰하지 않을 테니 어쩔 수 없는 선택이었겠지."

"하지만 아직 사대의선이 건재하지 않습니까?"

"그들은 내 손에 있다. 그리고… 이렇게 된 이상 그들이 천의비문으로 돌아갈 일은 없을 거야. 그들은 의술을 포기할 수 없는 사람들이니까. 아쉬운 일이지만 나쁜 소식은 아니다. 사대의선을 영원히 내게 복종시킬 수 있는 기회니까."

"그들이 정말 돌아가지 않을까요?"

황옥이 물었다.

"사대의선은 의술에 미친 자들이야. 의술은 그들의 생명과 같다. 절대 의술을 포기한 유천궁에게 돌아가지 않을 게다."

"그렇다면 다행이군요."

"나쁜 일은 아니지. 일단 지왕종문의 일에 매진한다. 그곳에서 큰 승부를 본 후… 사제를 만나겠다."

마한의 시선이 북쪽으로 향했다. 그 먼 어느 곳에 월하선봉이 있고, 그곳에서 그의 사제이자 월문의 법황 의천노공 우서한이 그를 기다리고 있을 것이다.

*   *   *

단웅족을 떠나 십자성에 들어 사혼으로부터 고된 가르침을 받던 무투와 이산해는 오랜만에 해방감을 느꼈다. 시원한 바다가 그들의 눈앞에 펼쳐졌기 때문이다.

"낄낄낄!"

갑자기 무투가 낄낄거렸다.

"갑자기 왜 그러나?"

이산해가 물었다.

"흑운, 그 친구가 불쌍해서."

"후후, 그렇군. 우리 중에 제일 수련동을 갑갑해하던 친구였는데 정작 그곳을 벗어난 것은 우리 둘이니 말이야."

"아마 오늘도 그 늙은 사부에게 피를 말리고 있을 걸세."

무투가 재밌다는 듯 빙글거리며 말했다.

"후우… 참, 고된 시간이었어."

"그렇게 말일세. 난 조금만 더 있었으면 십자성을 떠나 초원으로 돌아갔을 거야."

무투가 징그럽다는 듯 고개를 저으며 말했다.

"얼마나 다행인가. 마침 그때 성주의 심부름이 우리에게 맡겨졌으니 말이야."

"그런데 이상한 일이지? 왜 성주께서는 성에 돌아오지 않으시고 우리에게 이 심부름을 시키셨을까?"

"글쎄. 나도 그게 의문이긴 해."

이산해가 고개를 갸웃했다.

"뭐, 이유야 어쨌든 십자성을 벗어나니까 살 것 같단 말이지. 그런데 저긴가?"

"음… 그런 것 같군. 산이 묘한 게 나무도 별로 없고 말이야. 저기 송림 한 무더기가 있는 걸 보니 저기가 분명해."

"휴… 제법 오래 걸렸군."

"그러게 말일세. 보름은 걸렸지?"

"어서 가세. 일을 마치면 이번에는 천천히 돌아가세."

"그러자고. 사실 십자성에서 우리가 할 일은 별로 없으니까."

"제길 십자성은 천하를 지배하려고 하는데, 우린 그동안 무공만 수련했으니……."

"그래도 덕분 고수 소리를 듣지 않는가?"

"하긴 그 노인네 무공이 보통은 아니니까."

"자자, 얼른 가세. 이랴!"

두 사람이 말에 힘껏 박차를 가했다.

그러자 두 필의 말이 단단한 모래사장에 발자국을 남기며 월출산을 향해 달리기 시작했다.

"아버님, 다시 한 번 생각하세요."

천의비문의 문주 유천궁의 무남독녀인 유역비가 송림을 벗어 나려는 유천궁을 만류했다.

"이미 결정된 일, 더 이상 거론치 말거라!"

"숙부님, 저 역시 역비와 같은 생각입니다. 숙부께서 아니 계 시면 본 문은 정말 이대로 소멸할지도 모릅니다."

조카 유요도 유역비의 말에 동조했다.

"그런 일은 없을 것이다. 언젠가는 사대의선도 또 떠나보낸 형제들도 모두 돌아오게 될 것이다. 그때까지는 너희가 문도들 을 잘 단속하도록 하여라. 다른 생각 말고 오직 의술에 매진하 거라."

"아버님께선 버리신 의술을 어찌 저희더러 익히라 하십니 까?"

유역비가 불만을 털어놨다.

"그럼 너희도 마의(魔醫)의 길을 가겠느냐?"

유천궁이 물었다. 그러자 유역비와 유요가 말문을 닫았다. 그들의 눈에 두려운 빛조차 보였다.

"단 한 번… 이번 단 한 번만 강호에 마의(魔醫)의 무서움을 보여주겠다. 그럼 세상은 더 이상 우리 천의비문을 신비의가로 서 존경하지는 않겠지. 하지만 대신 문도들의 안전은 보장될 것 이다. 이후의 일은 오직 너희 두 사람에게 달렸다. 문도들을 잘 이끌어 후대에는 다시 신비의가로서의 명성을 회복토록 하거 라."

유천궁이 마치 유언을 남기는 사람처럼 말했다.

"아버님!"

유역비가 말을 잇지 못하고 울먹였다.

그런데 그때였다. 유천궁을 호위하듯 둘러서 있던 자 중 한 명이 나직하게 말했다.

"문주님, 사람이 오고 있습니다."

"사람이?"

유천궁이 송림 밖으로 시선을 돌렸다. 그러자 월출산 남쪽 길을 말을 타고 오르는 두 사람이 보였다.

"어디서 온 자들일까? 이곳에 천의비문이 있다는 것을 아는 자는 드문데……."

유천궁이 눈을 가늘게 뜨며 중얼거렸다.

"말 타는 재주가 비상한 자들입니다. 저 산길을 말을 타고 오르는 자는 보지 못했습니다만……."

중년 사내가 말했다. 그는 얼마 전 마한의 심부름을 왔던 노광을 상대한 견자림이란 사내였다.

"그렇군. 저 험한 길을 말을 몰아 달리다니 특별한 자들이야."

유천궁도 호기심을 보였다.

그러는 사이 비탈진 바위 산길을 오른 두 사람, 이산해와 무투가 순식간에 송림 앞에 당도했다.

두 사람은 마치 마중이라도 하듯 송림 입구에 나와 있는 유천궁 등을 보고 잠시 당황한 표정을 짓다가 이내 말에서 내려 유천궁 앞으로 다가왔다.

"누구요?"

이산해와 무투가 다가오자 견자림이 두 사람 앞을 막아서며 물었다. 그러자 이산해가 대답했다.

"여기가 천의비문이오?"

"그렇소."

"역시 제대로 찾아왔군."

이산해가 무투를 보며 고개를 끄떡였다.

"무슨 일로 본 문을 찾아왔소? 본 문은 더 이상 병자를 보지 않소."

"걱정 마시오. 병을 고치러 온 건 아니니까. 우린 심부름을 왔소."

"심부름? 누구의 심부름이오?"

"그건 문주님을 뵙고 말씀 드리겠소. 문주님을 뵐 수 있겠소?"

이산해가 묻자 견자림이 화가 난 표정으로 말했다.

"자신들의 정체를 밝히지도 않으면 본 문의 문주를 뵙겠다니 비록 본 문이 쇠락했다고는 해도 너무 무례한 일 아니오?"

"그렇게 되나? 이것 참… 그래도 꼭 문주님을 뵙고 말씀드려야 하는데……."

이산해가 난처한 기색으로 중얼거렸다.

견자림이 그런 이산해에게 다시 한 번 독설을 쏟아내려는데 유천궁이 손을 들어 견자림을 제지하며 말했다.

"내가 유천궁이오. 그러니 이제 말해보시오. 누구 심부름을 왔소?"

유천궁의 말에 이산해가 놀란 표정으로 유천궁에게 물었다.

"정말 천의비문의 문주십니까?"

"그렇소."

"아니, 그런데 왜 여기 나와계십니까?"

"당신들은 운이 좋았소. 난 지금 이곳을 떠날 생각이었소. 그러니 이제 말해보시오. 누구 심부름을 왔소?"

"우린… 십자성주님의 심부름을 왔습니다."

"음!"

유천궁이 나직하게 침음성을 흘렸다.

그러자 그때까지 침묵을 지키고 있던 유역비가 앞으로 나서며 날카롭게 물었다.

"대체 십자성주가 왜 사람을 보냈나요? 그도 우리에게 요구할 것이 있나요?"

워낙 서릿발 같은 태도라 이산해가 절로 인상을 찡그리며 대답했다.

"제길, 그딴 건 나도 모르오. 아니, 그리고 십자성이 무슨 강도나 도둑도 아니고, 언제 천의비문에게 뭘 요구했다고 그러시오? 우린 단지 서찰 한 장 가져왔을 뿐이오."

이산해가 불쾌한 표정을 지으며 품속에서 검은색 봉투에 든 서찰을 꺼내 유천궁에게 건넸다.

그러자 유천궁이 말없이 서찰을 받아 펼쳤다.

"음……!"

서찰을 읽어가던 유천궁이 나직하게 신음을 흘렸다.

"무슨 내용이에요?"

유역비가 걱정스런 표정으로 유천궁에게 물었다. 그러자 유천궁이 고개를 저으며 말했다.

"너희는 알 것 없다. 수고하셨소. 그런데 이 서찰… 혹 읽어 보았소?"

유천궁이 이산해에게 물었다. 그러자 이산해가 황당한 표정으로 대답했다.

"무슨 그런 엄청난 말씀을 하시오? 우리가 어찌 감히 성주님의 서찰을 함부로 꺼내 읽는단 말이오! 우린 그럴 용기가 없소."

이산해의 말에 유천궁이 고개를 끄떡였다.

"그것참 다행이오. 만약 그대들이 이 서찰을 읽었다면 아마 오늘 이곳에서 내 손에 죽었을 거요."

유천궁의 살벌한 말에 이산해와 무투가 반발을 하려는데 갑자기 유천궁의 손에 들렸던 서찰이 녹색 연기를 내며 타들어가기 시작했다.

아니, 그건 타들어가는 것이 아니었다. 그냥 녹색 물에 물들어가는 것이라고 하는 것이 맞을 듯했다.

그렇게 녹색을 지나 검게 변한 서찰이 한순간 재처럼 부서져 버렸다.

이산해와 무투는 유천궁이 도대체 무슨 수를 쓴 것인지 도저히 알 수가 없었다.

그래서 두 사람은 갑자기 강호에 유약하다고 알려진 천의비문의 문주에게 두려움을 느꼈다.

무투의 반발심 역시 자연스레 수그러들었다.

"아버님, 대체 무슨 서찰이기에……?"

유역비가 다시 물었다. 그러자 유천궁이 고개를 저으며 말했다.

"서찰에 대해 더 이상 묻지 마라."

워낙 단호한 유천궁의 말에 천의비문의 문도들이 감히 서찰에 대해 물을 생각을 하지 못하고 입을 닫았다.

유천궁이 이산해와 무투에게 말을 건넸다.

"먼 곳에서 온 분들이라 하루 대접하고 싶지만 보다시피 내가 오늘 이곳을 떠날 참이라 대접하지 못하겠소."

"상관없소. 심부름이 끝났으니 우린 그만 가보겠소."

이산해와 무투는 얼른 유천궁에게서 벗어나고 싶어졌다. 그래서 다른 때라면 축객령에 불평을 늘어놓았을 무투조차도 오히려 반가운 표정으로 대답했다.

"그럼 편히 가시오. 그리고 십자성주를 뵙게 되면 고맙다고 전해주시오. 만나면 꼭 빚을 갚겠다고 말이오."

빚이라는 것이 좋은 의미인지 나쁜 의미인지 가늠할 수 없었지만 유천궁의 표정이 그리 사납지 않은 것에 안도하며 이산해와 무투가 고개를 끄떡이고는 급히 말에 올랐다.

그러고는 잠시 머쓱한 표정을 짓다가 이내 말을 달려 산을 내려가기 시작했다.

"아버님, 서찰에 무슨 글이 쓰여 있었나요?"

이산해와 무투가 떠나가 유역비가 다시 물었다.

"알 것 없다."

유천궁이 다시 냉랭하게 대답했다.

이산해와 무투가 있어서 서찰의 내용을 비밀로 한 것이 아니었던 것이다. 유천궁은 정말 그 자신만 서찰의 내용을 알고 있으려는 것이다.

"도대체 무슨 서신이기에……?"

유역비가 서운함보다는 호기심을 드러내며 중얼거렸다. 그러자 유천궁이 대답했다.

"서찰의 내용을 알게 되면 너희가 위험해질 수 있다. 그러니 모르는 게 좋아."

"위험한 소식입니까?"

유요가 물었다.

"아니… 즐거운 소식이다. 아주 오랜만에 즐거운 소식을 들었으니 이번 출행은 좋은 일이 많을 것 같구나."

유천궁이 미소를 지으며 슬쩍 고개를 돌렸다.

그런데 그때 이번에는 석산의 북쪽에서 세 명의 사내가 불쑥 모습을 드러냈다.

"저… 들은……?"

천의비문의 문도들이 놀란 표정으로 사내들을 노려봤다.

천의비문의 문도들은 한눈에 그들이 누군지 알아봤다.

모습을 드러낸 자들은 북두회 호천대의 고수들이다. 그중에서도 도도하기 이를 데 없는 전오조(前五組)의 고수들이다.

호천대 전오조(前五組)는 육가의 고수들로 구성되어 묵안노의 지시보다는 육가 가주들의 지시에 복종하는 자들이다.

그래서 그들은 후오조나 살수조인 십일, 이 조에 비해 항상 우월하다는 의식을 지니고 있었다.

본래 호천대에서 천의비문을 감시한다면 후오조에 속한 자들의 일이어야 정상이었다. 물론 가끔 그들도 불광산 천불동에 모습을 드러내긴 했으나 그곳에 머문 적은 없었다.

그런데 전오조에 속한 고수들이 나타났으니 의아한 일이 아닐 수 없었다.

"당 대협께서 여긴 어쩐 일이십니까?"

유요가 앞으로 나서 다가서는 세 명의 호천대 고수 중 가운데 서 있는 중년 사내에게 물었다.

"안녕하시오, 유 의원. 우린 육가 가주님들의 명을 받고 왔소."

중년 사내가 날카롭게 천의비문의 문도들을 응시하며 말했다.

그의 시선은 마지막으로 천의비문주 유천궁에게 머물렀는데, 그 눈빛이 칼처럼 날카로웠다.

"그래, 육가의 가주들께서는 또 무슨 일로 그대들을 보내셨는가?"

유천궁이 물었다.

그러자 당 대협이라 불린 자가 희미한 미소를 지으며 물었다.

"그것보다 좀 전에 왔던 자들은 누굽니까?"

사내는 존대를 하고 있었지만, 그 말투는 마치 아랫사람을 대하는 듯 도도했다.

"강호의 친우가 보낸 서신을 가지고 온 자들이네."

유천궁이 대답했다.

"어떤 친우를 말씀하시는 건지……?"

이쯤 되면 거의 추궁하는 것과 다름없다. 유천궁이 살짝 아미를 모았다. 못마땅한 표정이 역력하더니 북두회의 무사에게 되물었다.

"이름이 뭔가?"

"나 말입니까?"

북두회의 무사가 뜨악한 표정으로 물었다.

"자네 말고 누구 이름을 묻겠나?"

"당척심이라고 합니다만……."

"당척심이라. 자네 지난번에 묵안노가 사람을 보냈었다는 걸 아나?"

"구 조장 명사성이 왔다 갔다는 것은 알고 있습니다."

"음… 그가 왔다 갔는데, 자네들이 또 왔다는 건가?"

"뭔가 오해를 하시는군요."

"무슨 오해 말인가?"

"우린 사실 이번에 온 것이 아니라, 비문이 천불동을 떠나 월출산에 자리를 잡을 때부터 늘 주변에 있었습니다."

그러자 유천궁의 눈이 가늘어졌다.

그러고는 뭔가 골똘히 생각하다 물었다.

"묵안노의 생각은 아닐 테고. 그의 지시였다면 다시 구 조의 조장이 왔었을 리는 없었을 테니……."

"우린 묵안노가 아닌 육가 가주님들의 지시를 따르지요. 호천대 전오조에 대해 아시지 않습니까?"

다 알면서 그건 왜 묻냐는 듯 당척심이 차갑게 되물었다.

"물론 알고 있지. 하지만 노파심에 다시 한 번 확인을 하려 했을 뿐이네."

"대체 무슨 말을 하시는 겁니까? 노파심이라니……?"

"자네들에게 무슨 일이 생기면 묵안노가 날 의심할까 봐서……."

"우리에게 무슨 일이 생긴단 말입니까? 감히 누가… 컥!"

한순간 당척심이 자신의 가슴을 부여잡고 컥컥거리기 시작했다.

그러고는 급기야 그 자리에 무릎을 꿇었다.

당척심만이 아니었다. 그와 함께 왔던 다른 두 명의 호천대 고수 역시 당척심과 사정이 같았다.

"이게 무… 슨……?"

당척심이 당혹한 표정으로 유천궁을 올려다봤다.

"자네 성이 당씨이니 당문의 출신이겠지?"

"그, 그렇소."

"그럼 독에 조예가 깊을 테니 자네가 중독된 독이 얼마나 강력한 것인지 알겠군. 또 내가 언제 하독을 했는지도 알겠고……. 그걸 안다면 해독도 할 수 있을 테지. 그럼 몸을 회복한 후 돌아가게. 가서 육가의 가주들에게 전해. 비문의 신의(神醫)는 대가 끊겼고, 마의(魔醫)가 그 자리를 대신하게 되었다고! 우린 가자. 너희 둘은 청소를 잘하거라. 우리의 출타가 강호에 알려지지 않도록!"

유천궁이 유역비와 유요를 보며 당부했다.

"알겠습니다."

두 사람이 굳은 표정으로 대답했다. 그들로서는 유천궁이 비록 마의가 되었다지만 사람에게 독수를 쓰는 것은 처음 보았기에 경직될 수밖에 없었다.

두 사람이 대답하자 유천궁이 천천히 송림을 벗어나 산길을 내려가기 시작했다. 그의 뒤쪽으로 일곱 명의 비문 문도가 호위하듯 따라붙었다.

"이게… 마의의 힘인가?"

유요가 나직하게 중얼거렸다.

"두려워요."

유역비가 말했다.

"음……."

유요 역시 동의하는 듯 고개를 끄떡였다.

그러자 바닥에 쓰러져 죽어가고 있는 당척심이 힘겹게 물었다.

"너… 너희들 대체 무… 슨 짓을……?"

"왜, 독을 해독할 자신이 없는 모양이지?"

유역비가 당척심을 내려다보며 차갑게 물었다.

"어… 서 해약을 내놓아……."

"아직도 정신을 못 차렸구나. 아버님의 말씀을 잊었느냐? 그 도도한 당문의 제자라면 스스로 해독하라 하시지 않았느냐? 살고 죽는 것은 오직 네 능력에 달린 문제다. 하지만 내 생각에 너희가 육가의 가주에게 이곳의 일을 전하지는 못할 것 같구나. 비문의 마의는 당가의 독 따위는 꽃가루같이 생각하니까. 마의를 깨운 것은 결국 북두회! 그 결과 또한 너희가 감당해야 겠지. 오라버니, 들어가요."

유역비가 유요에게 말했다.

"그러자꾸나. 이제부턴 좀 더 주변 경계를 철저히 해야겠어."

유요가 대답을 하면서 유역비와 함께 걸음을 옮겼다.

그 순간 거짓말처럼 당척심의 숨이 끊기면서 그와 그 동료들의 몸이 녹색으로 물들었다.

그리고 채 일각이 지나기도 전에 그들의 몸이 물로 변해 녹아내렸다. 그 옛날 요하의 한 마을에서 화수 유취려가 설루를 구하고 구지마 기륜의 시신을 처리할 때와 비슷한 상황이었다.

단지 하나 다른 점이 있다면 당시 구지마 기륜의 시신은 투명한 물로 녹아버렸지만 오늘 호천대 삼 인 고수의 몸은 먹빛처럼 녹수로 변해 땅속에 스며들었다는 것 정도였다.

　　　　　＊　　　　　　＊　　　　　　＊

　일엽편주라는 말이 잘 어울리는 배 하나가 황하의 밤물결에
일렁이고 있었다.

　그 위에 다섯 사람이 타고 있었는데, 유유히 달빛 드리운 밤
의 강을 흘러 내려가던 배가 갑자기 크게 출렁였다.

　철썩!

　연이어 갯바위에 부딪히는 파도처럼 강력한 물결이 일렁이더
니 한순간 밤안개를 뚫고 괴물 같은 크기의 괴선이 불쑥 눈앞
에 등장했다.

　그러나 작은 배에 타고 있던 자들은 크게 놀라지도 않고 오
히려 반가운 표정을 지으며 손을 흔들었다.

　"성주!"

　배 위에서 천무흑룡선의 선주인 장강 이무기 도진의 목소리
가 들렸다. 그러자 적풍이 가볍게 손을 들어 대답을 대신했다.

　"사다리를 내려라!"

　"예, 선주!"

　도진의 명을 받은 배 위의 천무맹 고수들이 급히 줄사다리
두 개를 내렸다.

　적풍이 한 손으로 줄사다리를 잡더니 가볍게 허공으로 떠올
랐다. 이후에는 사다리를 밟지도 않고 그대로 배의 갑판 위에
내려섰다.

　뒤를 이어 쿠샨과 적풍을 따라온 세 명의 신혈족이 배에 올

랐는데 신혈족들은 배가 나타나는 순간부터 머리에 쓴 갓으로 얼굴을 가리고 있었다.

"성주님을 뵙습니다."

장강 이무기 도진이 적풍에게 포권을 해 보였다. 그러자 그의 뒤에 도열해 있던 천무맹의 고수들이 일제히 고개를 숙여 보인다.

제법 수가 많았지만 입 밖으로 소리를 내는 자는 오직 도진 한 명이었다.

잡다한 내력을 지닌 자들이 모인 천무맹이라고는 해도 세 척의 용선에 오를 자들의 내력은 샅샅이 조사해 선별했기에 천무선에 탄 자들은 신뢰할 수 있는 사람들이었다.

그러나 그럼에도 불구하고 적풍으로선 신혈족들의 정체를 드러낼 수 없었다. 신혈족은 존재는 잘못 알려지면 천무맹을 사분오열시킬 수도 있기 때문이었다.

그래서 그를 따라온 세 명의 신혈족은 머리에 갓을 쓴 채였다.

"야문은 움직였소?"

적풍이 도진에게 물었다.

"이미 북두회의 흐름을 파악했습니다."

"음, 묵안노는?"

"북두회 원정대의 후위를 따라 이동하고 있답니다."

"다시 전서를 보내시오. 묵안노의 주위를 살피는 일에 좀 더 집중해 달라고 하시오. 적어도 반경 삼십 리 이내는 샅샅이 눈에 넣고 있어야 하오."

"그렇게까지 말입니까? 사람이 부족할 수도 있는데……."

"원정대의 본대를 따라 움직이는 사람들을 불러 써도 된다고 하시오. 그들이 갈 곳이야 정해져 있으니까."

"알겠습니다."

장강 이무기 도진이 대답했다.

"그대도 내가 찾으려는 자들이 누군지 짐작할 거요."

"물론입니다. 어찌 모르겠습니까."

장강 이무기 도진은 적풍이 마한이 키워낸 신혈족 고수들을 찾으려 한다는 것은 이미 알고 있었다.

"좋소. 그리고 한 가지 더 해줄 일이 있소."

"하명하십시오."

"배를 한 척 더 준비해 주시오."

"배를요?"

도진이 의아한 표적으로 되물었다.

"그렇소. 그리고 그 배는… 비어 있어야 하오. 하북 인근이오."

순간 도진의 눈빛이 번뜩였다. 적풍의 의도를 알아차린 것이다.

"무슨 말씀인지 알겠습니다."

장강 이무기 도진이 다부지게 대답했다.

배는 느리게 황하를 거슬러 올랐다. 황하의 물살이 급해서는 아니었다. 천무흑룡선은 북두회 고수들의 움직임에 따라 그 속도를 조절했다.

북두회 육가의 원정대는 빠르지도 느리지도 않게 서쪽을 향해 전진하고 있었다.

배를 타면 빠를 듯도 했지만 그들은 굳이 육로를 통해 이동하고 있었다. 덕분에 천무흑룡선이 그들을 따라잡는 것은 무척 수월한 일이었다.

그렇게 천무흑룡선을 타고 다시 대혈산을 향해 가면서 적풍은 다시금 야문의 능력에 탄복했다.

야문이 보내오는 전서구들은 하루에 십여 차례 천무흑룡선에 날아들었다. 그 전서들을 통해 적풍은 북두회의 원정대는 물론 묵안노 흑야 마한의 행보까지 손금 보듯 알 수 있었다.

그러나 그렇게 원정대의 소식은 한 시진이 멀다 하고 날아들었지만, 정작 기다리는 소식은 오지 않았다.

묵안노 마한이 만들어낸 새로운 검은 사자들의 행적은 그 어디서도 발견되지 않고 있었던 것이다.

덕분에 배가 장안 근처에 이르러 더 이상 사람들의 이목을 속이고 서진할 수 없을 때가 되었을 때는 초조한 마음까지 드는 적풍이었다.

그러나 결국 목적지가 정해진 자들의 움직임은 드러날 수밖에 없었다.

장안을 앞에 두고 이젠 하선해 육로로 이동할까 고민하던 적풍의 선실로 늦은 밤 장강 이무기 도진이 급히 찾아왔다.

"성주!"

"들어오시오."

적풍이 허락하자 장강 이무기 도진이 급히 문을 열고 안으로 들어왔다. 그 순간 적풍은 깨달았다, 도진이 드디어 자신이 기다리던 소식을 가져왔다는 것을.

그의 얼굴이 붉게 상기될 일은 오직 그 이유 하나밖에 없었다.

"찾았소?"

적풍이 급한 마음을 누르며 물었다.

"그런 것 같습니다."

"어디요?"

"우리가 잘못 계산했던 것 같습니다."

"무슨 말이오?"

"그들은 예상보다 늦게 출발한 것 같습니다. 그들이 최초로 모습을 드러낸 것은 겨우 삼 일 전이라고 합니다. 그러니까 묵안노와 함께 움직이지 않은 것이지요."

"그럼 너무 거리가 먼데……?"

적풍이 갸웃했다.

"그렇지 않습니다."

"무슨 뜻이오? 그 정도면 묵안노와 적어도 열흘은 차이가 나는 것인데……?"

"그 시간을 그들이 움직이는 속도로 잡아내고 있답니다. 하루에 움직이는 거리가 근 이백여 리에 육박한답니다."

"그렇게 빨리 움직인단 말이오?"

"그렇습니다. 아마도 그들의 존재를 최대한 감추려는 묵안노의 계책인 듯싶습니다."

"그렇군. 하지만 쓸데없는 계책이지. 결국 올 곳이 대혈산이라면……."

"그렇긴 하지요."

"묵안노… 생각보다 졸렬한 자였던가?"

적풍이 실망한 듯한 표정으로 중얼거렸다.

"어찌할까요?"

"계속 그들의 움직임을 주시하시오. 난 여기서 하선하겠소. 공격이 시작되기 전 그들을 만나야 하니까."

"알겠습니다, 성주!"

장강 이무기 도진이 흥분한 얼굴로 대답했다.

제5장
만남

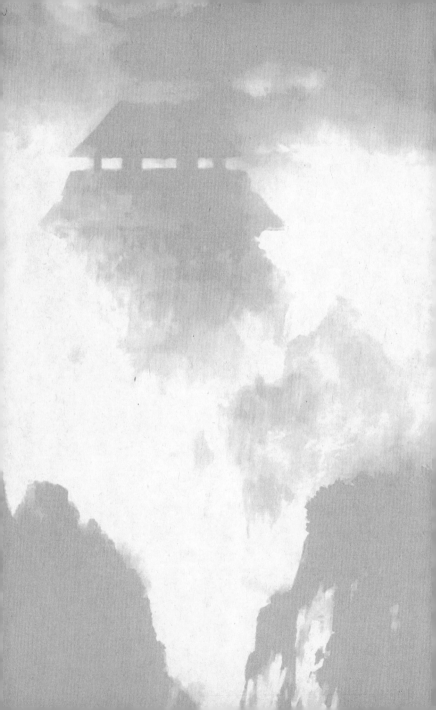

여섯 명의 사내가 산을 넘었다. 그러자 탁한 강물이 눈에 들
어왔다. 사내들의 눈빛이 왠지 모르게 번들거렸다.

"거리가 얼마나 남았나?"

사내 중 날카로운 눈매를 가진 초로의 인물이 물었다.

"이젠 하루 안쪽입니다."

두툼한 체격의 중년인이 대답했다. 체격이 크기는 했지만 비
대해 보이지 않는 몸을 지닌 자였다.

"이제 시작이군."

"림주, 과연 이게 옳은 선택일까요?"

약간은 병약해 보이는 삼십 대 초반의 사내가 물었다.

"소두괴, 쓸데없는 소리를 하려면 입을 닫아라!"

림주라 불린 노인 옆에 서 있던 오십 대 초반의 사내가 눈에
쌍심지를 켜며 호통쳤다.

"형님, 이건 우리 혈족의 생사가 걸린 일입니다."

소두괴라 불린 병약해 보이는 사내도 지지 않고 대꾸했다.

"그러니까 하는 소리 아니냐? 이미 우리의 행보는 결정됐다.
더 이상 왈가왈부하는 것은 형제들의 마음만 어지럽힐 뿐이
다."

"형님은 정말 그를 믿으십니까?"

"아니 믿으면 어쩔 것이냐? 지금으로선 오직 묵안노만이 우
리의 안전을 지켜줄 수 있다."

"아… 이런 힘을 가지고도… 어찌……."

소두괴란 사내가 고개를 돌려 그들 뒤에 있는 우거진 숲을
바라보며 중얼거렸다.

그의 시선이 닿은 숲은 낮인데도 이상하게 검은 기운이 돌
았다. 그리고 몇몇 곳에서 사람의 인기척이 느껴지기도 했다.

"오늘날 우리가 이런 힘을 가지게 된 것은 모두 그분 덕분이
다."

형님이라 불린 자가 차갑게 대꾸했다.

"우리 형제자매들이 멸족의 위기에 처하게 된 것 역시 그 때
문입니다."

"그건 어쩔 수 없는 일이었다. 검은 사자들의 살행으로 인해
감수해야 할 우리의 숙명이었어. 그 와중에 살길을 찾아준 것
이 그분이다. 그러니 더 이상 그분을 의심하지 말거라."

"후우… 그런가요? 형제자매 수백을 죽인 사람을 단지 나를 살려줬다고 은인으로 봐야 하는 겁니까?"

"소두괴, 너 이놈……."

"그만!"

한순간 림주라 불린 노인이 손을 들어 두 사람의 언쟁을 막았다. 그리고 차가운 목소리로 말했다.

"과거를 따지고 들면 우리 신혈족에게 원수 아닌 사람이 없다. 그럼 과연 세상에서 누굴 믿을 수 있겠느냐? 그렇다고 우리가 일족을 이끌고 북두회를 벗어나 자립할 수 있느냐? 불가능한 일이다. 그를 믿고 안 믿고가 중요한 것이 아니다. 단지 살기 위해서 그를 따라야 한다. 다행히 그의 야망이 적지 않으니 우리가 힘써 그를 도우면 우리의 생존은 보장될 것이다. 그러니 더 이상 그에 대한 언급은 말아라."

"……."

림주란 자의 말에 소두괴란 사내가 묵묵부답 말이 없다.

"소두괴 대답해라!"

림주가 살기 어린 표정으로 청년을 다그쳤다. 그러자 소두괴란 청년이 이기지 못하고 나직하게 대답했다.

"알겠습니다."

"좋아. 이제 강을 건너 지왕종문에 이르면 우린 세상의 주목을 받게 될 것이다. 그때 다시 이런 분란이 생기면 안 돼. 이후 묵안노의 의심을 살 언행을 하는 자는 내가 벤다."

림주라는 자의 눈에서 한순간 날카로운 검은빛 안광이 번뜩였다.

그 안광이 흘려내는 살기에 장내의 사내들이 흠칫 몸을 떨었다. 그러자 림주란 자가 다시 명을 내렸다.

"지난 수일간 쉬지 않고 달렸으니 강을 건너기 전 하룻밤 휴식을 취한다. 숙영할 준비를 하라!"

"예, 림주!"

림주란 자를 중심으로 둘러서 있던 다섯 사내가 일제히 대답했다. 그러고는 땅을 스치듯 뒤로 물러나 숲으로 들어갔다.

명을 내린 림주란 자가 다시 시선을 강 쪽으로 돌리며 중얼거렸다.

"묵안노… 역시 그밖에는 없어. 우리 신혈 일족을 지켜주고, 나 주문량의 꿈을 이뤄줄 수 있는 사람은. 그렇게만 된다면 설혹 그의 개가 된들 무슨 상관이란 말이냐!"

노인의 발이 발아래 돌덩이를 지그시 눌렀다. 그러자 돌덩이가 파직 소리를 내며 산산조각 났다.

적풍과 쿠샨, 그리고 그를 따라온 세 명의 신혈족, 감문과 역가, 그리고 이위령은 커다란 전나무 위에 앉아서 미세하게 흔들리는 저녁 숲을 바라보고 있었다.

그중 이위령은 부러질 듯 휘어진 가지 앞쪽에 앉아서 조금씩 귀를 움직이고 있었다.

"아우, 정말 내분이 있는 게 맞아?"

세 명의 신혈족 중 가장 나이가 많은 감문이 물었다.

감문은 귀신같은 손놀림을 가지고 있었다. 본래 어릴 때는 그 솜씨로 저자에서 소매치기를 하며 일가족을 부양하고 살았는데, 자신의 내력을 알게 된 이후에 가족을 이끌고 서쪽 변경으로 터전을 옮겨 살다가 지왕종문에 끌려왔다.

무공을 익힌 지금에 있어서는 상대의 검을 뽑아 상대의 목을 칠 수 있다고 큰소리를 쳐대곤 했다.

"그렇다니까요. 보아하니 주문량이라는 자가 저들을 통솔하는 림주인데, 그자는 묵안노에 충성을 하는 자 같아요. 대신 그 아래에 있는 자 중 하나를 제외하고 다른 사람들은 묵안노를 믿지 못하고 있고요."

"젠장, 어떻게 자기 혈족을 죽인 자에게 충성을 다할 수 있지?"

또 다른 신혈족 역가가 투덜거렸다.

그는 체구는 보통 사람보다도 작았지만, 신혈족 특유의 신력을 지니고 있었다.

"중얼거리는 소리를 들으니까 야심이 있는 자 같아요. 묵안노가 그 야심을 이뤄줄 거라 그러는데요."

"아우, 정말 그 말이 들려?"

역가가 신기한 표정으로 물었다.

"형님도 참, 절 아신 지 벌써 삼 년이 넘었는데 아직도 의심하세요?"

"아니아니, 의심이 아니라 너무 신기해서 말이야."

"형님도 신혈을 피를 가지고 계시면서 그런 말을 하세요?"

"나야 뭐… 그냥 힘이 조금 셀 뿐인 거고. 하여간 자네의 그 특별한 귀는 신혈의 피를 가지고 있다고 해도 신기해."

역가가 고개를 저으며 말했다.

그때 지금까지 침묵하고 있던 쿠샨이 적풍에게 물었다.

"오늘 만나실 겁니까?"

"그래야 할 것 같소. 저들이 강을 건너기 전에 담판을 지어야 하니까."

"저들이 말을 들을까요? 아니, 림주란 자를 만날 수나 있을지 모르겠군요."

쿠샨이 걱정스런 표정으로 말했다. 그러자 감문이 쿠샨의 말을 거들었다.

"더 걱정인 것은 저들 중에 묵안노의 감시자가 있을 수 있다는 것입니다. 그자가 묵안노에게 소식을 전하면 계획이 틀어질 겁니다."

"그래서 그대들의 도움이 필요한 거요."

적풍이 말했다.

"뭘 하면 됩니까?"

역가가 물었다.

그뿐 아니라 지왕종문에서 적풍에게 구원받은 다섯 명의 신혈족은 적풍을 온전히 신뢰하고 있었다.

"그간 야문에서 살핀 바에 따르면 외곽에서 이들을 감시하는 자들은 없었소. 그러니 만약 묵안노가 감시자를 두었다면 분명 저들 중에 섞여 있을 것이오. 혹은 감시자가 아예 없을 수도 있소."

"그럴 수 있을까요? 저들을 자유롭게 내버려 둘 묵안노가 아니지 않습니까?"

쿠샨이 의문을 드러냈다.

"두 가지 경우에는 가능하오. 하나는 저들의 약점을 틀어쥐고 있을 때, 그건 아마도 묵안노 마한이 잡아두고 있는 저들의 식솔들일 것이오. 두 번째 경우는 저들을 온전히 믿을 때요. 특히… 림주란 자를 믿는다면 당연히 감시자를 둘 이유가 없을 거요."

"그렇군요. 림주란 자의 태도를 보면……."

"어쨌든 그대들은 이곳에 남아서 혹시라도 외부로 빠져나가는 자가 있는지 살펴주시오. 그리고 그런 자가 있다면 반드시 잡아내야 하오."

적풍의 말에 이위령이 대답했다.

"걱정 마십시오. 쥐새끼가 빠져나간다 해도 놓치는 일은 없을 겁니다. 하지만… 솔직히 싸워서 막아낼 수 있을지는 모르겠습니다. 저들이 과거 검은 사자들 정도의 고수라면……."

청력에 자신이 있는 이위령이다. 사람이 빠져나가는 것은 찾아낼 수 있지만 묵안노 마한이 키워낸 자들을 이들 셋이서 무공으로 감당할 수 있을지는 자신할 수 없었다.

"그대가 도와줄 수 있겠소?"

적풍이 쿠샨에게 물었다.

"내가요?"

쿠샨이 갑작스런 질문에 당황한 표정으로 되물었다.

"그렇소. 그대는 원 황실을 보호하던 황실무사였으니 저들 서넛을 상대할 무공은 충분하지 않소?"

"그, 그야……."

쿠샨이 말을 얼버무렸다.

사실 최근 들어 쿠샨은 손에 검을 든 일이 없었다. 적풍을 만난 이후 그의 생활은 무인으로서가 아니라 충실한 관찰자의 삶이었다.

그의 사부가 그러했듯 그도 적풍의 행적을 글로 남겨보겠다는 목표를 세우고 있었기에 손에 칼을 들고 싸움터에 뛰어드는 일과는 거리를 두고 있었던 쿠샨이었다.

"이 일은 내게 무척 중요한 일이오."

적풍이 말했다.

"물론 그렇긴 하지요. 그렇지만 저도 검을 잡아본 지가 너무 오래돼서… 에이! 알겠습니다. 주군의 명인데 따르지 않을 수 있습니까? 걱정 마십시오. 그런데 그럼 혼자 가시겠다는 겁니까?"

"그렇소."

"그건 너무 위험한 일입니다."

"걱정 마시오. 죽을 일은 없을 테니."

"대체 어쩌시려고……?"

"저들을 모두 모아놓고 묻겠소. 묵안노의 노예로 살아갈지 스스로 자신들의 운명을 개척할지."

"무모한 일입니다."

쿠샨이 그 어느 때보다도 단호하게 반대했다.

은밀히 찾아가 림주란 자와 담판을 짓는 것이 최선이다. 저들을 모두 모아놓는다면 그 즉시 저들은 적풍을 공격할 수도 있었다.

더군다나 저들이 누군가. 묵안노 마한이 검은 사자들을 재현하려 키운 자들이었다. 적풍이 아무리 대단한 무공을 지니고 있어도 홀로 저들을 상대하는 것은 불가능했다.

"내게 생각이 있소."

적풍이 쿠샨의 반대를 일축했다.

"대체 어쩌시려고……?"

"최악의 경우라도 죽지는 않을 테니 걱정 마시오. 그럼 다녀오겠소!"

적풍이 더 이상 쿠샨의 말을 듣지 않고 훌쩍 몸을 날렸다.

전나무 위로 떠오른 적풍이 한순간 삼사 장을 날아 건너편 전나무 속으로 사라졌다.

"후우… 저 고집하고는……."

쿠샨이 혀를 찼다.

"괜찮으실 겁니다."

감문이 말했다.

"저들의 숫자가 서른이 넘소."

"정확히 서른여섯이지요."

이위령이 말했다.

그는 숲 속에 숙영지를 꾸린 자들의 소리만으로도 그들의 숫자를 정확히 예측했다.

"그래도 전 성주님을 믿습니다."

감문이 대답했다.

"어디서 그런 믿음이 나오는 거요?"

쿠샨이 의아한 표정으로 물었다.

이들이 적풍과 함께한 시간은 자신에 비할 수 없이 짧았다. 그런데도 이들은 적풍에 대해 절대적인 믿음을 가지고 있었다.

"그건… 지왕종문에서 성주께서 놈들을 휩쓸던 모습을 봤기 때문일 겁니다. 뭐… 그래서 그런가?"

감문이 말을 하다 말고 자신도 이상하다는 듯 역가와 이위령에게 물었다.

"나도 모르겠어요. 어쨌거나 난 성주님을 믿어요. 일단 뭐… 세잖아요?"

이위령이 어깨를 으쓱거렸다.

"자자, 그런 말들은 나중에 하고 성주께서 시킨 일이나 합니다. 이러다가 쥐새끼가 도망 나가면 문제가 심각해지니까."

역가가 작은 체구를 일으키며 말했다.

*   *   *

적풍은 숲을 걸으며 마치 애초에 없었던 고향에 돌아온 듯한 느낌을 받았다. 어둠 내린 숲 속에서 몇 개의 모닥불에 의지해 옹기종기 모여 있는 천막들이 그를 부르는 것 같았다.

요기는 진즉에 끝냈는지 백의를 입은 무사들이 모닥불을 중심으로 둘러앉아 이런저런 이야기를 나누고 있었다.

그리고 이 기운들… 마치 자신의 것처럼 느껴지는 이 익숙한 기운들이 적풍을 이끌었다.

'백의(白衣)는 어울리지 않아.'

적풍이 백의를 입은 자들을 보며 생각했다. 그리고 검을 뽑아 들었다. 다른 때와 다르게 청룡검이 아닌 사자검이었다.

스릉!

나직하게 울리는 검음이 어둠을 타고 흘러갔다.

백의를 입은 자들이 검음이 일어난 곳으로 시선을 돌렸다. 그리고 당연하게 적풍을 발견했다.

"누구냐?"

적풍과 가장 가까운 곳에 있던 자들이 자리를 박차고 일어나며 소리쳤다.

그러나 적풍은 그 소리를 듣지 못한 듯 천천히 숙영지 한가운데로 걸어 들어갔다.

검이 땅에 끌리는 소리가 그르륵거리며 일어났다. 검이 아니라 나뭇가지처럼 덜렁였다.

누가 봐도 공격을 하려는 태도가 아니었다.

"저거 미친놈 아냐?"

백의 무사 중 누군가가 소리쳤다. 그런데 그 순간 마치 그 말을 기다렸다는 듯 적풍의 몸에서 검은 기운이 일어나기 시작했다.

그의 눈에서는 눈동자가 확대되어 검은 동공이 흰자위를 모두 가렸고, 어깨 부근 옷자락이 부풀 듯 일어났다. 누가 봐도 세상 사람들이 이골마족이라 부르는 사람의 모습이다.

순간 적풍을 미친놈 취급하던 백의 무사들의 표정이 일변했다. 그들은 한눈에 적풍이 자신들과 동류의 인간임을 알아본 것이다.

"잠시 멈추시오."

백의를 입은 무사 중 한 명이 적풍의 앞을 가로막았다.

그러면서도 적의를 보이는 대신 정중하게 적풍에게 걸음을 멈출 것을 요구했다. 신혈의 피를 지닌 자라면 적어도 이곳에 온 이유 정도는 들어줘야 할 의무가 있다는 듯한 모습이었다.

사내의 제지에 적풍이 걸음을 멈췄다.

"왜 이곳에 왔소?"

사내가 정중하게 물었다. 그러자 적풍이 사내를 보며 말했다.

"림주를 만나러 왔소."

"림주님을? 묵안노께서 보냈소?"

림주를 아는 자는 오직 묵안노 휘하의 인물뿐이라고 생각한 사내가 물었다.

"아니오."

적풍이 대답했다.

순간 사내의 눈에 경계의 빛이 떠올랐다. 묵안노의 사람이 아니라면 어떻게 림주를 알며, 또 어떻게 은밀히 움직인 자신들을 찾아냈단 말인가.

"대체 당신은 누구요?"

사내가 물었다.

"림주와 신혈족의 미래에 대해 이야기하고 싶소."

적풍이 다시 말했다.

"당신의 정체를 알기 전에는 림주님을 만날 수 없소."

적풍의 청을 거절하면서도 사내의 목소리는 그리 단호하지 못했다. 이상하게도 사내는 이 기이한 불청객에 대해 적의가 일어나지 않았다. 아마도 다른 자였다면 벌써 도검을 들이밀었을 것이다.

그것은 단순히 그가 같은 신혈족이기 때문만은 아니었다.

"일단 내게 적의가 없다는 것을 말해두겠소. 그러니 내 말을 림주에게 전해주시오. 결정은 림주께서 하지 않겠소?"

적풍의 말에 사내가 잠시 망설이다가 시선을 돌려 누군가에게 고개를 끄떡였다.

사내의 시선을 받은 자가 훌쩍 자리를 떠나 북쪽에 있는 커다란 천막으로 달려갔다.

"이름이 뭐요?"

동료가 림주에게 소식을 전하러 달려간 후 사내가 적풍에게 물었다.

"그건 이야기가 잘되면 말해주리다."

"림주와 뜻이 맞지 않으면?"

"그럼 오지 않았던 사람처럼 조용히 떠나겠소."

"림주가 보내주지 않겠다면?"

"그럼 아마… 그는 죽을 거요."

적풍이 땅을 끌리던 사자검을 들어 가볍게 반원을 그린 후 다시 땅에 내려뜨렸다.

그런데 그 가벼운 움직임에서 사자검을 따라 생겨난 검은 검영이 마치 먹물 퍼지듯 공기 중으로 흘러갔다.

"음……!"

사내가 자신도 모르게 침음성을 흘렸다.

그는 적풍이 만들어낸 검영에 자신이 베인 듯한 표정을 짓고 있었다. 그의 얼굴에 두려움이 깃들었다.

사내가 두어 걸음 뒤로 물러났다. 그리고 믿을 수 없다는 표정으로 적풍을 응시했다. 사실 조금 전 사내는 적풍에게 무릎을 꿇을 뻔했다. 단지 적풍이 들고 있는 그 검을 본 순간 갑자기 일어난 마음이었다.

대체 자신에게 왜 그런 일이 일어났는지 스스로 혼란스러워진 사내가 적풍에게 무슨 말인가를 하려는 순간, 그의 뒤쪽에서 노인의 목소리가 들렸다.

"누가 날 찾는가?"

백색 무인들의 우두머리, 묵안노 흑야 마한이 만들어낸 당대의 신혈족 고수들의 집단 정천림을 움직이는 주문량이 어느새 사내를 지나쳐 적풍 앞에 나섰다.

"당신이 주문량이오?"

적풍의 물음에 주문량의 눈이 가늘어졌다.

한껏 경계심이 동한 모습이다. 그도 그럴 것이 강호에 그의 이름을 아는 자가 있을 수 없었다.

"누구냐?"

주문량이 차갑게 물었다.

그러자 적풍이 슬쩍 고개를 틀더니 주위를 돌아보며 물었다.

"다들 요기는 한 모양인데 난 아직 요기를 못 했소. 괜찮다면 술과 건량을 좀 주시겠소?"

"허튼수작! 정체가 뭐냐?"

주문량이 살기를 드러냈다.

"신혈족의 앞날을 논하는데 도검보다야 술과 밥이 낫지 않겠소?"

적풍이 다시 한 번 사자검을 가볍게 휘둘렀다. 그러자 다시 사자검이 만든 검영이 사방으로 퍼져 나갔다.

"음……."

주문량이 앞서 사자검에 놀랐던 사내와 마찬가지로 나직한 침음성을 흘렸다. 그러고는 잠시 망설이다가 뒤에 있는 사내를 보며 말했다.

"음식을 내어주게."

"림주!"

사내가 놀란 표정으로 주문량을 바라봤다.

"어서!"

주문량이 두 번 말하지 않겠다는 듯 사내를 재촉했다. 그러자 사내가 더 이상 반대하지 못하고 적풍을 보며 말했다.

"이쪽으로 오시오!"

타탁타탁!

마른 나무가 요란한 소리를 내며 불꽃을 튀겼다.

적풍은 그 앞에 앉아 사람들의 시선을 한 몸에 받으며 건량으로 배를 채웠다.

그리고 한 잔의 독주를 마셔 차가운 밤공기를 몰아낸 후, 긴 숨을 쉬어 입안에 남은 술기운을 흩어버렸다.

"자, 이제 배를 채웠으면 신혈족의 미래에 대해 말해보시오."

주문량이 참을성 있게 적풍의 요기가 끝나기를 기다렸다가 물었다.

적풍은 주문량의 인내심에 내심 찬사를 보냈다. 자신이었다면 벌써 검을 들어 상대의 목을 쳤을 것이다.

"그대가 보기에 묵안노가 신혈족의 운명을 지켜줄 수 있을 것 같소? 아니, 다시 묻겠소. 묵안노에게 과연 신혈족을 지켜줄 마음이 있는 것 같소?"

적풍의 질문에 주문량의 턱에 근육이 생겼다. 이를 물어 생긴 현상이다. 또한 살기가 일어남을 의미하기도 했다.

"너무 많이 알고 있구나."

주문량이 탄식하듯 중얼거렸다.

"서로 뜻이 다르면 이곳을 떠나지 못할 것이란 얼굴 같구려."

"눈도 좋구나. 정확해. 그댄 이젠 한 가지 길만 선택할 수 있다. 우리와 운명을 함께하는 것!"

"물론 애초에 나도 그럴 생각으로 온 거요. 단지 그 운명의 방향이 어디로 향할 것인가를 다툴 뿐!"

"좋아. 정천림에 대해 알고 있다는 것만으로도 그대의 능력은 증명되었다. 더군다나 그럼에도 불구하고 날 찾아왔으니 그 담력 역시 신혈족의 미래를 논할 수 있는 자격이 있다고 할 수 있을 것이다. 말하라, 그대가 가고자 하는 방향은 어딘가?"

"감히 천하가 신혈의 피를 핍박할 수 없는 힘을 가지는 것!"

적풍이 대답했다.

순간 주문량의 눈에 한 가닥 비웃음이 깃들었다.

"자그마한 능력을 믿고 천지분간 못 하는 애송이었나?"

신혈족만으로는 절대 세상에 군림할 수 없음을 지적한 것이다.

"그대가 겁에 질린 패배자라고 인정하면 나도 철없는 애송이라고 인정하지!"

적풍도 경멸의 미소를 지으며 말했다.

"네가 감히 날 모욕하느냐?"

주문량의 말투가 변했다. 그에게서 우두머리들만이 가질 수 있는 위압적인 기운이 흘러나왔다.

"묵안노의 발이나 핥는 주제에 모욕당할 자존심이 남아 있었나?"

적풍 역시 신혈의 기운을 일으켰다.

그의 어깨를 타고 검은 기운이 뭉클거리며 일어났다. 그러자 주변에 둘러서서 두 사람의 대화를 듣고 있던 자들이 저마다 본능적으로 도검을 잡아갔다.

"정말… 죽고 싶은 모양이구나."

"묵안노의 개로 살겠다면 나도 그댈 죽여주지."

"놈!"

한순간 주문량의 손이 적풍을 향해 날아왔다. 눈으로 따라잡을 수 없을 만큼 쾌속하고, 태산처럼 강력한 힘이 깃들어 있어서 적풍은 마치 거대한 바위가 그의 콧등을 향해 날아오는 것 같은 느낌을 받았다.

그러나 적풍은 주문량의 일권을 피하기 위해 몸을 움직이지 않았다. 대신 사자검을 들어 그와 주문량의 주먹 사이에 세웠을 뿐이다.

푸스스!

기이한 일이 일어났다.

자그마한 주먹을 바위처럼 크게 보이게 만들었던 검은 기운이 바람에 날리는 모래처럼 흩어졌다. 그러자 주문량의 맨주먹이 미처 적풍의 얼굴에 닿지 못하고 사자검 앞에서 정지했다.

주문량의 표정은 마치 당황한 어린애 같았다. 세상에 처음 나온 아이, 그래서 도대체 자신에게 일어난 일이 어떤 것인지 짐작조차 할 수 없는 아이가 되어버린 것 같았다.

그러나 주문량이 누군가. 묵안노 마한이 검은 사자들을 대신하려 키워낸 자들의 우두머리다.

그는 금세 침착함을 되찾았다. 그의 신형이 허공에 떠오르더니 순식간에 적풍에게서 이삼 장 뒤로 멀어졌다.

그렇게 뒤로 물러나 땅에 내려서는가 싶던 주문량의 발끝이 가볍게 땅을 찍었다. 그러자 그의 몸이 재차 검을 앞세워 적풍을 향해 날아왔다.

쐐애액!

주문량의 검과 몸이 하나가 된 듯 밝은 광채를 뿜어내며 적풍에게 돌진했다.

적풍은 주문량이 만들어내는 투명하고 눈부신 검기를 보며 살짝 아미를 찡그렸다.

이런 검광은 신혈족의 특징과는 거리가 멀다.

'대체 그 망할 늙은이는 이들에게 어떤 무공을 가르친 거지?'

적풍이 사자검을 들며 생각했다.

이들의 무공은 모두 묵안노 마한에게서 나온 것일 것이다. 그런데 그 무공들이 신혈족 특유의 기운인 검은 기운을 지워버렸다는 것은 마한이 전수한 무공이 신혈족의 기운과 어울리지 못한다는 것을 의미했다.

차앙!

사자검이 눈부신 광채에 휩싸인 주문량의 검을 걷어냈다. 그리고 그대로 주문량에게 뛰어들면서 왼손으로 주문량의 가슴을 때렸다.

뼈가 없는 것처럼 휘어져 들어오는 적풍의 수공(手工)에 놀란 주문량이 급히 몸을 틀었지만, 도저히 사람의 팔이라고는 생각할 수 없을 만큼 기이하게 휘어지는 적풍의 손을 끝내 피하지 못했다.

퍽!

"욱!"

주문량이 신음을 흘리며 뒤로 물러났다. 그의 발이 땅에 끌리며 길게 고랑이 파여 나갔다.

적풍은 더 이상 손을 쓰지 않았다. 아마 적풍이 하고자 했다면 그 순간 주문량의 목을 벨 수도 있었을 것이다. 그러나 적풍은 주문량의 목을 베는 대신 그와의 대화를 선택했다.

"다시 이야기해 봅시다."

적풍이 사자검을 자신 앞쪽에 꽂았다. 그리고 그가 요기를 하고 주문량의 첫 번째 공격을 막아냈던 그 자리에 다시 앉았다.

이 기이한 행동에 주문량은 물론 장내의 신혈족이 모두 당황한 표정으로 적풍을 응시했다.

대체 이자는 누구란 말인가.

"대체 넌 누구냐?"

주문량이 가슴을 부여잡고 물었다.

적풍이 전개한 수공은 유령마군 사혼에게서 전수받은 유령마수. 그 독랄함은 사람의 생명을 단숨에 끊어낼 만큼 날카로웠으나, 적풍이 손에 사정을 둬서 주문량은 여전히 입을 열고 말을 할 수 있었다.

주문량 역시 그 사실을 어렴풋이 깨닫고 있는 듯 보였다.

사실 주문량을 포함한 이들 신혈족의 무공은 강호에서 적수를 찾아보기 힘들 만큼 고강했다.

묵안노 마한이 오랫동안 심혈을 기울여 키운 자들이고, 천의비문의 사대의선이 비술을 이용해 잠력을 일깨운 자들이었다.

비록 과거 검은 사자들의 경지에는 이르지 못했지만, 묵안노가 북두회 육가의 가주들 앞에 자신 있게 내세울 만큼 출중한 고수로 성장한 이들이었다.

그리고 그들의 우두머리 주문량이다. 상대의 무공을 읽을 수 있는 능력은 충분했다.

"난 여러 가지 신분을 가지고 있는데 그중 어떤 것을 원하는지 모르겠군."

적풍이 대답했다.

"강호의 인물이냐?"

"도검을 쓰니 당연지 않은가?"

"세상이 널 부르는 이름을 대라."

"그래? 어렵지 않지. 세상 사람들은 날 십자성주라고 부르지!"

순간 장내의 신혈족들이 경악스런 눈으로 적풍을 바라봤다. 적풍이 밝힌 그의 신분은 그들의 예상을 뛰어넘는 것이었다.

"지금… 나랑 장난하자는 거냐?"

주문량이 노기를 담은 눈으로 적풍을 노려보며 소리쳤다.

"믿지 못하겠나?"

"대체 십자성주가 어떻게 너 같은……."

"애송이냐고?"

적풍의 물음에 주문량이 차마 그렇다고 시인하지 못했다. 그 애송이에게 속절없이 당하지 않았던가. 무공으로 보자면 상대는 충분히 십자성주의 자격이 있었다.

"일단 좀 앉지? 서 있기 힘들 텐데."

적풍이 주인처럼 주문량에게 앉기를 권했다.

사실 주문량의 상태는 그리 좋지 못했다. 아무리 손속에 사정을 두었다 해도 유령마군 사혼의 유령마수는 독랄하기 이를 데 없는 것이어서 주문량은 제법 큰 내상을 입은 상태였다.

"좋다. 네 말을 들어보겠다!"

주문량이 마치 선심 쓰듯 모닥불을 사이에 두고 적풍과 마주 앉았다. 그러자 적풍이 사자검을 뽑아 들고 주위를 가리키며 말했다.

"그대들도 일단 모두 앉아서 내 이야기를 들어보시오."

적풍의 말에 도검을 빼 들고 서 있던 신혈족들이 잠시 서로의 눈치를 살피다가 슬그머니 자리를 찾아 앉았다.

그 모습을 보고 있던 주문량의 얼굴이 기이하게 일그러졌다.

누가 뭐래도 이들의 우두머리는 자신이다. 그런데 스스로 십자성주라고 밝힌 이 애송이가 마치 그들 모두의 우두머리인 것처럼 신혈족들을 다루고 있지 않은가.

더 속이 뒤틀리는 것은 신혈족들이 순순히 이자의 말에 따른다는 것이었다.

평소라면 생각할 수 없는 일이다.

그러나 그렇다고 그를 따르는 신혈족들을 다그칠 수도 없었다. 이미 내상을 깊게 입은 상태에서 그가 믿을 수 있는 것은 결국 동료들밖에 없기 때문이었다.

"자, 이제 하고 싶은 말을 해봐라. 설마 십자성의 힘으로 우리 신혈족의 안위를 지켜주겠다는 말을 하고 싶은 것이냐?"

"대충은 그렇지."

"하하, 그게 과연 가능한 일이라고 생각하나? 십자성이 최근 들어 그 세를 크게 불렸다고는 해도 천하는 결국 북두회의 것이다. 북두회가 지왕종문을 정리하고 나면 그 칼끝을 십자성에 겨눌 텐데, 지금 우리더러 북두회를 배신하고 십자성에 들어 칼받이 노릇을 하라는 것이냐?"

주문량이 비웃었다.

"그럼 이대로 가족과 형제자매를 죽인 자의 개 노릇을 하며 목숨을 부지하겠다는 건가?"

"지금은 우리에겐 무엇보다 생존이 중요하다. 살기 위해 일시의 굴욕을 참는 것을 어찌 비난하겠느냐?"

"정말… 일시적이라고 생각하나?"

적풍이 다시 물었다. 이 질문에는 주문량도 쉽게 대답하지 못했다.

그러자 적풍이 주문량이 아닌 주변의 신혈족들을 둘러보며 말했다.

"모두들 북두회가, 아니, 정확히는 묵안노 마한이 어떤 자인지 잘 알 것이오. 그는 북두회를 결성하고, 호천대를 만들어 우리 신혈족들을 사냥해 온 실질적인 인물이오. 과연 그런 자를 신뢰할 수 있소?"

적풍의 질문에 신혈족들이 묵묵부답 말이 없다. 그러나 그 침묵 속에는 적풍의 말에 대한 암묵적인 동의가 내포되어 있었다.

분위기가 묘하게 돌아가자 주문량이 재빨리 입을 열었다.

"물론 그가 신뢰할 수 없는 자일 수는 있다. 그러나 어쨌든 그는 지금의 우리를 만들었다. 살려주었고, 힘을 주었다. 그 이유가 뭐겠는가? 그건 바로 그가 우릴 필요로 한다는 것이다. 그의 야망은 거대하다. 그 야망을 이루기 위해 그는 우릴 필요로 한다. 물론 그 이후에는 줄곧 그는 우리를 자신의 수족으로 쓰려 할 것이다. 그래서 그가 우리를 필요로 하는 이상, 우린 생존할 수 있다."

주문량의 말에 신혈족들이 조용히 고개를 끄떡였다. 주문량의 말이 현재 그들에게 최선의 선택인 것처럼 느껴지는 모양이었다.

"하지만 그래선 영원히 그의 노예로 살아야 할 텐데? 그대의 자식들은 마음대로 세상에 나갈 수도 없고, 때가 되면 묵안노의 무노로 키워질 것이다. 그 와중에 자질이 부족한 자는 고된 수련을 이기지 못하고 죽어가겠지. 더군다나 그대들에게 주어지는 일 중에는 아마도 세상에 숨어 사는 다른 신혈족을 사냥해 오는 일도 포함될 것이다. 그 일을 하며 목숨을 부지하겠는가? 그렇게 목숨이 아까운가?"

적풍이 사납게 몰아붙였다.

그러자 다시 긴 침묵이 이어진다.

그러다가 주문량의 뒤쪽에서 사십 중반의 사내가 긴 침묵의 무게를 깨며 입을 열었다.

"우리가 단지 우리 한목숨 살자고 이러는 것은 아니오."

적풍이 시선을 돌렸다. 장도를 든 건장한 체구의 사내가 눈에 들어왔다.

"그럼 무엇 때문인가?"

"우리의 가족이 그의 손안에 있기 때문이오. 죽은 자들에 대한 원한이 없는 것은 아니나, 그렇다고 그 분노로 산 사람들을 죽일 수는 없지 않소?"

사내의 말에 신혈족들이 저마다 고개를 끄떡였다.

이곳에 있는 신혈족의 숫자가 서른여섯, 그러나 묵안노가 비처에 감금해 놓은 신혈족의 숫자는 그보다 훨씬 많아 수백에 이르렀다.

마약 이들이 배신을 한다면 묵안노는 반드시 그가 잡고 있는 신혈족을 멸살할 것이다.

"그들을 구해 올 수 있다면?"

"그건… 그건 불가능하오!"

사내가 고개를 저었다.

"만약 방법이 있다면 어쩌겠는가?"

"그렇다면야……."

사내가 말꼬리를 흐렸다. 그런데 그 순간 주문량이 자리를 박차고 있었다.

"속지 마라. 감히 그 누가 묵안노의 그 치밀한 그물 속에서 식솔들을 빼 올 수 있단 말인가? 이제 보니 이자가 허황된 요언으로 우릴 이용하려는 수작이 아닌가!"

주문량의 호통에 신혈족 사이에서 서른 중반쯤으로 보이는 사내가 일어서며 소리쳤다.

"림주님의 말씀이 맞소. 우리가 언제까지 과거에 얽매여 살아야 하오. 과거는 과거일 뿐이오. 묵안노께서 말씀하지 않으셨소, 우리 신혈족의 악업을 지워주고 세상에 떳떳이 살 수 있도록 해주겠다고! 그런데 이제 와서 처음 보는 자의 말에 현혹될 수는 없는 일이오!"

그러자 적풍과 대화를 나누고 있던 사십 중반의 중년 사내가 노한 목소리로 호통을 쳤다.

"호세호! 입 닥쳐라! 네가 감히 이 자리에 낄 위치냐?"

"제가 말하지 못할 이유가 뭐가 있습니까? 저 역시 정천육장입니다!"

"네가… 네가 과연 우리가 겪은 과거를 얼마나 안다고… 감히!"

"그래서 하는 말 아닙니까? 과거의 원한은 선대의 일입니다. 우리 후손들까지 과거에 얽매여 복수의 화신으로 살아갈 수는 없는 일 아닙니까?"

호세호란 자가 지지 않고 응수했다.

"그래서 지금 묵안노에게 잡혀 사는 것에 만족한단 말이냐?"

"잡혀 있는 것이 아니라 보호라고 했습니다."

"누가 그러더냐?"

사내가 살기를 드러내며 물었다.

그러자 호세호란 자의 시선이 주문량에게로 향했다. 그러자 사내가 화난 표정으로 주문량에게 물었다.

"림주, 그리 말하셨습니까?"

"모두 우리 신혈족을 위해 그리한 걸세. 젊은 아이들까지 혹독한 과거에 얽매여 복수의 일념으로 살게 할 수는 없지 않은가?"

"그래서 묵안노를 원수가 아닌 은인이라고 말하신 겁니까?"

"신혈족의 미래가 그에게 달렸네. 과거의 원한이 무슨 상관이란 말인가?"

"아아! 림주! 정녕 마음까지 그의 노예가 된 것입니까?"

"타파! 말이 지나치다. 네가 감히 지금 날 힐난하는 것이냐?"

"림주, 정신 차리십시오. 우리가 그의 말을 따른 것은 오직 식솔들의 안위로 우릴 협박을 했기 때문이지, 그를 믿어서가 아닙니다!"

"흥! 뭐래도 좋다. 난 이미 묵안노에게 우리 신혈족의 운명을 걸었다. 이 일에 방해가 되는 자는 타파, 너라 해도 용납하지 않을 것이다!"

"림주!"

타파라 불린 사내가 주문량을 노려봤다.

그러나 주문량은 타파의 시선에는 아랑곳하지 않고 뒤를 돌아보며 소리쳤다.

"사룡은 나서라!"

"예, 림주!"

대답과 동시에 타파란 사내와 말씨름을 하던 호세호란 자와 다른 세 명의 젊은 신혈족이 주문량 뒤로 다가들었다.

"저자가 정말 십자성의 성주인지도 확실치 않다. 그건 저자를 벤 후에 확인해 보도록 하자. 그가 정말 십자성의 성주라면… 우린 지왕종문에 도착하기 전에 묵안노에게 좋은 선물을 준비할 수 있을 것이다. 베라!"

"림주!"

주문량의 명에 중년 사내 타파가 당황한 표정으로 소리쳤다. 그러자 주문량이 검을 들어 주위의 신혈족들을 가리키며 경고했다.

"그 누구라도 이 일을 방해하지 말라. 방해하는 자는 정천림의 림주로서 목을 베겠다. 그 누구라도 말이다."

마지막으로 주문량의 검이 타파를 겨누었다.

제6장
사자검의 그늘

적풍이 자리에서 일어났다. 그러고는 사자검으로 땅을 슥슥 긁어대며 말했다.

　"예전에 이런 말을 들은 적이 있다. 신혈족 중 일부가 자신의 영달을 위해 형제들을 사냥하는 묵안노의 앞잡이가 되었다는 말 말이다. 단지 그를 따르는 정도가 아니라 호천대의 길잡이가 되었다던가? 이런 자를 알고 있느냐?"

　적풍은 어느새 자신 앞으로 다가선 호세호 등 정천사룡이란 자들을 보며 물었다.

　이들 네 명의 젊은 고수는 그야말로 묵안노 마한이 심혈을 기울여 키운 자들이었다.

　이들은 북두회가 신혈족 사냥을 시작했던 초기, 어린 나이에 마한의 손에 사로잡힌 신혈족이거나, 혹은 그 이후 태어난 젊은이였다.

그러니까 북두회의 참혹한 추살의 현장을 기억하지 못했고, 신혈족들에게는 전설처럼 내려오는 검은 사자들의 강호행도 겪지 못한 세대였다.

그렇게 과거를 뒤로하고 태어난 자들이라 묵안노에 대한 증오심보다는 그의 막강한 권력에 대한 동경이 더 강렬했다.

그래서 그들은 대다수 정천림의 신혈족 고수들에 비해 묵안노와 정천림주에 대한 충성심이 강했다.

"겨우 이간계냐? 정말 십자성주라면 어울리지 않는 술책이다!"

호세호가 경멸하듯 말했다. 그러자 적풍이 잠시 침묵하다가 이내 고개를 끄떡였다.

"생각해 보니 그렇군. 그런 걸 따져서 마음을 바꿀 자들이었다면 이렇게 묵안노의 개 노릇을 하고 있지는 않을 테니까. 그럼 다른 걸 물어보마!"

"네가 감히 우릴 모욕하고도 살 수 있을 것 같으냐?"

호세호가 적풍을 노려보며 호통쳤다.

"이런 말은 들어봤느냐? 버릇없는 강아지는 매로 다스려야 한다는!"

"놈!"

호세호가 더 이상 참을 수 없다는 듯 모닥불을 날아 넘어 적풍을 향해 달려들었다. 그러자 사룡이라 불리는 정천림의 젊은 고수들이 부챗살처럼 좌우로 퍼져 나가며 원을 그렸다.

그들은 호세호가 검을 들어 적풍의 얼굴을 내려칠 때 사방을 점유하고 호세호의 뒤를 이어 적풍을 협공했다.

그야말로 전광석화처럼 빠르고, 바람처럼 유연한 합공이었다.

이런 합공은 하루 이틀 사이에 이룰 수 있는 것이 아니다. 이들이 아주 어린 시절부터 이 합공을 수련해 왔기에 가능한 움직임이었다.

쩡!

호세호의 검이 적풍의 사자검에 막혔다.

적풍의 검에서 강력한 기운이 일어나 호세호를 밀어냈다. 그러자 호세호가 적풍의 힘에 대항하는 대신 가볍게 뒤로 물러났다.

그사이 다른 사룡의 검이 적풍의 목과 옆구리, 그리고 다리를 자르기 위해 달려들었다.

적풍이 가볍게 허공으로 솟구쳤다.

쐐애액!

순식간에 이 장여를 솟아오른 적풍의 발 아래로 사룡의 검들이 교차하며 지나갔다.

"창룡진!"

첫 공격이 무위에 그치는 순간 호세호의 강렬한 목소리가 터져 나왔다.

휘류륭!

호세호의 외침에 따라 사룡의 검이 눈부신 검광을 토해냈다. 그 검광들이 한순간 검기를 형성했다. 그리고 급기야는 네 개의 검기가 하나로 모여 삼 장 길이의 완벽한 검기로 변했다.

　우웅!

　하나로 모인 네 개의 검기가 용음을 토해냈다. 왜 이들이 사룡으로 불리는지 그 무공으로 증명하고 있었다.

　그들의 눈부신 검기가 향한 곳은 당연히 허공에 떠오른 적풍이었다.

　허공으로 솟구치는 빛의 기둥이 단번에 적풍을 휘감아 버릴 것 같았다.

　그런데 그런 사룡의 공격을 바라보는 적풍의 얼굴에 한 줄기 경멸의 기운이 서려 있었다.

　적풍이 사자검을 가슴 높이에서 아래로 떨어뜨렸다. 사자검에서 짙은 묵빛의 기운이 구름처럼 일어났다.

　"그건… 제대로 된 신혈의 기운이 아니다."

　적풍이 나직하게 뇌까렸다.

　사룡이 만들어내는 눈부신 광채의 검기가 그가 아는 신혈의 힘과는 다른 성질의 것이라는 뜻이었다.

　세상 사람들이 왜 과거 전마를 따르던 신혈족을 검은 사자라고 불렀던가. 그건 바로 그들 신혈족의 기운은 묵빛의 성질을 가지고 있기 때문이었다.

　그 묵빛 기운이 극에 이르면 투명해질지언정 지금 사룡이 만들어내는 검기처럼 백색의 눈부신 빛을 뿌리지는 않는다. 그러니 사룡의 무공은 결국 신혈족의 기운과는 어울리지 않는 것이었다.

사자검이 만들어내는 투명하면서도 영롱한 묵빛 검기가 바위를 뚫고 들어가는 정처럼 정천림 사룡이 만든 눈부신 광채의 검기를 위에서부터 뚫고 들어갔다.

순간 강렬한 진동이 일어났다.

쿠쿠쿵!

소리가 크지는 않았지만 그 파동이 장내에 서 있는 신혈족들의 발을 통해 느껴질 정도로 강력했다.

그리고 놀랍게도 적풍을 향해 치솟아 오르던 사룡이 다시 땅으로 내려오기 시작했다.

적풍 한 명의 힘이 정천림이 자랑하고, 림주 주문량이 신뢰하는 사룡의 힘을 능가하고 있었다.

쩌쩌적!

사룡이 만들어낸 검기에서 바위가 쪼개지는 듯한 소리가 흘러나왔다. 그러자 사룡의 얼굴이 흙빛으로 변했다.

"너희는 잘못 배웠어!"

적풍이 나직하게 읊조렸다. 그 직후에 짧지만 소름 끼치는 파열음이 터져 나왔다.

쩡!

만년을 이어온 바위가 깨지듯 그렇게 강렬한 파열음과 함께 사룡의 검기가 깨졌다.

검기가 깨지며 터져 나온 빛무리가 유성처럼 퍼져 나갔다.

"욱!"

그 빛무리 속에서 호세호를 비롯한 사룡이 입으로 피를 토하며 사방으로 튕겨 나갔다.

적풍이 그들 사이로 떨어져 내려 모닥불을 밟는다 싶더니, 이내 다시 불기운을 밟고 오르듯 허공으로 떠오르며 사자검을 사방으로 그어댔다.

쐐액!

사자검에서 흘러나온 검은 기운이 물결처럼 퍼져 나갔다.

"악!"

"크윽!"

검기가 깨지면서 받은 충격으로 미처 몸을 가누지 못하고 있던 사룡의 입에서 비명이 터져 나왔다.

그리고 뿌려지는 붉은 핏줄기. 사룡이 눈 깜짝할 사이에 땅에 나뒹굴었다. 그나마 그들 중 무공이 가장 고강한 호세호만이 비틀거리면서도 두 다리로 땅을 딛고 서 있을 뿐이었다.

그런 호세호를 향해 적풍의 팔이 쭉 늘어나는 듯하더니 단번에 그의 목줄기를 움켜쥐었다.

역시나 유령마군 사혼의 유령마수다.

"컥!"

호세호의 입에서 숨 막힌 신음이 터져 나왔다. 그의 이마를 지나는 핏줄을 터질 듯이 부풀어 올랐다.

"겨우 이따위 무공을 얻어 배우고 묵안노의 개가 되었느냐?"

적풍이 자신의 손에 목이 눌려 죽어가는 호세호를 보며 물었다. 그 무섭도록 차갑고 냉정한 질문에 호세호의 눈이 두려움으로 물들었다.

"손속에 사정을 두어주시오."

호세호의 숨이 거의 끊어지기 직전, 앞서 적풍과 신혈족의 운명을 놓고 대화를 하던 중년 사내가 적풍 옆으로 다가들며 소리쳤다.

그러자 적풍이 고개를 돌려 타파라 불렸던 사내를 보며 물었다.

"왜 그래야 하오?"

"그… 그들은 아직 어리오."

"아이들? 서른을 넘은 아이들도 있소?"

"그건……"

타파가 침을 꿀꺽 삼켰다.

당장 말문이 막혔다. 적풍의 말이 틀리지 않았다. 강호에서 사내 나이 스물이 넘으면 이미 자신의 삶을 책임질 장부로 여겨진다. 하물며 사룡의 나이는 모두 서른을 넘어섰다. 그 행동에 책임을 질 나이들인 것이다.

"이들은 신혈족의 과거를 잘 모르오. 그래서……"

"그 역시 틀린 소리. 이자들은 아마 그 누구보다 신혈족이 겪은 일을 잘 알고 있을 것이오. 그럼에도 스스로 부인하고 모른 척했겠지. 그걸 애써 감추며 묵안노의 개가 되려는 것은 단한 가지 이유, 바로 욕심 때문이겠지. 아니냐?"

적풍이 다시 손에 힘을 주며 호세호에게 물었다.

"끄으윽!"

호세호가 신음을 흘릴 제대로 대답을 하지 못했다. 그도 그럴 것이 그는 이미 말을 할 수 없는 지경이었다.

"그래도 목숨을 끊지 마시오. 그렇게 된다면… 우리도 당신과 싸울 수밖에 없소."

타파가 얼굴을 굳히며 말했다.

"내가 그걸 두려워할 것이라고 생각하시오?"

적풍이 되물었다.

"우리에게 온 이유는 성주도 우리가 필요하기 때문이 아니오?"

타파가 물었다.

"아니, 난 당신들이 필요 없소."

적풍이 차갑게 대답했다.

"그럼 왜 우리에게 온 거요?"

"같은 신혈족으로서 기회를 주고자 온 것이오. 묵안노에게서 벗어날 수 있는 기회를, 또 더 이상 세상으로부터 도망치지 않고 살아갈 수 있는 기회를……. 그런데 당신들은 그 기회를 거절하고 묵안노의 무노로 살아가길 자처하는군. 그렇다면 내 대답도 하나요. 난 묵안노에게 충성을 맹세한 자들을 살려둘 만큼 아량이 넓지 못해. 묵안노는 나의 가장 큰 적이니까!"

적풍의 대답에 타파가 아무런 대꾸를 하지 못했다. 순간 뒤로 물러나 있던 주문량이 악을 쓰듯 소리쳤다.

"모두 놈을 쳐! 놈이 죽지 않으면 우리가 모두 죽는다! 모두

보고 있지 않느냐?"

주문량의 호통에도 신혈족들은 망설였다.

공격한다면 적풍이 자신들 모두를 죽일 거라는 근거를 알 수 없는 두려움 때문이었다.

그러자 적풍이 나직하게 경고했다.

"누구라도 먼저 죽겠다는 자는 언제든 환영한다. 그러나 검을 내리고 나와 이야기를 나누겠다는 자는 걱정하지 않아도 좋다. 말했듯이 난 그대들과 싸우기 위해 온 것이 아니다."

경고와 함께 적풍이 사자검에 진기를 주입했다.

그러자 사자검이 더욱 짙은 묵빛으로 변하더니 종국에는 투명한 지경에 이르렀다. 그 사자검에서 영롱한 검은 기운이 흘러나와 사방으로 퍼져 나갔다.

적풍의 경고에 신혈족들이 공격하기를 망설였다.

어찌 보면 기이한 일이었다. 분명 방금 전까지 그들의 우두머리는 주문량이었다. 그런데 그 주문량의 명령이 신혈족들에게 아무런 힘도 발휘하지 못하고 있었다.

외려 그들은 주문량의 명령보다 오늘 처음 본, 스스로 십자성주를 자처하는 이 기이한 젊은 고수의 말에 더 순종하는 듯한 태도를 보이고 있었던 것이다.

"그 아이를 살려주면 우리도 대화할 마음이 있소."

타파가 얼른 입을 열었다. 그러자 적풍이 잠시 타파를 바라보다 목을 잡고 있던 호세호를 타파에게 밀었다.

"커컥!"

호세호가 한순간 입을 통해 밀려드는 차가운 공기에 외려 사례가 들린 듯 헛구역질을 해댔다. 타파가 얼른 호세호를 부축해 뒤에 서 있던 다른 신혈족 무사에게 넘겼다.

"이제 정천림과 나의 미래에 대해 이야기할 수 있겠소?"

적풍이 물었다. 그러자 타파가 잠시 침묵을 지키다가 입을 열었다.

"좋소!"

타파가 대답했다. 그런데 그때였다.

"타파! 네놈이 무엇이라고 감히 정천림의 미래에 대해 논한단 말이냐. 당장 그 악적에게서 떨어지지 못하겠느냐?"

자신의 말이 더 이상 정천림의 신혈족 고수들에게 통하지 않아 당황하고 있던 주문량이 노기를 띤 얼굴로 소리쳤다.

주문량의 호통에 타파가 곤혹스런 표정을 지었다.

아무리 생각이 달라도 정천림을 이끌어온 것은 주문량이다. 비록 적풍에 대한 두려움으로 그를 공격하라는 주문량의 명이 먹혀들진 않았지만 그렇다고 주문량이 정천림의 림주에서 밀려난 것은 아니었다.

"림주… 지금은 싸움보다 대화가 필요한 때입니다."

타파가 주문량을 보며 간곡한 어조로 말했다.

"필요 없다. 우리가 감히 묵안노를 배신하고도 살아남을 것 같으냐?"

"그에게 방도가 있다지 않습니까?"

"흥! 타파, 네놈은 그 나이를 먹고도 간교한 자의 감언이설에 속는단 말이냐? 당금 천하에서 북두회를 상대할 세력은 없다. 이제 곧 지왕종문이 무너지고 나면 북두회의 힘은 천하를 지배할 것이다. 그런데 겨우 변방의 작은 성을 차지했다고 기고만장하는 자와 신혈족의 미래를 논한단 말이냐?"

주문량이 악을 쓰듯 외쳐댔다. 그러자 적풍이 눈살을 찌푸리며 타파에게 말했다.

"다른 사람은 모르겠으나 한 사람은 손을 봐야겠소. 난 말이오, 모욕을 당하고는 참는 성격이 아니라서!"

적풍이 말이 끝나자마자 미처 타파가 말릴 사이도 없이 주문량을 향해 움직였다.

"앞을 막는 자는 누구든 죽는다. 그러니 그와 나 사이의 일을 방해하지 말라!"

적풍의 경고에 감히 주문량을 위해 그의 앞을 막는 자가 없었다. 신혈족들은 오히려 주춤거리며 뒤로 물러나 적풍에게 길을 열어주는 형국이 되었다.

"네… 네놈들이?"

주문량의 얼굴이 두려움으로 물들었다.

이미 한 번 적풍의 무공을 겪어본 주문량이었다. 그로선 자신 혼자의 힘으로 적풍을 상대할 자신이 없었다.

그러나 그가 아무리 욕설을 뱉어낸다 해도 정천사자들이 그를 위해 움직이지는 않았다.

신혈족들은 적풍의 기세에 완전히 압도되어 있었다.

특히 적풍의 손에 들려 있는 사자검이 검은 기운을 뿌려댈 때마다 그들은 마치 오래전부터 적풍에게 복종해 온 자들처럼 그와 눈도 제대로 마주 보지 못했다.

"홀로 날 상대할 수 있겠느냐?"

어느새 주문량 앞에 다가선 적풍이 물었다.

그러자 주문량의 얼굴이 벌겋게 상기됐다. 이미 서로 간에 무공의 고하는 드러나 있었다. 그러니 이 싸움을 받아들이는 것은 죽음을 자초하는 일이다.

"네놈이… 이러고도 무사할 줄 아느냐? 이 소식이 북두회에 알려지면 그들은 말머리를 돌려 지왕종문보다 십자성을 먼저 공격할 것이다."

"그래도 상관없지만, 알려지는 일도 없을 것이다."

"흥, 이미 묵안노의 사람이 소식을 전하러 떠난 지 이미 오래다."

"나라고 그에 대한 대비를 하지 않았을까?"

적풍이 한 줄기 미소를 지으며 대답했다.

그때 문득 뒤쪽 숲에서 쿠샨의 목소리가 들려왔다.

"주군! 쥐새끼 두 마리는 덫에 걸렸습니다."

"수고했소! 자, 일이 저리되었다는데 이제 더 믿을 구석이 있느냐? 이제 그만 신혈의 피를 이은 자답게 검을 들어 날 상대하는 것이 어떻겠느냐?"

적풍이 느리게 사자검을 들어 주문량을 겨누며 말했다.

사자검의 검끝에 희미하게 검은 기운이 모이는가 싶더니 뱀의 혀처럼 주문량을 향해 일렁였다.

순간 본능적으로 검을 들어 올리던 주문량의 얼굴이 묘하게 일그러지기 시작했다.

주문량이 마치 뱀을 앞에 둔 들쥐처럼 검을 들어 올린 채 부들부들 떨기 시작했다.

'역시 사자검인가?'

적풍은 주문량의 반응이 자신의 기도 때문이 아니라는 것을 알고 있었다.

지금 주문량이 보이는 모습은 거의 본능적인 두려움 같은 것이었다.

적풍이 가볍게 사자검을 그었다. 그러자 사자검이 아주 느리게 주문량의 목을 향해 다가갔다.

주문량이 애써 자신의 검을 들어 목을 베어오는 사자검을 막았다. 그러나 그의 의도와는 전혀 다른 허무한 결말이 그와 정천림의 신혈족 고수들을 당황시켰다.

스윽!

마치 갈대에 바람이 휘어지듯 그렇게 가볍게 주문량의 검이 사자검에 밀렸다.

그렇게 밀린 검이 주인인 주문량의 목에 닿았다. 물론 그때까지도 사자검이 주문량의 검을 밀고 있기는 했다.

팟!

한순간 날카롭게 피가 튀었다. 실처럼 가는 혈선이 허공에 그어졌다. 그러나 피는 금세 멎었다. 주문량의 목에 생긴 상처가 그리 깊지 않았기 때문이다.

"왜 진기를 쓰지 않지?"

적풍이 물었다.

순간 주문량이 퍼뜩 정신을 차렸다. 그리고 너무 당황해서 적풍의 말에 대꾸할 말을 잃어버렸다.

기가 막힌 일이었다. 어떻게 고수의 검을 막으면서 진기를 끌어 올리는 것을 잊었을까. 수십 년 도검과 함께 살아온 검객으로선 도저히 범할 수 없는 실수다.

그러나 때는 이미 늦었다. 어느새 다가온 적풍의 손이 그의 목덜미를 가볍게 눌렀다. 순간 어깨와 팔이 뻣뻣해지더니 손발의 힘이 순식간에 사라졌다.

혈도가 제압된 것이다.

"꿇어라!"

적풍이 검을 거둬들이며 차갑게 말했다. 주문량은 그때까지도 자신에게 일어난 일을 제대로 인식하지 못하고 있다가 자신도 모르게 고개를 돌려 주위를 살폈다.

그러자 수십 개의 의문 가득한 시선이 느껴졌다. 방금 전까지 자신의 명에 목숨을 내놓던 정천림의 고수들이 기이한 시선으로 자신을 응시하고 있었다.

"꿇어!"

적풍이 다시 말했다. 그러고는 거둬들였던 사자검을 들어 주문량의 어깨에 올린 후 지그시 내리눌렀다.

주문량이 사자검의 무게를 견디지 못하고 무릎을 꿇었다. 그렇다고 적풍이 사자검에 진기를 밀어 넣은 것도 아니었다.

단지 주문량의 혈도가 제압되어 팔과 다리에 힘이 없었다는 것과, 그의 혼백이 스스로를 얼려 버렸기에 일어난 일이었다.

"당신은 살 수 있을 거야."

적풍이 위로하듯 말했다.

그 말에 주문량이 적풍을 올려다봤다.

"하지만… 당분간 무공은 허락할 수 없군."

적풍의 말에 주문량이 그제야 입을 열었다.

"대체… 나에게 무슨 짓을 한 것이냐?"

"글쎄, 그걸 왜 내게 묻지? 난 별로 한 일이 없어. 당신이 거의 스스로 내게 무릎을 꿇었다고! 스스로 한 일을 나에게 묻다니, 이제 보니 정천림을 이끌기에는 너무 심약한 자였군!"

그 말로 끝이었다.

장내의 신혈족들은 적풍의 말에서 자신들의 마음을 확인했다.

이유는 알 수 없었다.

그토록 완강하고, 그토록 독하던 주문량이 제대로 반항 한 번 못하고 거의 스스로 이 낯선 사내에게 무릎을 꿇은 이유를 그들도 도저히 알 수 없었다.

그러나 한 가지 사실은 확실했다.

이렇게 나약한 자에게 자신의 운명을 맡길 수는 없다는 것, 그 결론만은 누구도 부인할 사람이 없었다.

타닥타닥!

잠시 수그러들었던 모닥불이 다시 힘을 냈다.

숙영지는 다시 깊은 침묵에 빠졌다. 밤이 깊어서인지 밤새 소리도 들리지 않았다.

모닥불을 가운데 두고 적풍과 마주 앉은 사람은 넷이었다.

평소 정천림은 정천육장이라 불리는 여섯 명의 고수에 의해 움직였다. 이 여섯 명의 고수는 그 무공이 묵안노 마한이 만족할 만한 수준에 오른 자들이었다.

묵안노는 이들이 과거 검은 사자들에게도 뒤지지 않는 무공을 지니고 있다고 평가했었다.

하지만 그런 정천육장을 쓰는 데 있어서 묵안노에게도 고민은 있었다. 그건 바로 그들 중 둘은 언제든 신뢰할 만하지만, 나머지 넷은 마음으로부터의 충성심을 가지지 않은 자들이란 것이었다.

정천육장 중 묵안노를 충심으로 따르는 자는 앞서 적풍이 제압한 림주 주문량과 사룡의 우두머리 호세호 둘이었고, 나머지 넷은 지금 적풍 앞에 앉아 있었다.

묵안노는 이 네 명의 배신을 가장 두려워했다. 그래서 묵안노가 선택한 방법이 인질이었다.

정천림을 구성하는 서른여섯 명의 정천사자(正天獅子)의 가족 이백여 명이 묵안노의 손에 있었다.

특히 정천림이 본 궤도에 오르는 순간부터는 그 가족들과 정천사자들을 다른 곳에서 거처하게 함으로써 정천사자들의 발목을 단단히 잡고 있는 묵안노였다.

"이미 말했지만 우리로서는 가족들의 안위를 생각지 않을 수 없소이다. 가족들이 위험에 빠진다면… 미안하지만 죽을지언정 성주를 따를 수 없소."

타파가 말했다.

타파는 정천육장 중에서 적풍의 손에 제압된 림주 주문량을 제외하면 정천사자들이 가장 신뢰하고 따르는 인물이었다.

"방법을 가지고 있소."

적풍이 대답했다.

"식솔들을 구해낼 수 있단 말이오?"

타파에 앞서 질문을 한 사람은 소두괴라는 자였다.

그는 다른 사람에 비해 나이도 어리고 병약해 보이는 몸을 가지고 있었으나, 사실 정천사자들이 가장 두려워하는 인물이기도 했다.

그의 두뇌는 묵안노가 두려워할 정도로 뛰어났고, 그의 손속은 정천사자들조차도 치를 떨 정도로 독했다.

"일이 잘되면 그렇소."

"확신할 수 없단 말이구려."

소두괴가 실망한 표정을 지었다.

"세상일에 십 할은 없소. 칠팔 할의 가능성만 있어도 시도해 볼 만한 것이지."

적풍이 말했다.

그러자 타파가 입을 열었다.

"성주의 말씀이 맞기는 하오. 하지만 식솔들의 목숨이 걸린 일에 칠 할의 가능성은 사실 선택하기 쉽지 않은 일이오."

"이해는 하겠소. 그러나 위험을 감수하지 않고 어떻게 묵안노의 손에서 벗어날 수 있겠소?"

"대체 어떤 계획을 가지고 계신 것이오?"

소두괴가 확실한 계책을 들어야겠다는 표정으로 물었다. 그러자 적풍이 잠시 소두괴를 바라보다 입을 열었다.

"내 대답을 듣고도 내 제안을 거절하면 반드시 죽어야 하는데 그래도 듣겠소?"

적풍의 말에 네 명의 신혈족 고수의 표정이 심각해졌다.

그들은 이미 이 적풍이란 인물이 결코 허언을 하지 않는다는 것을 직감하고 있었다.

"솔직히 말하자면 우린 이미 사선(死線)을 넘은 것이나 마찬가지요. 림주를 저리 만들고 이제 다시 묵안노를 따를 수는 없는 일이니까."

이미 림주 주문량을 배신한 사 인이다. 다시 묵안노에게 돌아갈 수는 없는 처지였다.

"그렇구려. 그럼 말해주리다. 길은 하나뿐이니까."

적풍이 고개를 끄떡이고는 목소리를 낮춰 자신의 생각을 말하기 시작했다.

그날, 적풍과 정천림의 신혈족 고수들은 잠을 자지 않았다.

적풍과 앞날을 논의하는 네 명의 고수 외에도, 다른 정천림의 고수들 또한 잠을 자지 않았다.

그들은 어느 날 갑자기 하늘에서 뚝 떨어져 내린 적풍이란 인물에 대한 기대와 두려움으로 잠을 이룰 수 없었다.

그렇게 하룻밤이 지나고 미처 해가 뜨기 전에 정천사자들이 묵었던 숙영지는 말끔하게 정리됐다.

그들은 아침 물안개가 오르는 강을 조용히 건넜다.

그리고 이제 그들 중에는 적풍과 쿠샨, 그리고 감문 등 다른 삼 인의 신혈족도 섞여 있었다.

*   *   *

까악! 까악!

까마귀 떼가 잿빛 하늘을 날며 소란스럽게 울어댔다. 높은 산 위에 걸린 구름은 곧이라도 비를 뿌리를 것 같다.

비릿한 혈향이 바람을 타고 산 중턱으로 올라왔다. 일행의 눈살이 절로 찌푸려지는 광경이었다.

"다녀왔습니다."

적풍과 타파에게 고개를 숙이며 입을 연 자의 이름은 정무창이다. 정천육장 중 한 명으로 타파의 말에 의하면 타고난 살수라고 했다.

그 자신은 사람을 죽이는 일에 짙은 혐오감을 가지고 있었지만, 이율배반적으로 정천사자 중 가장 빠르고 은밀하게 사람을 죽일 수 있는 자였다.

"반응은 어떻던가?"

타파가 물었다.

본래 정천육장 중 주문량과 호세호를 제외한 나머지 사람들은 평소에도 호형호제하는 사이. 그중에서 나이가 가장 많은 타파는 그들 중 대형으로 인정되고 있었다.

"의심은 없었습니다."

"묵안노 그자가?"

의외라는 듯 타파가 다시 물었다.

"소 아우가 이른 대로 거의 입을 열지 않았습니다. 오직… 림주의 서찰만을 전했습니다."

정무창이 슬쩍 십여 장 거리를 두고 말에 올라 있는 림주 주문량을 어색한 듯 바라봤다.

주문량은 그사이 십 년은 더 늙은 듯 보였다. 얼굴에는 생기가 없고, 눈동자는 풀려서 치매를 앓고 있는 노인 같았다.

내공을 잃어서인지, 아니면 묵안노를 따라 무림천하에 군림하는 자가 되고 싶었던 꿈이 사라져서인지는 알 수 없었다. 아무튼 그는 이제 모든 의욕을 상실한 노쇠한 노인일 뿐이었다.

"뭐라던가?"

"호세호의 상세를 잠시 물었습니다."

"그래서?"

"소 아우의 말대로 신혈의 기가 역류해 주화입마에 빠졌다고 했더니 천의비문의 의원들을 탓하더군요."

"음… 그런 일은 그동안 비일비재했으니까. 자네가 대신 전서를 가지고 간 일을 이상하게 생각지는 않았겠지."

타파가 고개를 끄떡였다.

"전황은 어떠했소?"

이번에는 적풍이 물었다.

"썩 좋지 않더군요."

이제 정천림의 검은 사자들은 적풍을 주인처럼 따르고 있었다. 여전히 그들은 타파를 중심으로 움직이고 있었지만 이 거대한 반역의 중심이 적풍임을 인정하지 않는 사람은 없었다.

특히 처음에는 적풍에 대해 의심하거나 탐탁지 않게 생각하던 자들조차도, 황하를 건너 대혈산에 이르는 칠 일의 여행 동안 그들 자신도 모르게 적풍에 대한 반발심이 사라지고 외려 그에 대한 믿음이 생겨나고 있었다.

그래서 그들이 적풍을 대하는 태도가 하루가 다르게 순종적으로 변해가고 있었다.

그런데 더 이상한 것은 이 기이한 변화를 실감하는 사람이 오직 한 명, 쿠샨밖에 없다는 사실이었다.

"손실이 큰 모양이군요."

소두괴가 물었다.

"그렇다고 하더군. 이번 격돌에서 근 서른 명의 북두회 고수가 죽었다고 하네. 물론 지왕종문의 마인들 역시 일백여 명 이상 죽었지만, 그들이야 지왕종문을 따르는 문파들에서 차출해 온 자가 대부분이었으니까 외려 충격은 북두회가 더 크지."

"묵안노의 기분이 나쁘지 않겠군요."

소두괴가 말했다.

"그래 보였네. 북두회 육가의 어려움이 그에게는 기회가 된다는 것을 누구보다 잘 알고 있으니까. 그래서인지 우리에게 좀 더 가까이 다가와 대기하라고 하더군. 조만간… 우릴 쓸 모양이야."

"좀 이르군요."

소두괴가 적풍을 바라봤다.

그러자 적풍이 대답했다.

"때가 될 때까지는 그의 요구를 들어줘야 할 것이오."

"그렇겠지요."

소두괴가 고개를 끄떡였다.

그러자 타파가 말했다.

"오늘 십 리 안쪽으로 거리를 좁히겠습니다."

"그렇게 합시다."

타파가 걸음을 옮겨 정천사자들에게 다가서며 명을 내렸다.

"모두 서두르세. 오늘 안으로 북두회 진영 십 리 안으로 들어갈 걸세. 이제부터는 모든 귀와 눈을 열어 주변을 살펴야 하네. 우리의 사정이 그 누구에게도 알려져선 안 되네."

*　　　　*　　　　*

산봉우리들이 서로 높이를 자랑하며 늘어선 광활한 산맥 속에 거대한 성채를 품은 특별한 산이 하나 있었다.

대혈산이다.

본래는 세상에 이름이 알려지지 않은 산이었으나, 그곳에 무림인들을 경악시킨 한 무리의 마인이 똬리를 틀면서, 천마맹의 우두머리인 천산마문의 위대한 땅, 천산에 버금가는 명성을 얻어가는 산이었다.

그런 대혈산에 전운이 감돌고 있었다.

"와아아!"

갑자기 산을 뒤흔드는 함성 소리가 터져 나왔다.

그 엄청난 외침은 대혈산 지왕종문의 성으로부터 십여 리 떨어져 있는 북두회 원정대의 숙영지까지 전해졌다.

"뚫린 건가?"

숙영지 앞에서 경계를 서던 중년의 검객이 대혈산을 바라보며 중얼거렸다.

"그러게 말야. 젠장! 저길 갔어야 하는데……."

옆에서 건장한 중년 사내가 입맛을 다시며 대꾸했다.

"지난번 싸움에서 손실이 너무 컸어. 노조께서도 더 이상의 손실은 감내하기 어려우셨을 걸세."

"그렇긴 하지만. 젠장… 그리고 보면 혈궁이 떠나가는 걸 방관한 게 발등을 찍은 모양새야."

"그렇지? 혈궁이 떠난 이후 북두회는 완전히 정파 놈들의 세상이 되어버렸단 말이야. 후우… 그때야 혈궁이 몰락하면 우리 천산마문이 천하사마도의 유일한 패자가 될 거라 생각했지만, 지금 와서 보면 외려 정파 놈들의 힘에 밀리는 계기가 되었으니."

"그렇다고 지금 다시 혈궁과 손을 잡는 것도 궁색하지 않은가?"

"그렇긴 하지. 혈궁이야 뭐 십자성과 손을 잡은 이후 천무맹을 세워 잘나가고 있지 않은가. 설혹 노조께서 손을 내민다 한들 그들이 다시 돌아올 리는 없지."

"그러고 보면 혈왕은 참 운도 좋아."

건장한 체구의 사내가 멸시의 기운을 담은 표정으로 빈정거렸다. 그때 갑자기 대혈산 쪽에서 일단의 사람이 모습을 드러냈다.

"저건 뭐지?"

"어… 저건… 우리 쪽 사람들이잖아?"

건장한 체구의 사내가 놀란 표정으로 중얼거렸다.

"이제 보니 성을 뚫은 것이 아니라 패퇴한 모양이야."

"젠장! 지왕종문이 이렇게 강했나? 이거… 이리되면 쉽지 않은 싸움인데……."

"아무튼 안에 알리게."

"알겠네."

건장한 체구의 사내가 황급히 북두회의 진영 안쪽으로 달려들어갔다.

돌아온 자들의 몰골은 처참했다.

지왕종문의 정문 앞에서 벌어진 싸움에 동원된 북두회 고수의 숫자는 모두 일백, 그중 살아 돌아온 자의 숫자는 칠십여 명이었다.

무림의 싸움을 모르는 사람들이 보면 겨우 서른 명의 손실이 그리 심각한 것이 아니라고 생각할 수도 있었다.

그러나 무림을 아는 사람들을 결코 그렇게 말할 수 없었다.

무림문파에서 절정고수를 길러내는 것은 각 문파의 운명을 결정하는 가장 중요한 과제다.

뛰어난 근골을 지닌 아이를 찾아 각 파에 내려오는 절정의 비급들과 신병이기를 전수하고 내공을 급격하게 증진시키기 위해 천고의 영약을 모두 동원하고도 수십 년의 시간이 더 필요한 것이 절정고수를 배출하는 일이다.

그래서 비록 육가가 천하를 지배하는 명문대파들이라 해도 각 파에 있는 절정고수의 숫자는 일백 전후에 불과했다.

그중 아주 특별한 인연과 재능을 지닌 자들 일 할이 초절정고수로 성장하므로 사실 보통의 문파에서 재능 있는 제자를 들였을 때 정상적으로 기대할 수 있는 성장치는 절정의 경지였다.

그런 절정 고수 삼십이 꺾였다. 만약 그 숫자가 한 가문에서 나왔다면 그 문파는 당장 북두회 육가에서 탈퇴해 봉문을 선언한 후, 수십 년 동안 후인을 기르는 데 매진해야 할 정도의 피해일 것이다.

다행히 지왕종문의 문을 열기 위해 동원된 자들은 육가 중 네 가문에서 뽑은 고수들이었기에 그 피해 역시 분산되었으므로 육가는 이 손실을 견딜 수 있는 것이다.

하지만 어쨌든 절정의 고수 일백이 동원되고도 지왕종문의 정문을 뚫지 못했다는 충격은 북두회 원정대의 고수들에게는 큰 충격이었다.

그래서 패배한 자들이 지친 몸과 마음을 이끌고 숙영지에 도착했을 때, 그들을 마중하는 사람들의 표정 역시 패배한 자들만큼이나 무거울 수밖에 없었다.

"수고하셨소이다."

돌아온 자들을 가장 앞서 맞이한 사람은 묵안노 마한이었다.

노구를 이끌고 북두회 고수들을 마중하는 그의 얼굴도 무겁기는 마찬가지였다.

"마중까지 나오셨소? 후우… 노사를 뵐 면목이 없구려."

마한의 마중을 받은 자 중 백발임에도 형형한 눈빛을 흘려내는 노고수가 말했다.

"무슨 말씀을! 나가 싸운 분들의 어려움을 어찌 남아 쉰 사람이 가늠하겠소. 일단 들어들 가십시다."

묵안노가 부드럽게 얼굴색을 고치며 말했다.

백발의 노고수가 고개를 돌려 그를 따라 물러난 칠십여 명의 고수에게 말했다.

"모두 수고했소. 한 이틀 정도는 더 이상 공격이 없을 것이오. 부상한 사람은 치료하고, 지친 사람들은 요기를 한 후 휴식을 취하시오. 자, 우린 들어갑시다!"

백발 고수의 말에 몇몇 노고수가 묵안노의 안내를 받으며 원정대의 수뇌들이 사용하는 커다란 천막으로 들어갔다.

직후 장내에 남아 있던 북두회 고수들이 각자 자파의 숙영지로 흩어졌다.

"백인살문이요?"

묵안노가 얼굴을 찌푸리며 되물었다.

"그렇소. 분명 백인살문의 살수들이었소. 그자들이 곳곳에 숨어 기습을 하는 통에 제대로 힘을 쓸 기회가 없었소이다."

백발의 노고수, 북산맹의 거두 천룡문의 문주인 흑제 오릉이 대답했다.

"확실히 그들이었소이까?"

묵안노가 다시 물었다.

그러자 흑제 오릉이 옆에 앉아 있던 날카로운 인상의 노고수를 돌아보며 말했다.

"당문주께서 확인한 사실이니 분명할 것이오."

오릉의 말에 묵안노의 시선이 오릉 옆의 사람에게 향했다.

이 날카롭고 섬뜩한 기운을 지닌 노인이야말로 독과 암기의 조종이라는 당문의 당대 문주 당호다.

"분명하오. 삼초살 향당을 보았소!"

"향당! 그자까지? 음… 그렇다면 백인살문의 십살이 모두 왔겠구려."

묵안노가 심각한 표정으로 말했다.

"그렇다고 봐야 할 거요. 백인살문의 문주가 세상에 모습을 드러낸 것은 근 십 년 만에 처음이오. 그가 움직였다면 당연히 백인살문의 십대살객 모두가 움직였을 것이오. 어쩌면… 전 살수가 동원됐을 수도 있소."

당호가 눈빛을 번쩍이며 말했다. 그의 눈은 아직 전장의 살기를 지우지 못한 듯 보였다.

"아하… 그렇다면 정말 큰일이오. 그들은 참으로 상대하기 까다로운 자들인데. 힘으로 밀어붙이려면 사람이 더 필요한데, 그러면 시간이 너무 늘어지고……."

묵안노가 곤란한 표정으로 중얼거렸다. 그러자 흑제 오릉이 무겁게 입을 열었다.

"해서 오면서 우리끼리 그 방책을 생각해 봤소이다."

"해결책을 찾으셨소이까?"

"급하게 쓸 만한 방책이 있긴 하오."

"무엇이오?"

묵안노가 궁금한 듯 얼른 물었다. 그러자 오릉이 잠시 주저하다 입을 열었다.

"애초 그들을 이 싸움에 동원하는 것을 반대했던 우리로서는 겸연쩍은 일이기는 하나… 다행히 묵안노께서 그들을 데려오셨으니 지왕종문의 성문을 깨는 데 그들을 쓰는 것이 어떨까 하오."

오릉의 말에 마한의 눈이 가늘어졌다.

"정천림을 말씀하시는 것이오?"

"그렇소."

"음……."

묵안노가 낮게 침음성을 흘렸다. 이 제안은 애초 그가 계획했던 정천사자들의 쓰임과는 다른 것이었다.

그러나 묵안노는 자신이 이들의 요구를 거절할 수 없음을 알고 있었다. 이들이 누군가, 아무리 그가 뒤에서 이들을 조종하고 있다고 자부해도 이들이야말로 북두회의 주인이었다.

그리고 북두회는 정천사자들의 주인이기도 하다.

"부르지요!"

묵안노가 무겁게 대답했다.

제7장
정천사자(正天使者)

"그리하여 묵안노께서 이르시길 내일 자정 대혈산 동남쪽 길을 따라 진입해 저들의 문(門)을 돌파하라 하셨소. 또한 문이 열리면 그 즉시 뒤로 물러나 지왕종문으로부터 십 리 밖에 대기하라는 분부시오."

묵안노의 명을 전한 자는 호천대 제팔조의 조장 소복명이다. 그의 태도는 마치 그 자신이 묵안노나 된 듯했다.

그의 눈에 깃든 멸시의 기운이 어둠 속에서 그의 말을 듣고 있던 주문량의 얼굴색을 변하게 만들었다.

"알았소."

주문량이 짧게 대답했다.

그러자 주문량의 말투에서 냉기를 느낀 소복명의 얼굴에 슬쩍 노기가 비친다. 이 비천한 이골마족의 무노(武奴)들이 감히 호천대의 조장인 자신을 업신여길 수 있나 싶은 표정이었다.

"어찌 공략하겠소?"

이대로 물러가기에는 자존심이 상한다고 느꼈는지 소복명이 지왕종문의 성문을 깨뜨릴 방책을 물었다.

"그것까지 들어 오라 하셨소?"

주문량이 되물었다.

"그건 아니오만⋯⋯."

"그럼 되었소. 우리 일은 우리가 알아서 하겠소. 어쨌든 지왕종문의 문은 내일 자정부터 반 시진 안에 분명히 깨질 것이오. 묵안노께 그리 전해주시면 되오."

주문량의 대답을 들은 소복명이 검집에 올려놓았던 손에 지그시 힘을 가했다.

그가 주문량을 멸시하듯, 주문량 역시 그를 묵안노의 말 심부름꾼 이상도 이하도 아닌 존재로 생각한다는 것을 깨달은 것이다.

그러나 분노도 잠시, 소복명이 금세 손에 힘을 풀었다. 그리고 주문량을 보며 한 줄기 웃음과 함께 말했다.

"하하, 이 일은 정천림이 강호에 출도해 처음으로 맡은 일이오. 또한 이번 원정의 성패를 가늠하는 중요한 임무기도 하오. 실패한다면⋯ 아마 묵안노께선 정천림의 쓰임새를 다시 생각하실 것이오. 그러니, 부디 최선을 다하길 바라겠소."

충고 같은 경고다. 그러나 그 경고 역시 주문량에겐 별 관심이 없어 보였다.

"그것 역시 우리 일이니 조장께서 걱정할 필요 없소. 우린 준비를 좀 해야겠소만……."

그만 떠나달라는 축객령에 소복명의 인내심이 바닥났다.

"흥, 그대들이 노야의 존중을 받더니 정말 스스로 과거의 검은 사자처럼 되었다고 생각하는 모양이군. 그러나 미안하게도 그대들은 검은 사자들이 아니다. 전마도 없지. 그러니 자중하라. 지왕종문의 문은 북두회 육가의 고수 일백이 동원되고도 열리지 않았다. 만용을 부려 대책 없이 나섰다가는 내일 정천림은 무림에서 사라질 것이다."

"그 역시 우리 일, 더 할 말 없으면 그만 가보시오."

주문량이 더욱 싸늘하게 말했다. 주문량의 노골적인 요구에 소복명도 더 이상 이곳에 머물 수가 없게 됐다.

"후후, 과연 내일이 지나도 그대의 얼굴에 그 자신감이 남아 있을지 궁금하군. 부디 살아남기 바란다!"

소복명이 격려인지 저주인지 모를 말을 남기고 어둠 속으로 사라졌다.

"끙!"

소복명이 물러가자 주문량의 입에서 신음 소리가 흘러나왔다. 횃불이 밝혀지고 그의 얼굴이 드러나자 얼굴에 가득 흐르는 땀이 보였다.

"수고하셨습니다."

타파가 주문량에게 흰 천을 건네며 말했다. 그러자 주문량이 천을 받아 얼굴에 흐르는 땀을 닦으며 말했다.

"이 일이 과연 성공할 것 같은가?"

"일의 성패야 하늘에 달렸지요."

"난 아직도 자네들의 선택을 원망하네."

주문량이 타파와 그를 둘러싸고 있는 삼 인의 정천육장, 그리고 다시 그 뒤 어둠 속에 호랑이처럼 도사리고 있는 적풍을 보며 말했다.

그러자 타파가 진지한 표정으로 대답했다.

"묻겠습니다. 림주께선 이번 묵안노의 명을 어찌 생각하십니까?"

"지왕종문의 성문을 깨란 명 말인가?"

"그렇습니다."

"후우… 어려운 일이지. 예상치 못한 일이기도 하고. 난 묵안노가 우릴 싸움의 후반에 쓸 거라 생각하고 있었네."

"그렇지요. 어려운 일이지요. 아마… 성공한다 해도 우리 형제들 역시 만만찮은 손해를 입어야 할 겁니다."

"맞네. 그래서 자넨 어쩔 생각인가?"

주문량이 이제 정천림의 우두머리는 자네가 아니냐는 표정으로 물었다.

"방법은 이제부터 찾아봐야겠지요. 단지 제가 말하고 싶은 것은 이겁니다. 오늘 밤 우리에게 내려진 묵안노의 명령, 우리 정천림의 형제들 태반이 죽을 수도 있는 이런 명을 내릴 수 있는 사람이 바로 그라는 것, 그리고 그에게 우리는 결국 이런 용도로 쓰일 사람들이었다는 것이지요. 만약 그가 림주께 약속했듯, 그렇게 신혈족의 안위를 생각하는 사람이었다면 결코 단독으로 지왕종문의 성문을 깨란 명 따위는 내리지 않았을 겁니다."

"그만큼 우릴 믿는 것이겠지."

주문량은 여전히 묵안노에게 미련을 두고 있는 듯 보였다.

"하아… 그렇게 생각하십니까? 아마도 천하에서 우리의 실력을, 혹은 한계를 가장 잘 알고 있는 사람이 그일 겁니다. 그런데도 그가 우리 실력을 믿고 이 일을 맡겼다고 보십니까?"

타파가 답답한 표정으로 주문량을 다그쳤다.

"우리 정천림은 그가 북두회를 넘어 세상을 장악하기 위해 준비한 비장의 힘이네. 설마 그런 그가 우릴 한 번 쓰고 버리는 소모품으로 생각하겠는가?"

주문량이 반박했다.

"림주… 그는 충분히 그러고도 남을 사람입니다. 우리가 지왕종문의 문을 뚫으면 그는 보이지 않는 힘을 얻게 될 겁니다. 북두회 육가의 수장들은 그 순간부터 묵안노의 뒤에 정천림이라는 이골마족의 괴물들이 도사리고 있다는 것을 실감하게 될 테니까요. 우리가 다 죽어도 정천림이라는 이름이 묵안노에게 힘을 줄 겁니다."

타파가 탄식하며 말했다.

"우리가 다 죽고 나면 정천림도 사라지는데 명성이 무슨 소용인가?"

주문량이 고개를 저으며 말했다.

"정천림이요? 우리가 죽는다고 정천림이 사라질 것 같습니까? 그에겐 누가 정천림을 채우든 상관없을 겁니다. 단지 그 이름이 주는 공포나 두려움이 필요할 테니까요. 그는 다시 시작할 겁니다. 우리의 아이들을 다시 천의비문의 의원들에게 맡길 것이고, 그 아이들은 다시 정천림의 이름으로 그를 위해 죽겠지요. 아시지요? 십오 세가 된 아이 중 신혈의 특징이 보이는 아이를 모두 그가 모처로 데려가는 것을……. 그 숫자가 벌써 열이 넘었습니다. 어쩌면 그는… 진정한 정천사자는 그 아이들로부터 시작될 거라고 생각하는지도 모르지요."

타파의 날카로운 지적에 주문량의 표정이 굳어지고 말문이 막혔다. 그러다가 모든 것을 포기한 사람처럼 물었다.

"좋아. 자네 말이 다 옳다고 하세. 그럼 이제 자넨 어쩔 생각인가? 여기서 형제들을 데리고 물러날 건가? 그럼 뒤에 남아 있는 우리 식솔이 모두 죽을 걸세. 어떻게 양쪽 모두를 살릴 수 있는가?"

주문량이 물었다.

추궁은 아니었다. 그저 현실에 대한 답답함을 토로한 것이다.

그러자 타파가 시선을 뒤쪽에 서 있는 적풍에게 돌렸다. 그리고 적풍에게 물었다.

"이제 성주께서 답을 주시지요."

그게 약속이었다.

자신을 따르면 정천림과 그 식솔들이 묵안노의 손에서 벗어
날 수 있게 해주겠다는 것, 그것이 적풍이 이들에게 한 약속이
다.

그리고 이제 그 약속을 지켜야 할 때다.

"그가 이렇게 일찍 정천림을 쓰려 할 줄은 나도 몰랐소. 사
실 내 계획은 그가 최후의 순간에 정천림을 등장시킨다는 가정
하에 세워진 것인데……."

"그럼 방책이 없다는 겁니까?"

타파가 이제 와서 무슨 소리냐는 듯 따져 물었다.

"방책이야 조금 바꾸면 되는 것이고……."

"어떻게 말입니까?"

"일단 그를 위해 길을 열어주겠소."

"그럼 우리 중 태반이 죽을 겁니다."

타파가 말했다. 그러자 적풍이 고개를 저었다.

"아니, 그럴 일은 없소. 내가 나설 것이니까."

"직접 이 싸움에 뛰어들겠다는 겁니까?"

"형제라고 말하면서 어찌 위험할 때 뒤로 물러나 있겠소. 그
리고… 이번에 그대들은 스스로에게 놀라게 될 거요."

"그게 무슨 말입니까?"

타파가 미덥지 않은 표정으로 물었다.

"각자의 내면에 당신들도 모르는 무서운 힘이 도사리고 있다
는 것을 깨닫게 될 거란 말이오. 어쩌면… 좋은 기회겠지."

적풍이 뜻 모를 말로 대답했다.

정천림의 신혈족 고수들은 그런 적풍을 한편으로는 불안한 시선으로, 또 한편으로는 왠지 모를 기대감을 담은 눈으로 바라봤다.

묵안노 마한으로부터 지왕종문의 성문을 깨라는 명을 받은 이후부터 정천림의 신혈족들은 적풍에 의해 움직이기 시작했다.

그건 그들 자신에게는 무척 자연스러운 일이었지만, 쿠샨의 눈에는 도저히 이해하기 힘든 일이었다.

적풍은 사실 그들의 림주 주문량을 꺾어놓은 것 말고는 이들에게 딱히 그 힘을 보여준 것이 없었다. 그럼에도 불구하고 일전이 목전에 이르자 이들은 자연스럽게 적풍에게 의지하고 그의 말에 복종하고 있었다.

세상에 알려진 신혈족들의 특성, 괴이한 힘은 차치하고, 포악하고 호전적이라는 그들의 성정을 생각하면 놀라운 반전이었다.

이들은 마치 순한 양처럼 적풍의 말에 따라 움직였다. 물론 그 와중에 이제 곧 마주쳐야 할 지왕종문의 고수들에게 대한 두려움이 없는 것은 아니었다.

그러나 그 두려움조차도 적풍과 함께 있을 때는 눈에 띄게 줄어드는 것이었다.

그래서 쿠샨은 적풍에게 집중할 수밖에 없었다. 대체 적풍의 무엇이 이 괴이한 고수들을 적풍 앞에서 순한 양으로 만들었는지 찾아내기 위해 쿠샨은 눈이 아플 정도로 적풍의 말과 행동에 집중했다.

그러나 그가 찾아낸 것은 아무것도 없었다. 적풍은 언제나 같았다.

마주한 사람이 기분 상할 정도로 도도한 태도, 조금은 우울한 목소리, 그리고 처음부터 정천림의 주인이었던 것 같은 거침없는 행동까지. 쿠샨이 적풍을 만난 이후 언제나 보여주던 모습 그대로인 그였다.

그러니 쿠샨으로서는 묻지 않을 수 없었다.

"무슨 수를 쓰신 겁니까?"

시간은 자정으로 향하고 있었다. 적풍과 그를 따라온 정천림의 신혈족 고수들은 대혈산 동쪽의 작은 야산에 은거하고 있었다.

"무슨 말이오?"

적풍이 되물었다.

"이들의 마음을 어떻게 얻으신 건지 묻는 겁니다."

"내가 그들의 마음을 얻었소?"

적풍이 생각보다는 진지하게 쿠샨의 질문을 받았다.

"이들의 행동을 보십시오. 마치 어린아이들이 부모를 따르듯 성주님을 따르고 있습니다."

"그렇소?"

적풍이 다시 확인하듯 물었다.

"모르셨습니까?"

"나에 대한 믿음이 깊어지고 있다고는 생각했소."

"그 정도가 아닙니다. 아주 오래전부터 성주님을 따른 자들 같이 느껴질 정도입니다."

"그렇소? 나쁜 일은 아니군."

적풍이 어깨를 으쓱하며 대답했다.

"대체 어떤 방법을 쓰신 겁니까?"

쿠샨이 다시 물었다. 그러자 적풍이 가볍게 미소를 지으며 대답했다.

"그대는 줄곧 내 옆에 있지 않았소. 그러니 내가 특별한 방법을 쓰지 않았다는 것을 잘 알 텐데?"

"그렇긴 한데… 혹 제가 놓친 것이 있나 해서 말입니다. 그렇지 않다면 이 일은 설명하기가……."

"글쎄, 같은 신혈족이라 그런지 모르겠구려."

적풍이 관심 없는 말투로 말했다.

그러나 적풍은 쿠샨이 품은 의문의 답을 정확히 알고 있었다.

정천림의 신혈족들과 함께하는 시간이 길어질수록, 그리고 지왕종문의 문을 열어야 하는 위험한 일이 그들을 긴장시킬수록 사자검의 보이지 않는 힘이 위력을 발휘하고 있었다.

'이 징그러운 놈!'

적풍이 사자검을 슬며시 쥐었다.

적풍의 마음을 아는 걸까. 사자검이 손안에서 웅웅거리는 소리를 내는 듯 느껴졌다.

'대체 네 녀석을 누가 만들었단 말이냐?'

적풍이 속으로 물었다. 그러나 사자검은 손안에서 깊은 울림을 보여줄 뿐 그 답을 하지는 않았다.

기묘한 의문들이었다.

쿠샨은 적풍의 무엇이 신혈족들을 마음을 끌어들이는지 의문이었고, 적풍은 사자검, 전왕의 검이라는 거창한 이름을 가진 이 검이 어떻게 세상에 탄생했는지가 궁금했다.

"그는 답을 알고 있을까?"

적풍이 무심코 중얼거리다가 흠칫 놀라 주변을 살폈다. 그러자 쿠샨이 이상한 눈으로 그를 바라보고 있었다.

"뭐가 말입니까?"

쿠샨의 물었다.

"아니오. 잠시 다른 생각을 했소."

적풍이 대답을 얼버무리고는 시선을 회피했다.

쿠샨은 그런 적풍을 의아한 표정으로 바라봤지만 적풍은 다시 침묵에 빠졌다.

'의천노공을 제압할 수만 있다면… 그의 입을 열 수만 있다면 아마도 이놈의 비밀을 알 수 있을 거야. 하지만……'

아마도 목숨을 걸어야 하리라. 그러나 그럼에도 불구하고 적풍은 의천노공에게 도전하고 싶었다.

그건 신혈족이 가지는 본능적인 투쟁심과는 다른 욕망이었다. 투쟁심이 아닌 호기심, 천하의 모든 인간이 가지는 본성인

미지의 것에 대한 강렬한 호기심 때문이었다.

"자정이 되었습니다."

적풍의 상념은 타파가 다가와 그에게 때가 되었음을 알리는 순간 끝났다.

이젠 사자검의 내력이 아닌, 사자검의 힘이 필요한 시기였다.

"모으시오."

적풍의 말에 타파가 고개를 끄떡이고는 고개를 돌려 정천림의 신혈족 고수들을 눈짓으로 불렀다.

신혈족 고수들이 낙엽 밟는 소리 하나 없이 적풍 곁으로 모여들었다. 그러자 적풍이 손에 들고 있던 사자검을 자신 앞에 꽂은 후 신혈족들을 돌아봤다.

조금 떨어진 곳에서 이들을 지켜보고 있던 쿠샨은 그 순간 적풍과 그의 검에서 신령스런 검은 기운이 은은히 흘러나오는 것을 보았다.

그리고 그 순간만큼은 적풍이 지금껏 그가 알고 있던 것보다 훨씬 강하고 신비로운 존재라는 느낌이 들었다.

"잘 들으시오."

적풍의 나직하게 입을 열었다. 신혈족의 고수들은 아이처럼 적풍을 바라봤다.

"지왕종문의 문을 깨는 일은 쉽지 않소. 만약 우리가 저들과 전면전을 벌여 문을 깨려 한다면 적어도 오 할의 죽음을 감수해야 할 거요."

적풍의 말에 누군가 침을 꿀꺽 삼켰다.

"그러므로 난 전면전은 피할 생각이오."

"하면 어찌 저들의 문을 깹니까?"

타파가 물었다.

"그들을 상대하지 않으면 되오."

"그게 무슨 말씀입니까? 어찌 그들과 싸우지 않고 문을 연단 말입니까?"

타파가 당황한 표정으로 물었다.

그러자 적풍이 검을 들어 대혈산 지왕종문의 성 왼쪽을 가리켰다.

"우린 성벽을 공격할 것처럼 성의 동편 성벽으로 돌진할 거요. 그러다 성벽 앞에서 방향을 틀어 오른쪽으로 향할 거요. 그리고 성문으로부터 오십여 장 거리를 유지하면서 어디서 저들을 공격할지 혼란스럽게 만들 것이오. 그렇게 성의 서쪽 끝까지 질주하면 되오."

적풍의 말에 신혈족들이 어리둥절한 표정을 지었다.

"그러고는 어떻게 합니까?"

타파가 다시 물었다.

"그게 끝이오. 저들은 성을 지키려는 자들이오. 그러니 성벽을 따라 횡으로 움직이면 경계는 할지언정 먼저 공격하지는 않을 것이오. 싸우지 않으니 당연히 우리 쪽 피해도 없을 것이오."

"그럼 대체 성문은 어떻게 깨뜨린다는 겁니까?"

소두괴가 물었다.

"신혈의 피로 깨겠소."

"무슨 말씀을 하시는 건지?"

"이 중 특별히 빠른 사람이 있지 않소?"

적풍이 물었다. 그러자 신혈족들이 어리둥절한 표정을 짓다
가 소두괴가 대답했다.

"그렇긴 하지요. 개중 몇은 아주 빠릅니다. 타고난 재주에 경
공을 수련해서⋯ 천하에 따라올 자가 몇 없을 겁니다."

"나와보시오."

적풍의 말에 신혈족들이 잠시 망설이는 듯하다 다섯 명이
주춤거리며 적풍 앞으로 나섰다.

그중에는 앞서 적풍에게 대답을 한 소두괴도 포함되어 있었
다.

"이게 전붑니다. 이제 어찌할 생각입니까?"

소두괴가 다시 물었다.

"그대들이 나와 함께 성문을 깰 거요."

"아니, 그게 무슨⋯⋯?"

그러자 적풍이 타파와 소두괴를 불렀다. 그리고 그들에게 무
슨 말인가를 한참 동안 설명했다.

"그게 될까요?"

적풍의 설명이 끝나자 타파가 근심 가득한 표정으로 물었다.
그러자 적풍이 소두괴를 보며 물었다.

"그대의 생각은 어떻소?"

"제 생각으로는… 나쁘지 않습니다. 다만……."

"말해보시오."

"두 가지 걱정이 있습니다. 하나는 말씀대로 하자면 오늘 우린 우리가 가진 신혈족의 모습을 저들에게 보여주게 될 겁니다. 그럼 저들은 과거 검은 사자들의 기억을 떠올려 우릴 경계하게 될 것입니다. 그래서 본래 묵안노는 가급적 우리에게 신혈의 특성을 내보이지 말라고 당부했었지요."

"어차피 오늘이 지나면 저들을 떠날 것인데 저들이 그대들을 어찌 보든 그게 무슨 상관이겠소. 두 번째 걱정은 뭐요?"

적풍이 물었다.

"두 번째 걱정은… 과연 성주께서 홀로 문을 파괴하실 수 있으신지……."

"그것이야말로 걱정 마시오. 그저 저들을 속여 문 앞에 당도할 수만 있다면, 그리고 그대들이 내게 찰나의 여유를 만들어줄 수만 있다면 성문은 깨질 거요."

적풍이 자신했다. 그러자 소두괴가 고개를 끄떡였다.

"그렇다면 해볼 만합니다."

"좋소. 그럼 시작합시다!"

적풍이 단호하게 결정을 내렸다. 타파와 소두괴는 걱정스런 표정이었지만 결국 적풍의 결정에 동의했다.

정천사자들은 그 즉시 산 아래로 향했다.

떠나기 전 타파는 정천육장 중 하나인 정무창을 묵안노에게로 보냈다.

"아니, 대체 저게 뭐 하는 짓이오?"

남궁세가의 가주 남궁천이 화가 난 표정으로 불평했다.

묵안노가 키워낸 이골마족의 무리, 정천사자라 불리는 자들에게 지왕종문의 성문을 깨라는 명을 내린 북두회의 수뇌들은, 은밀히 고수들을 이끌고 지왕종문과 가장 가까운 남쪽 산비탈까지 진출해 곧 있을 정천사자들의 공격을 기다리고 있었다.

운이 좋아 정천사자들이 성문을 깨뜨리면 그 즉시 북두회의 전 고수를 이끌고 지왕종문으로 진격해 오늘 밤 싸움을 끝낼 생각인 그들이었다.

이 싸움에서 정천사자들이 얼마나 죽든 그건 상관없었다. 그들 모두가 죽어 전멸한다 해도 지왕종문의 성문만 열면 만족할 수 있었다.

그러나 그렇다고 해서 그 죽음이 성문 앞에 이르기도 전에 일어나면 곤란한 일이다.

정천사자들은 최소한 성문 앞에서 성문을 지키는 적들과 동귀어진을 해야 한다. 그래야 뒤에서 기다리고 있는 북두회 고수들에게 기회가 생길 터였다.

그런데 동쪽 산속에 은거해 있다가 성문을 치기 위해 평지로 내려온 정천사자들의 행동은 북두회 수뇌들의 기대와는 너무 달랐다.

그들은 마치 월하(月下)에 산보를 나온 듯, 사방에서 누구나

볼 수 있게 움직이고 있었다.

최대한 성문에 가까이 숨어들어 기습을 가해도 성공을 자신할 수 없는 싸움이었다. 그런데 정천사자들은 대열도 갖추지 않은 채 어슬렁거리며 지왕종문을 향해 다가가고 있었다.

이래서야 지왕종문의 성문을 오합지졸이 지키고 있어도 공격에 성공할 수 없었다.

북두회 수뇌들의 입장에선 화가 나지 않을 수 없는 일이었다.

"기다려 보십시다. 나름대로 계획이 있을 것이오."

다른 사람들과 달리 묵안노 마한은 정천사자들을 믿고 있는 듯 보였다.

"저들이 아예 공격을 포기한 것은 아니오? 시늉만 내다 물러날 생각인 듯하오만……."

천룡문의 수장 흑제 오릉이 의심 어린 표정으로 물었다.

"그럴 리 없소. 공격을 포기하면 당장은 살 수 있으나, 이후에 그들 일족이 모두 죽을 수 있음을 누구보다 잘 알고 있는 그들이오."

"그렇긴 하오만."

흑제 오릉이 고개를 끄떡였다.

그때 한 사내가 북두회 진영 앞에 불쑥 나타나더니 산비탈을 타고 바람처럼 올라와 마한 앞에 당도했다.

"노야! 림주의 전언을 가져왔습니다."

"무창, 자네군! 말하게."

마한이 기다렸다는 듯이 물었다.

그러자 정무창이 마한 곁에 바싹 다가와 나직하게 무슨 말인가를 전했다.

정무창의 말을 듣는 동안 마한의 눈빛이 여러 번 변했다. 그리고 정무창의 말이 모두 끝났을 때 조금 놀란 표정으로 물었다.

"누구의 머리에서 나온 계책인가?"

"우리 중 이런 계책을 세울 수 있는 사람은 하나지요."

"소두괴?"

"그렇습니다."

정무창이 대답했다.

"과연 소두괴! 그래도 이 정도일 줄은 몰랐군. 알겠네, 돌아가서 전하게. 일이 끝나면 본래 계획한 대로 움직이라고!"

"알겠습니다."

정무창이 대답을 하고는 서둘러 장내를 벗어났다.

그러자 사천당문의 가주 당호가 물었다.

"대체 무슨 생각이라 하오?"

"제법 머리를 쓰는 구려. 우리도 준비를 해야겠소이다."

"준비라니 무슨 준비 말이오?"

"계획대로 된다면 저들의 성문은 반드시 깨질 것이오. 대신… 적들의 피해는 그리 크지 않을 것이기에 성문이 깨진 즉시 본대가 진입해야 할 것 같소."

"문만 깨진다면……."

당호는 여전히 의문스런 표정이었지만 더 이상 묻지는 않았다.

적풍이 이끄는 정천림의 고수들은 느리게 대혈산 지왕종문을 향해 움직이고 있었다.

그들의 모습은 밤이지만 누구나 볼 수 있을 정도로 노출되어 있어서 지왕종문의 마인들도 벌써 그들을 발견하고 성벽 위에서 정천사자들의 움직임을 주시하고 있었다.

"당황한 듯한데요?"

적풍의 뒤에서 정천육장의 일인 조어장이 말했다. 조어장은 쇠망치 같은 주먹을 가진 자로, 적수공권의 싸움에선 그 누구에게도 밀리지 않는다는 싸움꾼이었다.

난전에서는 한 자 길이의 짧은 쇠몽둥이를 양손에 들고 싸우는데 그가 지나가는 자리는 폭풍이 지나간 것처럼 모든 것이 처참하게 부서져서 간혹 잔혹하다는 오해를 받기도 했다.

그러나 기실 그는 정천림의 신혈족 고수 중 가장 유순한 성정을 지니고 있었다.

"그러게. 이쯤이면 화살 한 대는 날아올 수 있는데……."

타파도 성벽 위 지왕종문의 마인들을 보며 중얼거렸다.

"이쯤에서 시작해야 되지 않겠습니까?"

소두괴가 긴장한 표정으로 적풍에게 물었다.

적풍이 걸음을 멈추고 지왕종문의 성벽을 바라봤다.

우후죽순처럼 서 있는 성벽 위 지왕종문의 마인들에게선 긴

장감을 찾아볼 수 없었다. 그들의 눈에는 이 엉성해 보이는 정천사자들의 진격이 단지 북두회에서 그들의 심기를 건드리기 위한 술책으로 보이는 모양이었다.

"그럽시다."

적풍이 고개를 끄떡였다. 적은 충분히 방심했고, 갑작스런 진격의 충격으로 한 번 놀라겠지만, 그 즉시 후퇴한다면 그 방심은 더욱 커질 터였다.

"준비해!"

타파가 뒤를 정천사자들을 돌아보며 말했다. 그러자 정천사자들이 슬금슬금 움직여 허술한 원 모양의 진형을 갖췄다.

이 또한 기이한 행동으로 공격을 하려는 진이 아니라 방어를 하기 위한 진형의 모습이었다.

그런데 그렇게 성 위의 지왕종문 마인들이나, 혹은 멀리 떨어진 곳에서 이들을 지켜보고 있는 북두회 고수들을 혼란스럽게 만든 정천사자들이 갑자기 벼락같은 속도를 내서 질주하기 시작했다.

스스스!

바람에 갈대 쓸리는 소리가 일어났다. 그러나 그 소리가 바람이 아니라 사람들이 내는 소리라는 것은 누구라도 알 수 있었다.

적풍이 이끄는 정천사자들이 점점 속도를 높였다. 갑작스럽게 시작된 그들의 질주가 성벽 위 지왕종문 마인들을 놀라게 만들었다.

우우웅!

급기야 정천사자들 사이에서 괴이한 파공음이 일어나기 시작했다. 정천사자들은 자신들이 낼 수 있는 최대한의 힘을 오직 달리는 데 쏟아붓고 있었다.

타고난 신력과 묵안노 마한이 전수한 경공절기가 합쳐져서, 정천사자들은 사람들이 믿을 수 없는 속도를 만들어냈다.

적풍이 이끄는 정천사자들은 성의 정문이 아니라 그로부터 동쪽으로 오십여 장 떨어진 성벽을 향해 질주했다.

"미친놈들 아닌가?"

성벽 위 지왕종문의 마인들을 지휘하고 있던 지왕삼장 중 일인인 궁막해가 중얼거렸다. 과거 지혈문의 터전이었던 검벽에서 적풍에게 일패도지했던 바로 그였다.

애초에 공격을 하자면 성문을 공격할 일이다. 성벽을 넘는 것은 고수들이 즐비하게 지키는 상황에선 죽음을 자초하는 일이었다.

"죽자고 덤비는 놈들은 죽여주는 것이 강호의 예의가 아니겠소."

염화마군 철륵은 처음부터 그를 따르던 지왕삼장 말고, 그가 강호에 출도한 이후 다섯 명의 절정고수를 끌어들였다.

그들은 각기 귀도 을아, 인백정 고등, 천살 우현, 서왕모 숙인, 권왕 장용이란 자들이었는데, 강호에선 그들을 오대마종이라는 멸시의 이름으로 불렀다.

그러나 비록 지왕종문에 들어 굴욕적인 별호를 얻기는 했어도, 이들은 누구라도 감히 그 앞에서는 오대마종이란 말을 입에 담을 수 없을 만큼 강력한 고수였다.

궁막해의 말에 맞장구를 친 자는 그중 한 명인 인백정 고등이었다.

"모두 준비해라. 십 장 안으로 접근하는 놈들은 한 명도 살려두지 마라."

궁막해의 명에 성벽 위에 올라 있던 자들이 활과 암기를 준비했다. 관병들이 전장에서나 쓰는 무기들이었지만 오늘 같은 날은 무림의 싸움에서도 유용하게 쓰일 수 있는 병기들이다.

특히나 지왕종문처럼 장원을 성벽으로 둘러싼 문파에게는 더더욱 유리했다.

우우웅!

적풍이 이끄는 정천사자들이 성에 가까워질수록 파공음은 더욱 거세졌다. 둥근 원형진을 형성한 그들은 마치 초원에서 갑자기 일어난 돌풍처럼 그렇게 지왕종문의 성벽을 향해 다가왔다.

궁막해의 손이 천천히 올라갔다. 그의 손이 떨어지는 순간 성벽 위에선 활과 암기의 비가 쏟아질 것이다.

그리고 드디어 정천사자들이 성벽 십여 장 앞에 이르렀을 때 궁막해의 손이 떨어졌다.

그런데 궁막해의 손이 떨어지는 것을 기다리던 자들은 지왕종문의 마인들만이 아니었다.

정천사자들 앞에서 그들을 이끌고 있던 적풍이 궁막해의 손이 떨어지는 순간 크게 외쳤다.

"지금!"

순간 그의 목소리가 채 끝나기도 전에 정천사자들이 방향을
틀었다. 마치 거세게 흐르던 급류가 커다란 바위에 막혀 급격
하게 흐름을 꺾는 모습 같았다.

퍼퍼퍽!

정천사자들이 방향을 틀어 벗어난 자리에 암기와 화살들이
소나기처럼 쏟아졌다.

"뭘 하자는 거냐?"

애꿎게 소비된 활과 암기들을 보며 궁막해가 으르렁댔다.

"성벽을 따라 돌며 빈틈을 찾는 모양이오."

인백정 고등이 말했다.

"경고를 보내고, 몇은 나를 따르라!"

궁막해가 명을 내리고는 성벽과 일정한 거리를 두고 풀밭을
질주하는 정천사자들을 쫓아 성벽 위를 달리기 시작했다.

"일이 제대로 되어가는 듯합니다."

적풍 곁에서 달리고 있던 타파가 말했다.

"이쯤이 좋을 것 같소."

적풍이 대답했다.

"조심하십시오."

타파가 걱정했다.

"걱정 마시오. 제대로만 해주면 누구도 다칠 일 없소."

"알겠습니다."

타파가 대답했다.

그러자 적풍이 달리던 속도를 늦춰 무리의 선두에서 후미로 이동했다. 그러자 그의 옆으로 조어장과 소두괴, 그리고 산 위에서 미리 뽑아두었던 발 빠른 자들이 모여들었다.

그사이 어느새 성문이 가까워졌다. 순간 타파가 큰 소리로 외쳤다.

"신혈의 힘을 보여라!"

타파의 명이 떨어지자 초원을 달리던 정천사자들의 무리에서 갑자기 검은 기운들이 일어나기 시작했다.

그 검은 기운들은 마치 기마의 발굽에 일어나는 먼지처럼 급격하게 부풀어 올라 정천사자들을 그 안에 감춰 버렸다.

그 순간 성벽 위 지왕종문이 마인들이나 멀리서 그들을 지켜보고 있던 북두회 고수 중 과거 검은 사자들의 시간을 겪었던 노고수들의 눈이 화등잔처럼 커졌다.

"검은… 사… 자!"

성벽 위에서 누군가가 중얼거렸다.

순간 공포의 전율이 지왕종문의 마인들을 타고 흘렀다.

"저자들이!"

궁막해와 인백정 고등도 한순간 검은 사자라는 말에 몸을 떨었다. 그러나 다른 사람들과 달리 궁막해는 금세 그 충격에서 벗었다.

"그래 봐야 잡혈의 종자들! 모두 정신 차려! 놈들은 검은 사자가 아니다. 단지 잡술로 본 문의 눈을 어지럽히려는 북두회 놈들의 술책일 뿐이다. 계속 추격하라!"

궁막해가 명을 내리고는 자신이 먼저 검은 구름으로 변한 정천사자들을 따라 다시 성벽을 달리기 시작했다.

모든 사람의 시선이 정천사자들이 만들어내는 검은 기운으로 쏠려 있었다.

성 위를 지키는 지왕종문의 마인들도, 혹은 어둠에 몸을 숨기고 지왕종문을 공격할 기회를 엿보고 있는 북두회 고수들도, 검은 구름으로 화해 성벽을 따라 질풍처럼 이동하는 정천사자들에게서 눈을 떼지 못했다.

그래서 그들은 검은 구름이 지난 곳에서 몇몇의 그림자가 꿈틀대는 것을 미처 보지 못했다.

그들을 본 자는 오직 한 명, 북두회 고수 중에 섞여 있는 묵안노 마한이 유일했다.

"모두 준비하시오."

마한의 말에 북두회 고수들이 퍼뜩 정신을 차렸다.

그리고 그제야 지왕종문의 성벽을 따라 움직이는 검은 구름의 주인들이 검은 사자가 아니라 자신들이 길러낸 정천사자임을 깨달았다.

"그들은 아무것도 하지 않았소. 단지… 자신들의 존재감만 드러냈을 뿐. 그런데 어떻게 공격을 한단 말이오?"

남궁세가주 남궁천이 불평하듯 물었다.

"저들의 행보는 눈속임일 뿐이오. 이제 곧 문이 열릴 거요. 그럼 지왕종문의 마인들은 혼란에 빠지게 될 거요. 우린 놈들이 혼란을 수습하기 전에 정문을 돌파해야 하오. 각 파의 고수들을 준비해 주시오. 가장 강한 사람들로 말이오."

마한의 말에 북두회의 수장들이 반신반의하면서도 어둠 속에서 신호를 보내 북두회 육파의 고수들을 집결시켰다.

그사이 마한의 시선은 서쪽으로 멀어지는 정천사자들이 아니라 한바탕 태풍이 지나간 것처럼 썰렁해 보이기까지는 하는 지왕종문의 성문으로 향해 있었다.

스릉!

적풍이 사자검을 빼 들었다. 나직한 검음이 일어나고 주변의 빛을 빨아들이는 짙은 묵빛의 검신이 맨몸을 드러냈다.

순간 그의 곁에 있던 정천사자들의 눈에 광채가 이글거렸다. 그들 자신조차도 모르는 이유, 사자검의 기운이 그들의 전의를 일깨우고 있었다.

적풍과 몇 명의 정천사자는 앞서간 무리가 신혈의 기운을 일으켜 지왕종문 마인들을 경악시킬 때 무리에서 벗어났다.

검은 사자들의 재림일지도 모른다는 두려움에 빠진 지왕종문의 마인들은 적풍 등이 성의 정문 바로 앞, 어둠과 수풀에 몸을 숨기고 있다는 것을 전혀 눈치채지 못했다.

그리고 적들을 혼란에 빠뜨린 정천사자들이 제법 성문으로부터 멀어졌을 때, 적풍이 땅을 차고 미끄러지듯 지왕종문의 성문을 향해 질주했다.

팟!

적풍의 검이 허공을 갈랐다. 그러자 문 앞을 지키던 지왕종문의 마인 셋이 비명도 없이 쓰러졌다.

"누, 누구… 컥!"

그제야 기습을 눈치챈 자가 입을 열어 소리치려는 순간, 적풍의 뒤를 이어 장내에 뛰어든 소두괴의 검이 사내의 목을 벴다.

연이어 다른 정천사자들이 바람처럼 움직이며 지왕종문의 무사들을 베어 넘기기 시작했다.

"적이닷!"

워낙 빠르고 은밀한 공격이었기에 적의 공격을 알리는 경고성이 터져 나왔을 때는 성문을 지키는 지왕종문 마인의 숫자가 이미 절반으로 줄어 있었다.

그들은 본능적으로 문 앞으로 모여들어 도검을 빼 들고 침입자들에게 대항하려 했다.

그런데 한순간 적풍의 신형이 허공으로 떠오르더니 사자검을 지왕종문의 마인들을 향해 내리그었다.

우웅!

사자검이 길게 검영을 뿌리며 지왕종문의 마인들을 향해 떨어졌다.

"피, 피햇!"

문 앞에 모여 있던 자들은 본능적으로 적풍의 공격을 자신이 막을 수 없다는 것을 깨달았다.

그리고 그들의 몸이 그들의 머리보다 먼저 반응했다.

지왕종문의 마인들이 메뚜기 떼처럼 사방으로 흩어졌다. 덕분에 사자검은 그들이 아닌 지왕종문의 성문에 검기를 격중시켰다.

콰릉!

벽력 치는 듯한 소리가 터져 나오면서 단단했던 문의 한쪽이 부서졌다. 그 충격으로 성문에 커다란 구멍이 생겨났다. 성문에서 떨어져 나온 나뭇조각들이 사방으로 튀어 올랐다.

"모두 부숴 버리겠다!"

뒤늦게 문 앞에 당도한 조어장이 양손에 들린 쇠몽둥이를 휘둘러 댔다.

콰콰쾅!

바람개비처럼 돌아가는 조어장의 철곤에 단단하던 성문이 종잇장처럼 찢겨 나갔다.

그야말로 신력이라고밖에는 말할 수 없는 힘이었다.

"태워 버려!"

뒤쪽에서 소두괴가 소리쳤다.

그러자 적풍을 따라온 정천사자들이 기름 주머니에 불을 붙여 부서진 성문에 던졌다.

"놈들을 막아!"

그제야 무슨 일이 벌어지는지 눈치챈 성벽 위 지왕종문 마인들이 소리를 지르며 성벽에서 뛰어내렸다.

그런 적들을 향해 사자검의 검영이 부챗살처럼 퍼져 나갔다.

"크악!"

성벽에서 뛰어내린 세 명의 적이 비명을 지르며 땅 위를 나뒹굴었다.

"와라!"

적풍이 사자검을 들고 성벽 위를 보며 으르렁댔다.

그 모습이 마치 지옥에서 방금 올라온 염왕 같아서 독하다고 소문난 지왕종문의 마인들조차도 적풍을 공격할 엄두를 내지 못했다.

"가시죠. 끝났습니다."

어느새 일을 끝낸 소두괴가 적풍에게 다가서며 말했다.

적풍이 적들의 발을 묶는 사이 어느새 성문은 도저히 끌 수 없는 화염에 휩싸여 있었다.

"쫓는 자는 죽는다!"

적풍이 성벽 위, 아래에 흩어진 지왕종문의 마인들에게 경고하고 빠르게 성문 앞에서 멀어지기 시작했다.

그즈음 성문을 떠난 적풍의 눈에 어둠을 뚫고 달려오는 북두회 고수들의 모습이 들어왔다.

제8장
불타는 성

적풍과 그 일행이 성문을 벗어나자마자 북두회의 고수들이 불타는 성문을 향해 들이닥쳤다.

"뚫어라!"

선봉에서 북두회 고수들을 이끄는 자는 천룡문의 문주 흑제 오릉이었다.

그를 따라 가장 먼저 지왕종문의 성문을 돌파한 자들은 호천대 전오조(前五組)에 속한 고수들이었다.

후오조와 달리 호천대 전오조는 전원이 육가의 고수로 이뤄져 있어서 철저하게 북두회 육가의 통제를 받았다.

콰앙!

기왕에 정천사자들에 의해 불타 허물어지고 있던 지왕종문의 성문이 북두회 고수들의 공격에 산산조각 났다.

지왕종문의 마인들은 삽시간에 성문이 무너지고 북두회 고수들이 맹렬하게 달려들자 감히 적을 막을 엄두를 내지 못했다.

삐이익!

순식간에 정문이 돌파되자 성벽 위에서 날카로운 신호음들이 연달아 이어졌다. 그러자 성벽 위에서 북두회의 공격을 막고 있던 지왕종문의 마인들이 일제히 성벽을 버리고 물러나기 시작했다.

"한 놈도 남기지 말고 죽여라! 오늘 이 마굴을 강호에서 깨끗하게 청소하리라!"

싸움의 기운에 도취된 흑제 오릉이 번들거리는 눈동자를 부라리며 소리쳤다.

묵안노 마한은 언제나처럼 가장 후미에서 북두회 고수들을 따라 지왕종문으로 진입했다.

"이미 승세를 잡은 것 같습니다."

대제자 돈오가 마한을 호위하듯 따르며 말했다.

그들 주위로는 다시 호천대 후오조의 고수들이 촘촘하게 에워싸 마한을 보호하고 있었다.

"그리 쉬울 것 같으냐?"

묵안노가 되물었다.

"성벽이 무너진 이상 지왕종문은 북두회를 견딜 수 없지 않겠습니까?"

"후후, 세상일이 언제나 마음처럼 되는 것은 아니지."

"무슨 말씀이시온지?"

"아직 염화마군은 얼굴도 내밀지 않았다. 진정한 싸움은 염화마군이 등장해야 시작될 것이다."

"설혹 그가 천신이라 해도 혼자서 이 싸움을 이겨낼 수는 없지 않겠습니까?"

"물론 결과는 북두회의 승리겠지. 그러나… 결코 쉽지 않을 것이다. 육가는 북두회의 윗자리를 내게 내놓아야 할 만큼 큰 피해를 볼 것이다! 정천림에 사람을 보내!"

"뭐라 전할까요?"

"후미를 가까이 따르라 해라. 그리고 산호하면 다시 싸움에 뛰어들라고 해. 이번에는… 간계 아니라 힘으로 세상을 놀래야 한다는 말도 함께 전해라."

"알겠습니다."

돈오가 대답을 하고는 그들을 따르는 자 중 호천대 팔 조 조장 소복명을 불러 나직하게 마한의 명을 전했다.

돈오의 명을 받은 소복명이 어둠 속으로 사라졌다.

그 모습을 보고 있던 마한이 다시 불타는 지왕종문으로 시선을 돌리며 중얼거렸다.

"좋구나! 이래서 인간은 싸움의 굴레에서 벗어나지 못하는 것인가? 이 피의 불꽃 속에서, 내면의 저급한 야만의 본성을 정당화하기 위해서 말이야. 하하하!"

마한이 평소의 그답지 않게 큰 소리로 웃음을 터뜨렸다.

풀 위를 밟고 달리듯 바람처럼 움직이던 적풍이 어느 순간부터 서서히 속도를 줄이더니 급기야 걸음을 멈췄다.

그리고 북두회의 공격으로 불타는 지왕종문을 바라봤다.

"일이 계획대로 된 듯싶습니다."

소두괴가 흥분한 표정으로 말했다. 그의 눈에 적풍에 대한 완전한 신뢰가 담겨 있었다.

이 한 번의 싸움으로 소두괴를 포함한 정천림의 신혈족 고수들은 온전히 적풍의 사람이 되었다.

누가 봐도 적지 않은 피해를 봐야 할 싸움이었다. 기습을 한다 해도 지왕종문의 성문을 깨뜨리는 데는 반드시 정천사자들의 죽음이 요구됐다.

그런데 적풍은 단 한 명의 손실도 없이 그 일을 해냈다.

더군다나 지왕종문의 마인들을 베고 들어가 성문을 깨뜨린 적풍의 무위는 적풍에게 강한 의구심을 가졌던 소두괴를 한순간에 그의 충실한 추종자로 만들었다.

"이제부터가 중요하오."

적풍이 담담하게 말했다. 한편으로는 그의 얼굴에 초조한 기색이 감돌았다.

마음 한편이 무거웠다.

다시 한 번 지왕종문으로 들어가 보고 싶은 생각이 굴뚝같았다. 이유는 단 하나, 그곳에 화수 유취려가 있기 때문이었다.

자신과의 혈연은 그리 중요하지 않았다. 그보다는 설루 때문에 화수 유취려의 안위가 걱정되는 적풍이었다.

"뭐가 잘못되었습니까?"

눈 밝은 소두괴가 어느새 적풍의 표정을 읽고는 조심스레 물었다.

"아니오. 일단 다른 사람들과 합류합시다."

적풍이 고개를 젓고는 다시 속도를 높여 지왕종문의 서쪽 숲으로 들어갔다.

숲에 들어서자 정천사자들과 쿠샨 등이 한데 모여 있다가 급히 적풍을 맞이했다.

쿠샨과 신곡에서 나온 세 명의 신혈족은 이번 공격에 참여하지 않고 숲에서 적풍을 기다리고 있었다.

물론 그들에게도 맡겨진 일이 있었다. 무공을 잃은 정천림주 주문량과 호세호 등을 지키는 일이었다.

"성주!"

쿠샨이 언제나처럼 가장 먼저 적풍 앞으로 다가왔다.

"모두들 무사하오?"

적풍이 쿠샨에게 고개를 까딱여 보인 후 뒤쪽에 모여 있는 정천사자들을 보며 물었다.

"계획대로 일이 잘된 것 같습니다. 상한 사람도 없습니다."

타파가 흥분된 표정으로 대답했다.

"다행이오. 그에게선 사람이 오지 않았소?"

"아직 오지 않았습니다."

"그럼 우린 잠시 피해 있겠소. 그가 곧 사람을 보낼 테니."

"알겠습니다."

타파가 막 대답을 하는데 정천사자 중 한 명이 급히 입을 열었다.

"누가 옵니다."

사내의 말에 사람들의 시선이 지왕종문 쪽으로 향했다. 그러자 검은 그림자 하나가 빠르게 풀밭을 가로질러 숲으로 들어서고 있었다.

적풍이 쿠샨 등과 함께 급히 더 깊은 숲으로 들어가 모습을 감췄다. 그 직후 숲으로 들어온 자가 타파 앞에 당도했다.

"어서 오시오."

타파의 눈에 익은 자다.

호천대 팔 조 조장 소복명이다. 평소에도 마한의 말을 전하러 정천림을 오간 자라 타파와도 안면이 있었다.

"림주는 어디 계시오?"

소복명이 물었다. 다른 때와 달리 그의 얼굴에 이골마족에 대한 멸시의 느낌이 없었다. 아마도 지왕종문의 성문을 깨뜨린 정천사자들의 활약에 탄복한 모양이었다.

"전황을 살피시러 산 위로 올라가 계시오. 전하실 말이 있으면 내게 하시구려."

"알겠소. 노야께서 말씀하시길 은밀히 지왕종문으로 들어와 근거리에서 노야의 명을 기다리라 하셨소. 절대 노야의 명이 있기 전에는 싸움에 관여치 말라는 말도 있으셨소."

"애초에 그리 계획한 일이니 따르겠소."

"노야께서는 염화마군 철륵과 그를 따르는 지왕삼장의 목은 정천림에서 베어주시길 원하시오."

"물론 그 일도 준비하고 있소."

"이번에 피해는 얼마나 있었소?"

소복명이 물었다.

"대단치 않소. 죽은 사람은 없고, 댓 명 정도가 가벼운 부상을 당했을 뿐이오."

타파의 말에 소복명이 가볍게 포권을 해 보이며 말했다.

"대단하오. 이 소 모가 그간 무례했던 것을 정식으로 사과하오."

"무슨 말씀을! 우리야 묵안노 님의 은혜로 사는 사람들, 일이 맡겨지면 최선을 다할 뿐이오."

"알겠소이다. 그 말씀, 노야께서 기뻐하실 것이오. 그럼 난 그만 가보겠소."

"조심해 가시오."

타파가 소복명에게 가볍게 포권을 해 보였다. 그러자 소복명이 급히 어둠 속으로 사라졌다.

"정말 염치없는 자군요."

소복명이 멀어지자 소두괴가 화난 얼굴로 말했다.

"누구 말이냐? 소복명, 아니면 묵안노?"

타파가 물었다.

"묵안노 말입니다. 우리더러 염화마군과 지왕삼장을 베라니… 그들을 베려면 아마도 우리 중 절반은 죽을 겁니다."

"하지만 그에게는 가장 큰 이득이 돌아가겠지. 우리가 그들을 베면 그 자신이 벤 것이나 다름없으니까. 하지만 절대 그럴 일은 없을 테니 걱정 말거라. 후후… 천하의 묵안노가 이번에 야말로 큰 곤욕에 빠지게 될 거야."

"후우… 때가 되면 정말……."

소두괴가 차가운 살기를 뿜어낼 때 뒤쪽에 모습을 감추고 있던 적풍이 다가왔다.

"모든 일은 성주께서 생각하신 대로입니다."

적풍이 나오자 타파가 미소를 지으며 말했다.

"이제부터가 중요하오."

"알고 있습니다."

"그럼 지금 즉시 대혈산을 떠나시오."

"함께 가지 않으십니까?"

"난… 할 일이 있소."

"무슨 일이신지 저희가 도울 수 있으면 돕겠습니다."

"아니오. 개인적인 일이오."

"알겠습니다."

타파가 순순히 대답했다.

"대혈산에서부터 황하에 이르기까지 그들에겐 벗어날 수 없는 지옥의 길이 열릴 것이오. 육가의 주인들은 결코 버틸 수 없을 것이고… 반드시… 억류한 신혈족들을 내놓을 것이오."

"성주님만 믿을 뿐입니다."

타파가 굳은 믿음이 담긴 얼굴로 대답했다.

적풍은 쿠샨조차도 뒤에 남겨두었다.

쿠샨은 절대 불가하다고 고집을 피웠으나, 적풍은 단호하게 그를 남겨두고 혼자 지왕종문으로 향했다.

적풍이 가볍게 몸을 날려 성벽 위로 올라갔다. 이미 싸움은 지왕종문 깊은 곳으로 터를 옮겼으므로, 성벽 위를 지키는 자는 아무도 없었다.

적풍은 성벽 위에 서서 불타는 지왕종문을 바라봤다.

거대한 함성과 비명, 그리고 대혈산을 모두 태울 것 같은 화광이 파도처럼 일렁이고 있었다.

사실 지왕종문의 문이 뚫리는 순간 싸움의 승패는 이미 결정난 것이라고 할 수 있었다.

비록 숫자에서는 여전히 지왕종문이 규합한 마인들이 우위에 있었으나, 북두회 육가가 이곳으로 데려온 자들은 하나같이 절정의 경지에 이른 고수였다.

무림의 싸움은 수만 명이 동원되는 관의 싸움이 아니어서 사람의 숫자보다는 고수의 존재 여부가 승패를 결정짓게 마련이었다.

더군다나 이익이나 혹은 두려움 때문에 지왕종문을 따르게 된 자들이 북두회의 정예고수들을 목숨을 걸고 상대할 이유가 없었다.

성문이 깨지고 북두회 고수들이 지왕종문으로 밀려드는 순간, 이미 성벽을 넘어 달아난 자도 부지기수였다.

아마도 지금 대혈산 북쪽 숲에서 싸우고 있는 자들은 염화마군 철록과 그의 심복인 지왕삼장, 그리고 염화마군이 강호에서 끌어들인 다섯 명의 절정고수 오대마종이 이끄는 소수의 지왕종문 문도일 것이다.

"결국 북두회를 감당할 순 없겠지. 양패구상이 가장 좋은 결과인데… 성문을 뚫어주는 바람에 북두회 쪽으로 너무 빨리 기울었어. 어쩔 수 없이 천무맹을 동원해야 할 정도로 말이야."

적풍이 아쉬운 표정을 지었다.

적풍은 이미 쿠샨을 통해 천무맹의 고수들을 움직이고 있었다. 이번 기회에 그가 원하는 결과를 만들어내기 위해선 어쩔 수 없는 일이었다.

그로 인해 천무맹과 북두회가 건곤일척의 대승부를 봐야 해도 어쩔 수 없었다.

어차피 천무맹이야 혈궁 등을 끌어들이기 위해 만든 조직, 제대로 한 번 쓰고 사라진다 해도 아쉬울 건 없었다.

그리고 사실은 이번 일이 계획대로 끝난다면 큰 싸움은 일어나지도 않을 터였다.

"판이 갑자기 커졌어. 천무맹이 동원된 이상 이번 싸움에서 천하의 패권이 결정되겠지."

적풍이 나직하게 중얼거리고는 훌쩍 신형을 날려 불타는 지왕종문으로 사라졌다.

불타는 숲, 그 속에서 개미처럼 죽어가는 사람들을 보며 적풍은 그에 대한 자신의 예상이 빗나갔음을 시인하지 않을 수 없었다.

염화마군과 그의 수하들이 만들어내는 무력은 적풍조차도 놀라게 만들었다.

그의 몸에서 일어나는 붉은 염기들은 북두회가 그의 터전에 질러놓은 화염보다도 뜨거웠다.

그리고 그의 열기가 닿는 곳 어디서든, 북두회 고수들이 맥없이 쓰러져 갔다. 그야말로 전설의 지옥염왕이 현신한 것 같은 모습이었다.

염화마군 철특은 그렇게 적풍이 예상치 못했던 강렬함으로 적풍의 시선을 끌었다.

싸움은 거의 끝났다고 할 수 있었다.

지왕종문을 추종하던 마인들은 사방으로 흩어져 도주하거나 죽고, 염화마군 철특의 곁을 지키고 있는 자는 겨우 삼십 전후였다.

한때 천하를 북두회와 이분했던 지왕종문의 명성을 생각하면 그야말로 초라한 몰락이 아닐 수 없었다.

그러나 지왕종문이란 문파는 몰락했어도 염화마군 철특은 그렇지 않았다.

그는 오히려 지왕종문을 이끌고 강호를 공포에 몰아넣던 그

때보다 더 강렬한 존재감을 보여주고 있었다.

"잠시 물러나시오!"

차가운 눈으로 염화마군 철륵과 북두회 고수들의 싸움을 지켜보고 있던 묵안노 마한이 외쳤다.

그러자 기다렸다는 듯이 북두회 육가의 고수들이 뒤로 물러났다. 그중에는 육가의 주인도 여럿 포함되어 있었다.

"하하하! 겨우 이 정도인가? 천하의 패자라는 북두회가 말이야. 크하하! 정말 가소롭구나."

북두회 고수들이 물러나자 염화마군 철륵이 광소를 터뜨렸다. 그의 웃음소리와 함께 붉은 염기들이 사방으로 퍼져 나갔다.

그 공포스런 모습에 북두회 고수들이 질린 표정을 지었다.

"철륵! 넌 오늘 결국 이곳에서 죽게 된다!"

광소를 터뜨리는 철륵을 보며 묵안노 마한이 말했다.

"호오, 그래? 아까부터 궁금했지. 쥐새끼처럼 사람들 뒤에 숨어서 북두회 육가의 우두머리들을 움직이는 자가 누군가 하고 말이야. 넌 누구지?"

철륵이 물었다.

그러자 피투성이가 된 채 철륵 곁으로 다가선 지의장 궁막해가 무슨 말인가를 철륵에게 속삭였다.

순간 철륵의 표정이 일변했다. 그가 웃음기 사라진 표정으로 묵안노 마한을 바라봤다. 그러고는 신중하게 물었다.

"그대가 묵안노 마한인가?"

"그렇다."

마한이 고개를 끄떡였다.

"월문의 법황, 의천노공 우서한의 사형이라는?"

"나에 대해 많은 것을 알고 있구나."

마한이 대답했다.

"그도 왔나?"

철륵이 물었다.

"누굴 말하는 것이냐?"

"의천노공! 그도 왔나?"

"법황은 세상의 일에 관여치 않는다!"

마한이 불편한 표정으로 대답했다. 그 모습을 보고 있던 적풍은 내심 고소를 지었다.

그 자신이 법황에게 독을 썼으니 법황의 행보를 입에 담는 것은 아무리 마한이라 해도 불편한 일이 분명했다.

"그래? 그렇다면 이 공격은 그와 상관이 없다는 뜻이군."

"그렇다. 이 일은 의천노공과 상관없는 일이다."

"다행이야."

마군이 중얼거렸다.

"그가 없다고 그대가 살 수 있다고 보는가?"

"음… 바로 그래."

염화마군의 철륵이 너무 쉽게 동의하자 마한의 말문이 막혔다. 설마 하니 이런 대답을 들으리라고는 생각지 못한 모양이었다.

"내가 이 땅에서 걱정하는 사람은 오직 한 명뿐이지. 의천노공 우서한! 그가 아니라면 감히 이 땅에서 날 막을 자는 없다."

철륵이 염기 가득한 안광을 토해내고는 겁박하듯 북두회 고수들을 보며 으르렁댔다.

순간 마한의 얼굴에 참을 수 없는 치욕과 분노의 기운이 떠올랐다.

"그가 아니더라도 넌 오늘 살 수 없다."

마한이 살기에 가득한 목소리를 흘렸다. 순간 마한 주위에 있던 북두회 고수들이 너무 강렬한 살기를 뿜어내는 마한에게 놀라 그를 돌아볼 지경이었다.

그들의 눈에 얼핏 두려움과 당혹감이 서렸다. 마한이 염화마군 철륵을 상대하면서 드러낸 이 살기는 평소의 마한에게서는 절대 찾아볼 수 없는 것이기 때문이었다.

"네게 그럴 능력이 있다고 생각하나?"

반면 철륵은 철저히 마한을 무시했다.

"오늘, 바로 지금의 네 처지가 대답이다. 염화마군 철륵! 널 이 지경으로 몰아세운 것이 바로 나다."

"흐흐흐, 그러나 내 머리를 베지 못했지 않느냐? 과연 네가 내 목을 벨 수 있겠느냐?"

"물론, 그 또한 준비가 끝났다."

마한이 자신있게 대답했다.

"그래? 의외군. 네게 그런 무공이 있을 줄은 몰랐는걸? 어디 한번 덤벼봐라."

철륵이 달궈진 듯한 거대한 도를 들어 올리며 말했다. 그러자 마한이 냉소를 흘렸다.

"난 너와 같은 부류가 아니다. 세상의 이치를 모르는 망나니들이나 도검을 들고 설치는 법이지. 난 널 상대하기 위해 다른 선물을 준비해 놓았다."

"후후후, 스스로 싸울 용기는 없다는 말이군. 이제 보니 쥐새끼였어!"

"마음대로 지껄여라. 그러나 어떤 경우든 오늘 네 머리가 떨어지는 건 분명하다."

"좋아. 어디 쥐새끼가 준비한 덫을 볼까? 그러나 각오해야 할거야. 그 덫으로 날 가두지 못한다면 네가 죽을 테니까!"

철륵의 도가 마한을 향해 겨눠졌다.

그러자 마한이 한 손을 허공으로 들어 올렸다. 그러고는 정기가 넘치는 목소리로 소리쳤다.

"정천사자들은 앞으로 나서라! 그대들의 신력으로 강호를 어지럽히는 저 마두를 잠재우라!"

마한의 목소리가 뜨거운 열기를 타고 사방으로 퍼져 나갔다.

장내의 고수들이 마한의 위엄 있는 명령을 듣고는 기대에 찬 표정으로 뒤쪽을 응시했다.

그리고 갑작스런 침묵이 찾아왔다.

"대체 뭐 하는 것이냐?"

한동안의 침묵 끝에 철륵이 마한에게 물었다. 마한을 보는 그의 눈에 짜증과 멸시가 묻어난다.

마한의 호령에도 불구하고 장내에는 아무 변화가 없었다. 당연히 마한이 준비했다는 선물 따위도 나타나지 않았다.

"정천사자들은 뭘 하느냐? 어서 나서라!"

마한이 재차 소리쳤다.

그러나 장내에는 여전히 아무런 변화가 없었다.

"이거… 나보다 더 미친놈이 아닌가?"

철륵이 실소를 흘리며 조롱했다. 순간 마한의 얼굴이 벌겋게 달아올랐다.

마한은 지금 이 상황을 이해할 수 없었다.

성문을 깨고 뒤로 물러났던 정천사자들이 지금쯤이면 후위에 다가와 있어야 했다. 그리고 자신의 명이 떨어지는 순간 사나운 사냥개로 변해 염화마군 철륵을 물어뜯어야 한다.

그런데 대체 이 침묵은 뭐란 말인가?

침묵이 답답하기는 육가의 수장들도 마찬가지였다.

정천사자들이 지왕종문의 성문을 깨뜨렸을 때는 이 싸움이 쉽게 끝날 거라 생각했던 그들이었다.

그런데 염화마군 철륵과 그의 충실한 추종자들의 무공이 자신들의 예상보다 훨씬 강하고 처절했다.

그래서 지왕종문에 모여들었던 수많은 마인이 도주했지만 염화마군 철륵은 무너지지 않았다.

그를 대혈산 북쪽 송림에 몰아넣고도 북두회 고수들은 염화마군에게 최후의 일격을 가하지 못하고 있었다.

오히려 염화마군은 전율적인 무공으로 북두회 고수들을 공포에 빠뜨렸다.

시간이 흐르면서 흩어졌던 지왕종문의 마인들이 염화마군 철륵의 곁으로 모여들어 그들의 방어진이 더욱더 단단해지기까지 했다.

그래서 북두회 육가의 수장들은 뒤로 물러나 묵안노 마한에게 염화마군의 처리를 맡겼던 것이다.

그리고 그들은 묵안노 마한이 어떤 계책을 쓸지도 알고 있었다. 사실 계책이랄 것까지도 없었다.

괴인에겐 괴인이 어울리는 법, 염화마군 철륵을 사냥할 사나운 사냥개가 묵안노의 손에 있음은 육가의 수장 누구나 아는 사실이었다.

애초에 육가의 수장들은 이 싸움을 자신들의 손으로 마무리 짓고 싶었다. 더 이상 정천사자들의 도움을 받고 싶지 않았던 그들이었다.

정천사자들은 묵안노의 작품, 그들이 이 싸움을 끝내면 그 공은 결국 묵안노 마한에게 돌아갈 것이기 때문이었다.

하지만 염화마군 철륵의 전율적인 무공으로 인해 문도들의 희생이 늘어나자 북두회 수장들의 생각이 달라졌다.

대신 죽어줄 자들이 있는데 굳이 문도들의 희생을 감수할 필요가 없었다.

그런데 그 사냥개들이 모습을 나타내지 않고 있는 것이다.

"묵안노, 이게 대체 어찌 된 일이오?"

흑제 오릉이 마한의 뒤로 다가서며 물었다. 다른 육가의 수장들 역시 의혹 어린 눈으로 마한을 바라보고 있었다.

"팔 조장!"

"예, 대인!"

묵안노의 부름에 호천대 팔 조장 소복명이 다가왔다.

"분명 명을 전했느냐?"

"그렇습니다."

"그런데 이게 어찌 된 일이란 말이냐?"

"그… 그건 저도 잘……."

"다시 가봐라!"

"예, 대인!"

소복명이 대답을 하고는 급히 어둠 속으로 사라졌다.

그 모습을 보고 있던 염화마군 철륵이 갑자기 웃음을 터뜨렸다.

"껄껄껄! 이제 보니 아주 우스운 자가 아닌가? 설마 이 상황에 장난을 하자는 건 아니겠고. 준비한 것이 없다면 너라도 나서야 하는 것 아닌가?"

철륵이 도를 들어 묵안노 마한을 가리키며 말했다. 그러자 마한이 붉어졌던 얼굴색을 차갑게 돌리며 말했다.

"내가 널 상대할 수 없을 거라 생각하느냐?"

"후후후, 아마도 너 대신 싸워줄 사냥개들을 준비한 모양인데 그 사냥개들이 모두 도망간 것 같으니 이제 어찌 나와 싸울 것이냐? 보아하니… 월문에서 배운 하찮은 계략으로 머리나 굴리고 살아가는 자인 것 같은데……."

철륵의 조롱이 계속됐다.

그러자 마한이 자신의 검을 들어 한 손으로 검신을 닦으며 중얼거렸다.

"네 말이 맞아. 내가 준비한 계획이 틀어진 모양이군. 하지만 그렇다고 네가 살 수 있는 건 아니다. 아무래도 저자는 우리 힘으로 상대해야 할 것 같소이다."

마한이 육가의 가주들을 돌아보며 말했다.

"음… 그들은 어찌 된 거요?"

소림의 방장인 전륜법사 월명이 침착하게 물었다. 수양이 깊기 때문일까. 전륜법사 월명은 다른 육가의 고수들과 달리 마한을 탓하는 기색도 없었다.

"지금으로선 저도 답을 드릴 수 없소이다."

"걱정하지 않아도 되겠소?"

혹여라도 북두회를 배신하고 그 배후를 치지 않을 것인지 묻는 것이다.

"그건 걱정할 필요 없소이다. 만에 하나 도주할 가능성은 있을지언정 배후를 칠 용기는 없을 것이오."

"알겠소. 그럼 어렵더라도 우리 힘으로 일을 끝냅시다. 사실 그들의 힘을 빌어 쓰는 일이 그리 달가운 것은 아니었지 않소?"

소림의 월명이 다른 육가의 수장들을 돌아보며 말했다.

"지금으로선 별수 없지요. 하지만 문도들의 피해가 만만치 않을 겁니다."

남궁세가의 가주 남궁천이 어두운 표정으로 대답했다.

"그렇다고 물러날 수도 없는 일 아니오?"

무심한 듯 보여도 가까이서 대하면 감당하기 힘든 마기를 흘려내는 노고수가 말했다.

그야말로 북두회 고수들에게는 혼자서라도 염화마군 철륵을 상대할 수 있다고 여겨지는 천산노조 현위다.

천산마문의 제이십일대 문주로 당금 강호의 천하제일마로 인정받는 고수였다.

"맞소이다. 끝을 봅시다."

흑제 오릉도 투기를 일으키며 말했다. 그러자 묵안노 마한이 입을 열었다.

"다수의 힘으로 한 사람을 공격하는 것이 강호의 법도에 어긋나는 일이기는 하나 오늘은 실수가 없어야 하니 협공토록 합시다. 일이 어렵게 된 것은 내 책임이 크니 나 역시 저자를 상대하겠소이다."

마한의 말에 북두회 육가 수장들의 눈빛이 번득였다.

"묵안노께서 직접 말이시오?"

흑제 오릉이 확인하듯 물었다.

"그렇소. 나라고 검을 놓고 있을 수는 없는 처지니……."

"하하, 그렇다면 오늘 그 신비한 월문의 무공을 볼 수 있겠구려."

오릉의 얼굴에 마한의 무공에 대한 기대가 떠오른다.

그런데 그건 흑제 오릉만이 아니었다. 다른 육가의 수장들 역시 오릉과 마찬가지로 묵안노 마한의 무공에 호기심이 솟구치는 모양이었다.

사실 그동안 월문의 무공은 과거 의천노공 우서한이 한 대의 화살로 전마 적황을 제압할 때를 제외하고는 단 한 번도 강호에 드러난 적이 없었다.

그러니 육가의 가주들이 묵안노 마한의 무공을 궁금해하는 것은 당연한 일이었다.

"미미한 재주라 여러분의 눈을 더럽힐까 두렵소이다."

"무슨 말씀을! 신비일맥, 월문의 무공이 아니오."

"어쨌든… 저와 함께 저자를 상대할 분이 필요하오."

"내가 하리다."

천산노조 현위가 나섰다.

"나도 힘을 보태리다."

소림의 방장 월명 역시 뒤로 물러나지 않았다.

"그럼 다른 분들은 나머지 악적들을 주살해 주시오. 최대한 빨리 끝내도록 합시다. 그래야 형제들의 피해가 적을 테니……"

마한은 자신과 월명, 천산노조 현위라면 염화마군 철륵을 상대하는 데 충분하다고 생각하는 모양이었다.

"알겠소이다. 사실 염화마군 저자만 아니라면 벌써 끝났어야 할 싸움이오. 시작합시다."

남궁세가의 가주 남궁천이 호기롭게 말했다.

남궁천의 말에 묵안노 마한과 천산노조 현위, 그리고 소림의 월명이 서로 눈빛을 교환했다. 그러고는 누가 먼저랄 것도 없이 염화마군 철특을 향해 몸을 날렸다.

"크하하! 과연 쥐새끼들답구나. 떼를 지어 몰려들다니! 하지만 네놈들은 오늘 지옥에 들어왔음을 알게 되리라!"

염화마군 철특이 광소를 터뜨리며 자신을 향해 날아드는 삼인의 절대고수를 향해 도를 휘둘렀다.

휘류룡!

염화마군 철특의 도가 순식간에 붉은 염기에 휩싸였다.

도만이 아니었다. 염화마군 그 자신도 불길에 휩싸인 듯 뜨거운 열기를 흘려내며 적을 향해 뛰어들었다.

그날의 싸움은 두고두고 전설로서 무림에 회자되었다.

무림사에 그토록 치열하고 강렬한 싸움은 전마별호에서 전마 적황이 홀로 무림의 추격대를 물리쳤던 그 싸움 이후 처음 있는 일이라고 전해졌다.

묵안노는 월문의 명성에 걸맞는 무공을 선보였다.

그는 마치 하늘과 땅의 기운을 빌어 쓰듯 오묘한 검법으로 염화마군을 공격했다.

그의 검이 하늘에서 떨어지면 하늘이 내려앉는 것 같았고, 아래에서 솟구치면 땅이 함께 일어나 염화마군을 공격하는 것 같았다.

그래서 그 싸움을 목격했던 고수 중 일부는 월문의 무공이 환술에 기반한 것이 아닌가하는 의구심을 드러내기도 했다.

묵안노의 무공은 정명한 소림의 무공과 마기가 일렁이는 천산노조 현위의 무공의 중간에서 그 이질적인 무공들을 교묘하게 어우러지게 만드는 힘도 있었다.

그래서 세 사람은 서로 다른 무공을 수련했음에도 불구하고 아주 오래전부터 한 사문에서 무공을 익혀온 것처럼 완벽한 합격으로 염화마군을 공격했다.

그런데 그런 세 사람의 무공보다 더 놀라운 것은 염화마군 철륵의 무공이었다.

철륵의 도에는 도법이 없는 것처럼 보였다. 아니, 어쩌면 정말 도법이 없는지도 몰랐다.

그는 마치 난전에 뛰어든 장수처럼 세 명의 절대고수 사이에서 미친 듯이 도를 휘둘러댔다.

어찌 보면 마구잡이처럼 휘두르는 철륵의 도는 그러나 놀랍게도 북두회 삼 인의 공격을 모두 막아내고 있었다.

온몸이 화염에 휩싸인 듯 보이는 강력한 철륵의 양강지기는 그에게 태산이라도 뽑을 것 같은 신력을 주었고, 그 신력을 바탕으로 사방으로 휘둘러지는 그의 도는 그 어떤 절대도법보다도 위협적이었다.

"어서 가지를 칩시다!"

예상외로 철륵과 삼 인의 싸움이 길어지자 그 놀라운 싸움을 지켜보고 있던 남궁천이 다른 육가의 가주들을 보며 말했다.

"그럽시다. 그의 목이야 가장 나중에 베면 되는 것이고……."

오룡이 동의했다.

"그럼 시작합시다. 모두 적을 주살하라. 한 놈도 살려두지 마라!"

남궁천이 마치 이 싸움의 우두머리가 된 듯 소리치며 먼저 검을 빼 들고 적들을 향해 뛰어들었다.

그러자 잠시 뒤로 물러나 있던 북두회 고수들이 파도처럼 송림 안으로 밀려 들어갔다.

적풍이 가볍게 한숨을 내쉬었다. 그의 얼굴에 아쉬움이 보였다.

"이 좋은 구경을 그만해야 하다니……."

적풍은 언제까지고 염화마군 철륵과 북두회 삼 인 고수의 싸움을 지켜보고 싶었다. 그들과의 은원은 중요하지 않았다. 칼 든 자로서 이런 싸움은 평생 다시 볼 수 없을지도 모른다.

그러나 지금은 움직여야 할 때였다.

"후우!"

적풍이 가볍게 숨을 내쉬고는 그 자리에서 모습을 감췄다.

적풍이 익숙하게 길을 잡아갔다.

이미 한 번 들어와 봤던 곳이다. 더군다나 그때와 달리 지금은 그의 앞을 막아서는 지왕종문의 마인들도 없었다.

지왕종문의 모든 마인은 도주를 했거나 혹은 북두회와의 싸움에 동원되어 있었다. 그러니 적풍이 송림 뒤편, 석동에 도착했을 때 석동을 지키는 자가 없는 것도 그리 이상한 일은 아니었다.

"하지만 그래도 이상하군. 아무도 없다니."

적풍이 고개를 갸웃했다.

이 석동에는 염화마군이 그토록 깨우고 싶어 했던 자들이 있었다. 물론 지난번 적풍이 석동에 들어갔을 때 옥관들을 깨뜨려 그들 중 몇은 죽었겠지만 모두가 죽었다고는 생각할 수 없었다.

그렇다면 아무리 급한 상황이라도 이곳에 경비무사 서넛은 남겨둬야 한다. 그것도 믿을 수 있는 사람으로. 그런데 석동 앞은 텅 비어 있었다.

"설마 모두 도망갔나?"

아니면 석동에 있는 자들을 다른 곳으로 옮겼을 수도 있었다. 그 생각이 들자 괜히 마음이 급해졌다. 적풍이 지체하지 않고 석동 안으로 몸을 날렸다.

"흡!"

석동에 들어선 적풍이 급히 손으로 입을 가렸다.

한순간 코로 밀려드는 매캐한 냄새, 그렇다고 불에 그을린 냄새는 아니다. 하지만 적풍의 눈에 보이는 것은 마치 불에 탄 듯 검게 변해 버린 시신들이었다.

"독?"

적풍이 눈이 커졌다. 아무리 봐도 석실에 죽어 있는 자들은 독에 당한 모습이었다.

적풍이 진기를 끌어 올려 최대한 독 기운이 몸으로 들어오는 것을 막으며 앞으로 전진했다.

수정관이 있던 석실에도 역시 죽은 자들이 있었다.

누군가 수정관 세 개의 뚜껑을 열고 그 안에 누워 있던 자들의 목을 베어 죽인 모습이다.

석실에 수정관이 세 개뿐인 것을 봐서 적풍이 수정관을 부쉈을 때 넷이 죽었거나 혹은 오늘 운이 좋게 이 죽음의 사신을 피한 듯 보였다.

적풍이 이번에는 천의비문의 문도들이 머물던 석실로 다가갔다. 그러나 석실 역시 텅 비어 있었다.

어쩌면 적풍이 다녀간 이후 유취려와 또 다른 천의비문의 의원 마중도의 거처가 달라졌을 수도 있었다.

"그럼 이제 가볼 곳은 하나군."

적풍이 신형을 돌렸다.

갈 곳은 이미 정해져 있었다. 지왕종문의 마인들이 떠받드는 소주라는 젊은 놈을 찾아갈 차례였다.

석동을 벗어난 적풍이 빠르게 숲을 질주했다. 송림 밖에서 시작되었던 싸움은 어느새 송림의 중간 지점까지 이르러 있었다.

염화마군과 북두회 세 고수의 싸움은 어떻게 진행되는지 알 수 없었다. 궁금하기는 했지만 지금은 싸움 구경이나 하고 있을 때가 아니었다.

적풍이 송림 북서쪽에 있는 지왕종문의 소주 우다문의 거처를 향해 치달았다.

그런데 그렇게 우다문을 향해 달려가는 적풍의 표정이 점점 심각해졌다.

그가 가는 길을 따라 앞서 석실에서 보았던 시체들, 독에 중독되어 검게 물든 시신들과 같은 모습의 사체들이 연이어 나타났기 때문이었다.

"이자가… 우다문이란 녀석을 노리는 건가?"

적풍의 마음이 급해졌다.

우다문이야 죽든 말든 상관할 바가 아니다. 아니, 오히려 우다문이 죽는다면 적풍에겐 좋은 일이라고 할 수 있었다.

그러나 그가 위험하다면 곁에 있는 유취려도 위험할 수 있었다.

적풍이 바람처럼 숲을 갈랐다.

곧 그의 눈앞에 우다문의 처소가 나타났다. 다행히 그의 처소를 지키는 자들은 보이지 않았다.

적풍이 그대로 몸을 날려 창을 깨고 우다문이 머물던 곳으로 들이닥쳤다.

그리고 그 순간 적풍은 우다문의 처소에서 기이한 싸움을 목격했다.

제9장
신(神)을 버리고
마(魔)를 택한 사람

그의 손이 한 번 움직일 때마다 독침이 날았다. 독침은 처음에는 눈에 보이지 않을 정도로 미세한 움직임을 보이다가 적의 앞에 도달해서는 갑자기 녹색 기운을 일으켜 그물처럼 적을 덮쳤다.

참으로 기이한 독술이었다. 이런 독공을 피해낼 수 있는 자가 얼마나 있을까.

그런데 그 놀라운 독공을 또 다른 놀라운 무공으로 감당해내는 자가 있었다.

독침을 막아내는 자의 몸이 붉게 달아올라 있었다. 평소 백옥 같던 피부를 자랑하던 그였다.

그런데 오늘 그 백옥 같던 살결은 잘 달궈진 쇠처럼 투명하게 붉었다.

피부의 색만 붉은 것이 아니었다. 그 붉은 몸에서 끊임없이 뜨거운 열기가 흘러나왔다. 손을 댔다가는 금세 화상을 입을 것 같은 느낌이 들 정도였다.

그가 들고 있는 검 역시 강력한 양강지기를 견디지 못하고 붉게 변해 있었다. 그 상태로 그는 적의 독공을 감당하고 있었다.

독의 상극은 열. 지왕종문의 주인을 자처하는 젊은 소주, 우다문은 그렇게 강력한 양강의 기운으로 이 기이한 침입자의 독공을 막아내고 있었다.

그런데 적풍이 정작 놀란 것은 이들이 사용하는 기괴한 무공이 아니었다.

적풍을 정말로 놀라게 한 것은 독공을 쓰는 사람 바로 그 자체였다.

'어떻게 그가?'

적풍이 전혀 예상치 못했던 인물, 대체 어떻게 그가 이곳에 있단 말인가.

더군다나 사람을 살리는 손으로 어떻게 저런 무시무시한 독공을 펼칠 수 있단 말인가.

적풍은 도저히 눈앞의 인물이 천의비문주 유천궁이라고는 믿을 수 없었다.

그러나 그는 분명 유천궁이었다.

단 한 번 만난 사이지만 절대 얼굴을 잊을 수 없는 사람, 적풍 자신에게는 유일한 혈육이면서 또한 증오의 대상인 바로 그, 유천궁이 분명했다.

"크흐흐! 이거 정말 고약하군."

붉게 물든 몸으로 유천궁의 독을 상대하고 있던 우다문이 얼굴을 일그러뜨리며 중얼거렸다.

그가 적풍을 본 것이다.

"오늘 넌 결국 죽겠군."

적풍이 팔짱을 끼며 중얼거렸다.

"그러게 말이야. 일이 아주 고약해졌어."

우다문이 순순히 적풍의 말에 동의했다.

그러자 우다문과 유천궁 옆에서 지독장 독로를 맞아 또 다른 싸움을 벌이고 있던 유취려가 적풍을 발견하고는 훌쩍 뒤로 물러나며 소리쳤다.

"네가 여긴 어쩐 일이냐?"

'언제 봤다고?'

마치 가문의 어린아이 대하는 듯한 유취려의 반말에 적풍이 슬쩍 기분이 상했다. 그러나 지금 그녀의 말투를 꼬투리 잡을 상황은 아니었다.

"당신을 데려가려고 왔는데, 이제 보니 올 필요가 없었던 것 같구려. 설마 천의비문의 문주께서 문도를 구하기 위해 지옥으로 들어올 줄은 몰랐소이다."

적풍의 말에 비아냥거림이 깃들어 있다.

과거 북두회의 압력을 견디지 못하고 적풍의 어머니 유하를 내치고, 또한 묵안노의 협박에 굴복해 비문의 의원들을 내준

자가 할 행동이 아니라는 뜻이었다.

"네가 왔구나!"

유천궁도 싸움을 멈췄다. 그리고 신형을 돌려 적풍을 보며 말했다.

순간 적풍은 전혀 다른 사람을 대하는 듯한 느낌을 받았다. 그의 앞에 서 있는 유천궁은 지난번에 적풍이 만났던 그 사람이 아니었다.

"이것 봐라? 이제 보니 모두 한통속이었어? 그럼 정말 문젠데……."

상황이 마음에 들지 않는지 우다문이 투덜댔다. 그러면서도 말투에는 여유가 있었다.

"무슨 일이 있었던 거요?"

숙부라지만 적풍은 유천궁을 천의비문의 문주 그 이상도 이하도 아닌 존재로 대했다.

"별일 아니다. 그냥… 신(神)을 버리고 마(魔)를 택했다고나 할까."

"어려운 말은 질색이오."

"간단히 말해 사람 살리는 짓거리는 이제 그만하기로 했다는 거다. 대신 사람을 죽이는 일을 하기로 한 거지."

유천궁이 우울한 표정으로 대답했다.

"대체 왜……?"

"언제까지 협박에 굴복하면서 살 수는 없으니까."

"난 그래도 문주의 선택에 동의할 수 없소."

곁에서 유취려가 화난 표정으로 말했다.

"언제는 제가 고모님의 생각대로 움직였습니까? 후후, 그래서 이 꼴이지만. 그래도 이번에는 제대로 해보려 합니다."

"비문의 의술은 하늘이 내린 것이거늘… 음!"

유취려가 말을 하다 말고 신음을 흘렸다.

"다치셨소?"

적풍이 유취려의 안색이 좋지 않음을 깨닫고는 물었다.

"낄낄, 그 노파는 내 양강지기에 당했어. 날 버리고 도망가려고 하잖아. 난 그 노파가 꼭 필요한데 말이야. 내 양강지기에 당하면 말이야… 흐흐, 내가 그 열기를 다스리지 않으면 결국 죽게 돼. 마치 내게 노파의 치료가 필요한 것처럼……."

"죽음 따위… 미련 없지!"

유취려가 냉소를 흘리며 말했다.

"아아, 그러지 말라고. 그래도 우리 그간 정이 좀 들었잖아. 우린 서로 꼭 필요한 사람이야. 그러니 사이좋게 살아보자고! 부부… 는 아니고 모자처럼! 어때?"

"너 같은 아들을 두느니 마소를 키우겠다."

유취려가 차갑게 말했다.

"이런, 이런… 정말 날 화나게 할 거야?"

우다문의 얼굴이 굳어졌다. 그러자 그의 몸에서 흘러나오는 열기가 더욱 강해졌다.

"소주! 진정하십시오."

유취려를 상대로 싸움을 벌이던 지왕삼장의 일인 지독장 독로가 우다문을 진정시키려 했다. 그러나 우다문은 더욱더 강렬하게 타올랐다.

"독로!"

"예, 소주!"

"물러나 있어."

"소… 소주!"

"내가 말이야, 그동안 아주 많이 참았어. 그런데 더 이상은 못 참겠다고. 이 망할 놈의 인간들을 모두 태워 버리겠다."

"하지만……."

"나중 일은 나중에 생각한다. 설마 방법이 없겠어? 법사가 방법을 찾아내겠지."

"그는… 도주했습니다."

지독장 독로가 분노한 표정으로 말했다.

"멍청한 놈!"

"예?"

"아직도 그를 몰라? 그가 자신의 문파를 떠나 우리에게 왔을 때 그의 운명은 결정된 거야. 그 스스로 결정한 운명이란 말이지! 그는 결코 우리를 떠날 수 없다. 난 그런 자들의 특성을 잘 알지. 절대… 자신의 선택을 부정하는 짓 따위는 하지 못해. 차라리 죽지."

"하지만 그는 여기 없습니다."

"뭐, 어디선가 이 난국을 풀어낼 방도를 찾고 있겠지. 아무튼 말이야, 물러나 있어. 이 싸움은 내가 맡는다."

"소주……!"

"두 번 말하지 않겠다!"

"알겠습니다."

우다문의 단호한 명에 독로가 뒤로 물러났다. 그러자 우다문이 검을 들어 적풍 등을 가리키며 말했다.

"그거 알아? 내가 그동안 정말 많이 참았다는 거. 그런데 오늘은 정말 참기 힘들어. 신화지를 재현하고 신력을 얻기 위한 준비를 마쳤는데 말이야, 그게 틀어지게 생겼거든. 이건 정말 내 인내심의 한계를 시험하는 일이라고."

우다문의 검이 투명하게 변했다. 양강의 지기가 극에 올라 일어난 현상이었다.

그러자 검이 마치 살아 있는 생명처럼 꿈틀대는 듯한 느낌이 들었다.

순간 적풍이 사자검을 떠올렸다.

사자검에 신혈의 기운을 모두 쏟아부었을 때 나타나는 궁극의 형형한 검은빛과 묘하게 닮아 있는 우다문의 검기였다.

"난 수십 년을 참아왔다."

유천궁이 가볍게 소매를 털며 대꾸했다. 그러자 그의 손에 십여 개의 침이 들렸다.

"후후… 너와 내가 참는 건 서로 달라. 넌… 힘이 없어서 참은 거고, 난… 제길, 생각해 보니 이유가 없네. 정말 참을 이유가 없었어. 이 버러지 같은 것들은 모두 죽여 버리면 되는 건데!"

갑자기 우다문이 화를 내며 검을 앞으로 내찔렀다.

파앗!

우다문의 검에서 붉은 검기가 흘러나와 유천궁의 가슴을 찔렀다. 유천궁이 황급히 몸을 왼쪽으로 틀었다.

칙!

매캐한 냄새가 번지면서 유천궁의 가슴 옷자락이 검게 타들어갔다. 우다문의 검은 모습만 붉은 것이 아니라 실제로 강력한 열기를 지니고 있었던 것이다.

"놈!"

유천궁이 노성을 토해내며 기울어진 자세 그대로 우다문을 향해 독침을 던졌다.

파파팟!

여섯 개의 독침이 서로 엉켜 회전하며 우다문을 향해 닥쳐들었다.

"더 이상은 안 통해!"

우다문이 날아드는 독침들을 보며 검을 아래에서 위로 그었다. 그러자 그의 몸 앞에 붉은 검막이 형성됐다.

퍼퍼펑!

우다문이 만든 검막에 부딪힌 독침들이 산산이 흩어졌다. 그런데 그 순간 사방으로 흩어지던 독침들이 녹색의 연무를 일으켰다.

푸스스!

독침들이 일으킨 녹색의 연무는 앞서 유천궁이 만들어내던 독무와는 사뭇 달랐다.

연무들이 한순간 한곳으로 모이더니 살아 있는 뱀처럼 우다문의 검막을 뚫고 들어가 그의 얼굴 바로 앞에서 다시 뿌연 연무로 퍼지기 시작했다.

그야말로 놀라운 독공이었다.

독의 기운을 모았다가 다시 퍼지게 하는 이 독공술은 아마 당가의 가주 당호가 보았어도 경악했을 수법이었다.

"정말 재주가 좋구나. 하지만 내겐 통하지 않아!"

여전히 검막을 거두지 않은 채 자신의 눈앞에서 피어오르는 독무를 보며 우다문이 중얼거렸다.

한순간 그의 왼손이 독무 앞에 세워졌다. 순간 놀라운 일이 벌어졌다.

치지직!

우다문의 손에 닿은 독무가 타기 시작했다.

독의 상극이 열기라지만, 아무리 우다문이 양강지공을 극도로 수련한 자라지만 이렇게 독무를 맨손으로 태워 버리는 것은 누구도 생각할 수 없는 일이었다.

화르르!

좀 더 힘을 얻은 뜨거운 열기에 검막을 뚫고 들어오던 독무는 물론 검막 밖에 형성되어 있던 독기운들도 단번에 소멸됐다.

"이제 정말 무서운 게 뭔지 보여주지!"

우다문이 자신을 고생시킨 유천궁을 용서할 수 없다는 듯

노려보며 말했다. 그리고 그 말이 채 끝나기도 전에 우다문이
유천궁을 향해 폭사했다.

"문주! 위험하오!"

단번에 유천궁을 꿰뚫을 것처럼 닥쳐드는 우다문의 붉은 검
에 놀란 유취려가 측면에서 검을 들어 우다문을 찔러갔다.

"물러나라!"

쩡!

우다문의 노성이 터지며 유취려의 손에 들렸던 검이 부러졌
다. 그저 가벼운 움직임으로 보였는데, 우다문의 검에 실린 힘
은 사람들의 예상을 크게 벗어나 있었다.

"그래도 영광이 아닌가. 무림에서 불의 검에 죽는 첫 번째 사
람이니!"

우다문이 악마 같은 미소를 지어 보이며 재차 유천궁에게
달려들었다.

파파팟!

유취려의 개입으로 여유를 찾은 유천궁이 연이어 십여 개의
독침을 발출했다.

그의 독침이 앞서와 마찬가지로 우다문의 앞에서 독무로 변
하며 그의 길을 막았다. 그러자 우다문이 검을 수직을 내리그
었다.

푸스스!

유천궁이 만든 독무가 우다문의 붉은 검에 타들어가며 금세
힘을 잃었다.

연이어 우다문이 독무 사이를 뚫고 나오며 말했다.

"아무튼 대단해. 불의 검이 아니었다면 나도 널 어쩌지 못했을 거야. 의원 나부랭인 줄 알았는데 그게 아니었어. 왜 이런 힘을 가지고 그동안 쓰지 않은 거지?"

어느새 우다문의 검은 유천공의 목젖 앞에 이르러 있었다.

"그동안은 의원의 손을 가졌었으니까."

"의원이라… 그래, 의원은 사람을 살리는 사람이지 죽이는 사람이 아니지. 그런데 왜 날 죽이려 한 거야?"

"이젠 의원이 아니니까."

"간단하지만 훌륭한 답이다. 나도 사실 의원을 죽이는 건 좀 꺼려지긴 했어. 그런데 의원이 아니라니 뭐 내 마음도 편하군."

우다문이 살기 어린 미소를 지으며 검을 유천궁의 목에 밀어 넣으려 했다.

"멈춰라!"

유취려가 다급하게 소리쳤다.

그러자 우다문이 고개를 저으며 말했다.

"이봐, 늙은 의원! 다른 때 같았으면 당신 말을 한 번쯤 들어줬을지도 몰라. 당신은 내게 꼭 필요한 사람이니까. 하지만 지금은 아니다. 이자는 살려줄 수가 없어. 감히 날 죽이려 했으니까."

"문주가 죽으면 난 절대 널 치료치 않을 것이다."

"그럴 수 있을까? 난 이자를 죽인 후에 널 데리고 천의비문으로 가겠다. 거기 가서 다시 묻지. 정말 날 치료하지 않을 건지. 내 생각에는 말이야, 당신은 반드시 날 치료할 거야. 아! 그러고 보니 거길 가면 그 아름다운 아이도 만나겠군. 흐흐, 이번에는 반드시 내 여자로 만들어야지."

우다문이 슬쩍 적풍을 보며 말했다.

설루를 두고 하는 말일 터였다.

"넌 아무 데도 가지 못해."

적풍이 심드렁하게 말했다.

우다문의 이 놀라운 무공에도 별반 놀라지 않은 모습이다. 적풍의 반응이 생각과 달랐는지 우다문이 고개를 좌우로 까딱이고는 다시 살기를 일으키며 말했다.

"내가 갈 수 있는지 없는지 확인시켜 주지. 일단… 이 늙은이를 죽인 후… 흡!"

우다문이 미처 말을 끝내지 못했다. 그렇다고 자신의 말대로 유천궁을 죽이지도 못했다.

그의 신형은 눈 깜짝할 사이에 유천궁에게서 멀어져 삼사장 밖에 서 있었다.

그런 그를 향해 투명한 검은빛 검기가 밀려들었다.

검기의 주인은 당연히 적풍이었다. 적풍의 손에는 다른 때와 달리 청룡검이 아닌 사자검, 전왕의 검이라는 신검이 들려 있었다.

우다문이 재빨리 붉은 검을 들어 적풍의 검기를 막았다.

콰릉!

순간 천지가 개벽하는 듯한 굉음이 일어나더니 그 충격으로 천장 일부가 무너져 내렸다.

"네… 네놈!"

우다문이 주춤거리며 뒤로 물러나며 믿을 수 없다는 듯 적풍을 바라봤다.

그러자 적풍이 우다문을 향해 다가서며 말했다.

"내가 생각하기에 네 몸이 완벽했다면 이 싸움의 승패는 가늠하기 힘들었을 것 같아. 너도 이놈과 비슷한 놈을 가지고 있으니까. 더군다나 그 검을 제대로 쓸 줄 아는 것 같기도 하고……. 네놈을 잡아서 이 징그러운 물건들에 대해 들었으면 좋겠지만, 솔직히 그럴 여유는 나에게 없군. 그래서… 널 죽이고 그놈을 취하겠다!"

적풍의 눈에 강렬한 투기가 솟구친다.

이때만큼은 신혈의 힘을 숨기지 않고 모두 끌어낸 적풍이었다. 그렇게 하지 않으면 상대할 수 없는 자라는 것을 본능적으로 느꼈기 때문이었다.

우다문은 적풍의 말을 들으면서도 시선은 적풍의 검에 가 있었다.

너무 짙은 검은색이라 외려 투명해 보이는 적풍의 검. 적풍은 사자검이라 이름 붙였고, 우서한은 전왕의 검이란 이름으로 부른 그 검이다.

사자검은 마치 운명의 적수를 만난 것처럼 요기롭게 번뜩이고 있었다. 아마도 우다문이 들고 있는 검에 스스로 반응하는 것 같았다.

"그 검이 어디서 났느냐?"

우다문이 의혹 가득한 표정으로 물었다. 그러고 보니 지난번 이 괴이한 자가 침입했을 때 법사 모악이 한 말이 떠올랐다. 모악은 당시 적풍의 검에 대해 의문을 품었었다.

"내가 묻고 싶은 말이야. 너야말로 그 검을 어디서 얻었지?"

적풍이 물었다.

"이 검은 신화지혈을 이은 자에게 대대로 전해지는 검이다."

"신화지혈이라… 대체 그게 뭐지?"

적풍이 다시 물었다.

그런데 그때 멀리서 들려오던 소란이 장원 가까이로 다가왔다. 그리고 장원 밖에서 날카로운 병장기 부딪히는 소리가 터져 나왔다.

"시간이 없다."

문득 유천궁이 뒤쪽에서 말했다.

"그렇군. 정말 시간이 없군. 궁금한 게 많은데… 아쉬워!"

적풍이 그 말을 하고는 사자검에 신혈의 기운을 주입했다.

사자검이 순식간에 검은색 검기를 만들어냈다.

"놈!"

우다문이 벼락처럼 검을 휘둘렀다. 붉은 검기로 일렁이는 그의 검이 그대로 적풍의 복부를 찌르고 들어왔다.

순간 적풍이 진천벽력검법을 펼쳤다.

쩡!

검은 기운과 붉은 기운이 허공에서 격돌했다. 두 개의 기운이 섞여들며 신묘한 색을 만들어냈다.

그러나 그도 잠시, 이내 검은 기운이 붉은 기운을 압도하기 시작했다.

"음!"

우다문의 입에서 나직한 신음성이 터져 나왔다. 이대로라면 우다문은 더 이상 견딜 수 없을 듯 보였다.

그런데 그때 갑자기 한쪽에 물러나 있던 지독장 독로가 적풍을 공격했다.

"이놈! 소주에게서 떨어져라!"

독로의 도가 허공을 가르며 적풍에게 떨어지는 순간 적풍의 뒤쪽에서 유천궁도 독침을 던져 냈다.

퍼퍼퍽!

유천궁의 독침이 여지없이 독로의 몸에 박혀들었다. 그러나 독로는 적풍을 향한 공격을 멈추지 않았다.

온몸에 독침이 꽂혔지만 우다문을 구하려는 독로의 충성심은 결국 그가 원하는 대로 우다문을 구했다.

쿠웅!

적풍이 사자검을 밀어 우다문을 뒤로 물러나게 만든 후, 독침에 맞아 이미 눈빛이 흐려진 독로의 옆구리를 사자검으로 그었다.

"컥!"

독로의 입에서 격한 신음성이 터져 나오더니, 그가 그대로 바닥에 나뒹굴었다.

쿵!

바닥에 무너져 내린 독로는 더 이상 움직이지 않았다. 그의 얼굴은 어느새 독으로 인해 검게 물들어가고 있었다.

"이젠 너야!"

적풍이 신혈의 기운을 줄기줄기 흘려내며 고개를 돌려 벽에 등을 대고 서 있는 우다문을 노려봤다.

"젠장, 정말 세네… 이건 몸이 온전했어도 승부를 알 수 없었 겠는걸?"

막다른 골목에 몰렸음에도 우다문은 능글거렸다.

본성이 그런 건지, 아니면 허장성세에 능한지 알 수 없으나 확실히 별종의 인간이 분명했다.

"시간이 없구나! 아쉽게도!"

적풍은 우다문에게 시간을 주지 않았다. 그의 신형이 벼락처럼 우다문을 향해 날아갔다.

구우웅!

사자검이 포효했다.

그런데 적풍과 사자검이 운명의 적처럼 느껴지는 우다문과 붉은 검을 소멸시키려는 순간, 갑자기 우다문의 신형이 벽 뒤쪽으로 쑥 빨려들었다.

콰앙!

그 순간 사자검의 검기가 쭉 늘어났다.

"욱!"

벽 안쪽 어둠 속에서 우다문의 나직한 신음 소리가 들렸다.

적풍이 재차 검을 들어 어둠 속에 웅크린 듯한 우다문을 찌르려 했다. 그런데 그 순간 얼핏 우다문 옆에서 움직이는 검은 인영이 보였다. 그리고 굉음이 터져 나왔다.

콰룽!

굉음과 함께 벽이 무너져 내렸다. 적풍의 사자검이 다시 한 번 벽 속으로 검기를 찔러 넣었다.

"큭!"

누군가의 신음성이 들렸다. 신음의 주인이 우다문인지 혹은 우다문을 도운 자의 것인지는 알 수 없었다.

어느새 벽이 완전히 허물어져 길을 막았다. 적풍이 재차 검을 휘둘렀다.

쾅!

무너진 벽의 잔재들이 사자검의 검기에 뒤쪽으로 밀려났다. 그러자 벽 저편의 공간을 볼 수 있는 큼직한 구멍이 만들어졌다.

그러나 우다문도, 그를 도운 자의 모습도 보이지 않았다. 시신이 없으니 죽은 것은 아닐 터였다.

적풍이 망설였다. 추격할 것인지 결정해야 했다. 우다문 같은 자를 살려두는 것은 두고두고 후환이 될 수 있었다.

그러나 적풍에게는 시간이 없었다. 이미 북두회의 고수들과 그들에게 밀려난 지왕종문의 마인들이 장원의 경계에 들어선 기척이 느껴졌다.

"가야 한다."

유취려가 조급한 표정으로 말했다. 적풍이 시선을 돌려 우다문이 도주한 벽 뒤 비도를 응시했다.

"어차피 그는 죽어. 봉황침의 기운을 감당하지 못할 거다."

유취려가 우다문에게 미련을 두는 적풍을 설득하듯 말했다. 그러자 적풍이 중얼거렸다.

"사람 명이 그리 쉽게 끊기는 것은 아니지 않소이까. 나처럼⋯⋯."

적풍의 말에 유취려의 말문이 막혔다. 적풍이 보낸 어린 시절을 짐작하기에 그의 말을 반박할 수 없었다.

"어쨌든 지금은 가야 한다."

유천궁이 유취려를 대신해 말했다.

"그는 어딨소?"

적풍이 유취려에게 물었다.

"누구 말이냐?"

"마중도라는 의원 말이오."

적풍의 말에 유취려의 표정이 굳었다.

"그 아이는⋯ 죽었다. 우다문의 손에 가장 먼저⋯⋯."

"⋯그럼 갑시다!"

적풍이 냉정하게 말하고 먼저 몸을 날렸다.

콰앙!

적풍 일행이 사라지자마자 출입문 바로 뒤에서 굉음이 터져 나왔다. 연이어 문이 부서지면서 한 명의 화인(火人)이 뛰어 들어왔다.

"소주!"

방 안으로 뛰어든 자는 염화마군 철특이었다.

염화마군이 우다문을 찾으려 주위를 둘러봤다. 그러나 거칠게 싸운 흔적만 남아 있을 뿐 우다문은 보이지 않았다.

그러다가 철특의 시선이 무너진 북쪽 벽에 닿았다.

"벌써 탈출을 하신 건가? 아니면……."

염화마군 철특의 얼굴에 초조함이 묻어났다. 지왕종문 따위 어떻게 되든 사실 그에게는 별 관심이 없었다.

세력이란 언제나 힘에 따라붙는 것, 그와 소주 우다문만 건재하다면 언제든 이런 세력은 다시 만들 수 있다고 자신하는 철특이었다.

지왕종문을 지키다 죽은 자들도 그에겐 소주 우다문을 지키기 위해 당연히 죽어야 하는 자들에 지나지 않았다.

그런데 그 우다문이 보이지 않는다.

다행인 것은 만약을 대비해 우다문의 처소에 만들어놓았던 비도의 문이 열려 있다는 것, 불길한 것은 문이 정상적으로 열린 모양이 아니라는 것이었다.

"하지만 과연 누가 소주와 지독장, 그리고 법사를 상대할 수 있단 말인가?"

철특이 불길한 기분을 털어버리려는 듯 고개를 저었다. 그때 장내로 세 명의 고수가 뛰어들었다.

"염화마군! 겨우 여기냐? 도망 온 곳이?"

염화마군 철륵을 향해 비웃음을 흘리는 자는 묵안노 마한 이다. 그런 마한을 보며 철륵이 우울한 얼굴로 말했다.

"내가 도주를 한 것이 아니라는 것을 잘 알 텐데?"

"아니, 내 눈에는 도주한 것으로 보였다만……."

마한은 이제 철륵을 손안에 넣었다고 생각하는 듯했다.

그를 따라 들어온 소림의 월명과 천산노조 현위 역시 같은 생각인 듯했다.

그들의 몸 곳곳에는 불에 그을린 듯한 상처들이 나 있었지 만 눈빛만은 처음보다 더 강렬하게 빛나고 있었다. 이들 삼 인 의 합공이 염화마군 철륵을 이겨낸 것이 분명했다.

묵안노가 득의만만한 마한을 노려보다 입을 열었다.

"넌… 월문의 사람이라 했지?"

"그렇다."

"그럼 우리가 어디서 온 것인지도 알고 있겠군."

"……?"

마한이 무슨 소리냐는 듯 염화마군 철륵을 응시했다.

그러자 철륵이 묘한 표정을 지어 보였다. 자신의 예상과 달 리 마한은 자신들이 어디서 왔는지 모르는 듯 보였다.

그러자 갑자기 철륵이 광소를 터뜨렸다.

"하하하!"

미친 사람처럼 웃어대는 철륵을 보며 마한은 왠지 모를 불쾌 감을 느꼈다. 철륵이 마치 자신을 비웃는 느낌이기 때문이었다.

"너희가 이골마족과 같은 피를 지니고 있다는 것은 물론 알고 있다."

"크크크… 이골마족? 그 잡혈의 종자들과 우릴 같은 취급하다니……. 흐흐, 이제 보니 넌 월문의 법을 제대로 잇지 못했구나!"

염화마군의 말에 마한이 급소를 찔린 듯 벌겋게 얼굴이 달아올랐다. 이것이야말로 마한의 가장 큰 아픔과 수치였다.

사제에게 월문의 법황 자리를 빼앗긴 것, 아니, 애초에 빼앗긴 것이 아니었다. 전대 월문의 법황은 처음부터 의천노공 우서한을 월문 법황의 유일한 후계자로 정해놓았었다.

그래서 마한은 그 우서한을 도울 외가의 책임자로서 키워졌다.

평생 사제인 법황 우서한의 조력자로 살아야 하는 사형의 운명은 그래서 마한을 배신자의 길로 이끌었던 것이다.

"법황은 알고 있다는 것이냐? 너희가 어디서 왔는지?"

"우릴 공격할 것을 명하면서 그 이야기는 하지 않았나 보군."

"이번 공격은 의천노공이 아닌 우리 북두회의 결정이다!"

천산노조 현위가 차갑게 말했다.

"흐흠… 이것 봐라? 의천노공 우서한의 명이 아니란 말이지? 그렇다면… 아직 기회가 있군. 의천노공이 아니라면, 흐흐흐!"

철특이 미친 사람처럼 중얼거렸다.

"아니, 네겐 더 이상 기회가 없다. 넌 이곳에서 죽을 테니까."

자신의 아픈 곳을 건드렸기 때문일까. 마한이 서릿발 같은 살기를 흘려내며 말했다.

그러자 염화마군 철륵이 미소를 지으며 말했다.

"내가 너희를 상대한 이유는 오직 소주를 지키기 위함이었다. 소주께서 무사하시다면 네놈들을 상대할 이유가 없다는 거야. 지왕종문? 하하하! 마음껏 즐겨라. 지왕종문 따위 너희에게 기꺼이 던져 주마! 하지만 바로 내일부터 네놈들은 공포에 떨어야 할 거야. 왜냐하면 나 염화마군 철륵이 네놈들의 문파를 하나하나 찾아갈 거니까."

염화마군 철륵의 경고에 월명과 천산노조 현위가 흠칫한 표정을 지었다.

세력을 두고 겨루는 싸움이라면 언제든 지왕종문을 쓰러뜨릴 수 있는 북두회. 그러나 염화마군 철륵이 혼자 복수를 위해 은밀히 움직인다면 그건 쉽게 막아낼 수 없었다.

"그래서 더욱 널 살려둘 수 없구나!"

묵안노 마한이 차갑게 말했다.

그리고 이때만큼은 염화마군 철륵의 놀라운 무공에 적지 않은 경외심마저 가지고 있던 월명과 현위 역시 살기를 드러냈다.

육가의 본문이 위험해지는 것은 두고 볼 수 없는 일이다. 그 위험을 막으려면 이 자리에서 염화마군 철륵을 베어야 한다.

마한 등 삼 인이 차가운 살기를 흘리며 염화마군을 에워쌌다. 그러자 염화마군이 먼저 도를 휘둘렀다.

화르르!

염화마군의 도에서 붉은 염기가 일렁이며 세 사람의 시야를 가렸다. 마한 등이 감히 정면으로 철륵의 공격을 막지 못하고 서너 걸음 뒤로 물러났다.

그런데 그 순간 그들이 예상치 못했던 일이 벌어졌다.

쾅!

한순간 염화마군 철륵이 거대한 도(刀)로 천장을 받치고 있던 기둥 하나를 쳤다. 그러자 아름드리나무를 베어 만든 기둥이 한순간에 부러져 나갔다.

쿠르릉!

기둥이 부러지자 그 기둥에 의지해 있던 천장이 무너져 내리기 시작했다.

무너진 천장의 잔재들이 염화마군 철륵과 마한 등 삼 인의 고수를 동시에 덮쳤다.

"하하하, 다음에 보자. 너희의 안방에서!"

천장이 무너지는 사이 염화마군 철륵이 북쪽 벽을 관통하며 소리쳤다.

"서랏!"

마한 등 삼 인은 갑작스런 염화마군 철륵의 도주에 놀라 떨어지는 잔재들을 쳐내며 앞으로 달려 나갔다.

그러나 그들이 북쪽 벽에 도착했을 때는 어둡고 텅 빈 비도만이 그들의 눈앞에 있었다. 염화마군 철륵의 모습은 그 어디서도 찾을 수 없었던 것이다.

"이런 실수를 하다니!"

소림의 월명이 탄식을 흘렸다.

"만고의 후환이 될 거요."

천산노조 현위 역시 걱정스런 표정으로 검은 비도를 보며 중 얼거렸다.

그때 다시 문 쪽에서 일단의 사람이 나타났다.

"어찌 되었소이까? 염화마군은 잡았소?"

의기양양한 기색으로 장내로 들어오며 묻는 자는 흑제 오릉 이다.

"그는… 도주했소."

소림 방장 월명이 근심 어린 표정으로 말했다.

"도주? 아니, 세 분이 그를 놓쳤단 말이오?"

오릉의 표정을 보면 따지는 것은 아니었다. 단지 믿기 어렵다 는 표정이었다.

"이곳에 비도를 만들어두고 있었소."

천산노조 현위가 손을 들어 휑하니 뚫린 북쪽 벽의 비도를 가리키며 말했다.

그러자 흑제 오릉을 비롯한 다른 육가의 수장들이 홀쩍 마 한 등이 있는 곳으로 다가왔다.

"이런… 이놈들이 만반의 준비를 해두었었군. 어쩐지 한사코 이곳으로 오려 하더니만……."

당문의 문주 당호가 혀를 차며 말했다.

"밖은 어찌 되었소?"

천산노조 현위가 물었다.

"대충 정리가 되었소. 지왕삼장 궁막해도 죽였소."

"음… 그가 죽었다면 더 이상 반항자는 없겠구려."

"반항이고 뭐고 남은 자는 거의 다 죽었소. 살아남은 놈들도 팔다리가 잘려 스스로 죽지 못한 자들이오. 참 독한 놈들이오."

남궁천이 혀를 내둘렀다.

"모두가 도주할 때 남은 자들이니 오죽하겠소. 아무튼… 절반의 성공은 거둔 것 같소."

소림 방장 월명이 한숨을 쉬며 말했다.

그러자 그때까지 침묵하고 있던 자하산장의 장주 몽중도가 나직한 목소리로 말했다.

"성공이랄 수 있을지 모르겠소이다."

"그건 무슨 소리요? 그럼 실패란 말이오?"

당호가 되물었다.

"우리 쪽 피해가 너무 크오. 확인해 봐야겠지만 우리 자하산장의 문도도 오 할은 손실된 것 같소. 그러니 생각해 보시오. 이번에 지왕종문을 도모하기 위해 데려온 문도들은 하나같이 각 파의 정예 동량이오. 그들의 손실이 이렇게 많았으니 과연 강호의 제 문파가 우릴 어떻게 대할지……."

몽중도의 말에 육가 수장들의 안색이 어두워졌다.

강호는 비정한 곳이다.

비록 북두회가 강호의 화근 덩어리였던 지왕종문을 멸하기 위해 희생했다지만 그 희생이 고맙다고 강호를 북두회 육가에게 들어 바칠 문파는 없었다.

오히려 지왕종문과의 싸움으로 육가의 세력이 크게 약해진 틈을 노려 스스로 강호의 패자가 되기 위해 기회를 보는 문파들이 생겨날 수도 있었다.

북두회 육가는 아마도 각 파가 속한 세력들을 수습하는 것조차도 버거울 수 있었다.

"이럴 때일수록 북두회의 단합이 필요하오. 비록 이번에 큰 손실을 입었다고 해도 북두회가 강호의 중심이라는 인식은 확실히 심어주었소. 이건 생각보다 중요한 소득이오. 그간 북두회를 하나의 세력으로 보지 않았던 강호의 시선을 변화시킬 수 있으니 말이오."

마한이 말했다.

"하긴 묵안노의 말이 맞는 것도 같소. 이젠 누구도 북두회를 그저 친목이나 다지는 모임으로 생각지는 않을 것이오."

흑제 오룽이 고개를 끄떡였다. 그러자 마한이 다시 말을 이었다.

"명분을 얻었으니 이제 힘을 보여줄 필요가 있소이다. 비록 어렵더라도 각 파에서 절정의 고수들을 추려 뽑아 명화산으로 보내주시오. 연후 누구라도 육가의 권위에 도전하는 자나 문파가 있다면 단번에 그들을 제압해 강호에 북두회 육가의 힘이 건재하다는 것을 보여주기만 하면 누구도 북두회가 천하에 군림하는 것을 반대하지 못할 것이오."

마한의 말에 육가 수장들의 얼굴색이 조금 편해졌다.

하긴, 각 파의 원기가 크게 손상되었지만, 북두회의 이름으로 육가가 힘을 합친다면 손실은 크게 문제 될 것이 없을 것이다.

그러나 그들의 미래가 마한이 말한 것처럼 장밋빛으로만 흘러갈 수 없다는 것으로 예상하는 사람도 있었다.

"문제는 천무맹이오. 그들은 아마 이 기회에 더욱 세력을 키우려 할 거요."

남궁천이 말했다.

다른 사람은 몰라도 남궁천만큼은 천무맹의 무서움을 잊을 수 없었다. 천무맹 뒤에는 십자성이 있고, 남궁세가는 십자성에게 굴욕적으로 당한 과거가 있었다.

"천무맹이라, 과연 문제는 문제요. 그들은 지왕종문과는 또 다른 무리니 말이오."

당호가 남궁천의 말에 동조했다. 그러자 마한이 신중한 표정으로 말했다.

"맞는 말씀이오. 해서 난 이번에 명화산으로 돌아가면 먼저 십자성주를 만나볼 생각이외다."

"십자성주를 말이오?"

소림의 명월이 놀란 표정으로 물었다.

"그렇소이다. 그만… 설득할 수 있다면 천하는 북두회가 다스리게 될 거요."

"설마 그를 북두회로 부를 생각이오?"

남궁천이 놀란 표정으로 물었다.

"안 될 것 없지 않소?"

마한이 되물었다.

신(神)을 버리고 마(魔)를 택한 사람 287

"그야… 그렇긴 하지만. 하아! 그를 북두회에 들인다? 과연 비책은 비책인데……."

십자성과 적풍에 대한 본능적인 두려움을 가지고 있는 남궁 천이 말꼬리를 흐렸다.

"만약 그가 그 제안을 받아들이지 않는다면 어쩔 것이오?"

흑제 오릉이 물었다.

"그렇다면 그를 제거해야 할 거요."

"어떻게 말이오? 설마 다시 토벌대를 꾸리려는 거요? 그건… 쉽지 않소. 이번 손실을 복귀하는 데 족히 십 년은 걸릴 텐데."

오릉이 고개를 저었다.

"이번과는 다르게 상대할 거요. 그가 벗어날 수 없는 그물 을 만들어 그를 끌어들일 것이오. 그 일을 해낼 자들이 우리에 게… 음!"

한순간 마한이 눈살을 찌푸렸다.

십자성주를 상대하기에 가장 적당한 자들, 정천사자들이 오 늘 그를 혼란에 빠뜨렸다는 사실이 그제야 떠오른 것이다.

'대체 이놈들이 어디로 간 거지?'

제10장
다른 말을 탄 자들의 위협

적풍이 유취려를 등에 업고 걸음을 옮기고 있었다. 유천궁은 묵묵히 적풍의 뒤를 따랐다.

참 기이한 관계의 사람들이었다.

함께 살았다면 세상에서 가장 가까울 사이들, 그러나 한순간의 엇갈림으로 세상에서 가장 먼 사이가 된 사람들이었다.

적풍은 대혈산 동쪽 경계를 벗어나 작은 강이 흐르는 곳에서 걸음을 멈췄다. 강과 이어진 산비탈 소나무 아래였다.

적풍이 유취려를 조심스럽게 소나무 아래 바위에 올렸다.

"음······."

유취려가 나직하게 신음 소리를 냈다.

유취려의 상세는 결코 가볍지 않았다. 유천궁이 유취려를 구하러 우다문의 장원에 들어갔을 때 유취려는 우다문을 죽이려 했었다.

그러나 우다문의 숨겨진 놀라운 힘에 의해 외려 유취려가 큰 부상을 입었고, 그 상태로 지독장 독로를 상대하느라 내상이 더욱 깊어진 상태였다.

유천궁 역시 성치 않았다.

독침을 써서 우다문을 상대했다고 해도 그 역시 우다문의 양강의 신력에 적지 않은 내상을 입고 있었다.

만약 때마침 적풍이 나타나지 않았다면 두 사람은 결코 우다문의 손에서 벗어나지 못했을 것이다.

"괜찮으십니까?"

유천궁이 유취려에게 물었다. 걱정스런 표정에 더해 알 수 없는 우울함 같은 것이 유천궁의 얼굴에 묻어났다.

"괜찮소, 문주……."

"치료를 해드려야 하는데……."

유천궁이 말꼬리를 흐렸다.

"마의의 손으로는 환우를 돌볼 수 없지 않소?"

"그렇지요."

유천궁이 의기소침한 표정으로 대답했다.

그제야 적풍은 잠시 이해하지 못했던 일들을 이해했다.

적풍은 유취려의 부상이 깊은 데도 천하의 명의라는 유천궁이 손을 쓰지 않는 것이 의아했었다. 그런데 이제 보니 유천궁은 더 이상 사람을 치료할 수 없는 사람이 되어 있는 듯 보였다.

그건 아마도 유천궁이 보여주었던 그 살기 넘치는 독공과 암기술로 변한 침술 때문일 것이다.

그의 손이 사람의 몸에 닿으면 문제가 되는 것인지, 아니면 단지 천의비문의 법규로 인해 마의라는 존재는 병자를 치료할 수 없는 것인지는 알 수 없었다.

그러나 어쨌든 유천궁은 더 이상 의원이 아니었다.

"어찌하면 되오?"

적풍이 물었다.

"도와주겠느냐?"

유천궁이 반가운 표정으로 물었다.

"애써 구한 사람 죽일 수는 없지 않소? 그럴 거면 애초에 구하지도 않았을 거요."

적풍이 대답했다.

"고맙구나."

유천궁의 말이 진심임을 알고 있기에 적풍은 더 이상 빈정거리지 않고 다시 물었다.

"할 일이나 가르쳐 주시오."

그러자 유천궁이 유취려에게 말했다.

"고모님, 봉황침을 쓰시지요."

"그건 안 되오."

유취려가 단호하게 거절했다.

"지금은 신침을 아낄 때가 아닙니다."

"아껴야 하오. 이제 봉황침은 오직 하나가 남아 있을 뿐이오."

유취려의 대답에 유천궁이 놀란 표정을 지었다.

그가 유취려에게 준 봉황침은 모두 다섯 개였다. 그런데 하나밖에 남지 않았다면 곧 네 개를 썼다는 의미다.

봉황침은 천의비문 최고의 비기, 문주조차도 함부로 사용하지 못하는 신기의 물건이었다. 그런데 그걸 네 개나 사용했다니 놀라지 않을 수 없었다.

"대체 어디에……?"

"그자들에게 썼소."

"그자들이라시면?"

"소주 우다문이라는 자와 법사 모악이란 자요."

"대체 왜 그들에게 봉황침을 썼단 말입니까?"

유천궁이 이해할 수 없다는 표정으로 물었다.

적풍은 이미 설루를 통해 왜 유취려가 천의비문의 비기인 봉황침을 네 개씩이나 지왕종문의 마인들을 위해 썼는지 들어 알고 있었다.

유취려가 차분하게 자신이 우다문과 모악에게 봉황침을 쓴 이유를 설명했다. 그러자 유천궁이 나직하게 탄식하며 말했다.

"그렇다면 결국 그들은 얼마 안 가 죽겠군요."

"아마 그럴 것이오."

"어쩔 수 없는 일이기는 했으나 그런 자들에게 봉황침은 참으로 과분한 일입니다."

"물론 나도 그렇게 생각했소. 하지만 당시로선 선택의 여지가 없었소."

"고모님을 탓하는 것은 아닙니다. 다만 본 문의 제일비기가 그런 자들에게 쓰인 것이 우울할 뿐이지요. 아무튼, 그런 자들에게도 쓴 봉황침입니다. 어찌 고모님께 쓰지 않겠습니까. 봉황침을 내주십시오."

"문주, 이 봉황침이라면… 문주의 손을 마인의 손이 아닌 의원의 손으로 되돌릴 수 있소."

유취려가 안타까운 표정으로 말했다. 그러자 유천궁이 단호하게 말했다.

"제가 다시 의원이 될 일은 없을 겁니다."

"문주, 그러나 본 문은……."

"이번에 돌아가면 문주의 자리를 요에게 물려줄 겁니다."

"요는 아직 어리오."

"어리긴 하지만 어려서부터 고난을 겪다 보니 나이보다 신중합니다. 비문을 잘 이끌 것입니다."

"하면 문주는 뭘 하시려오?"

"비문이 다시 천하제일의 의가로 돌아갈 때까지 어둠 속에서 비문을 지키겠습니다. 그 누구도 비문을 함부로 침탈하지 못하게 할 것입니다."

"손에 피를 묻혀야 하는 일이오."

"마의의 길을 택하는 순간 이미 각오한 일이지요. 비문을 요에게 넘기고 나면 이후에는 북두회에 잡혀 있는 의선들을 데려올 생각입니다. 고모님께서 돌아오시고, 의선들이 복귀하면 천의비문은 다시 시작할 수 있을 겁니다."

"그가 내주겠소?"

"묵안노 말입니까?"

"그렇소."

"막는다면 비문 마의의 독함을 보게 되겠지요."

"비록 문주가 마의의 길에 들어섰다고 해도 북두회를 상대하는 일은 어려운 일이오. 더군다나 문주는 혼자가 아니오?"

"문도 중 일곱이 마의가 되었습니다. 곧 만나실 겁니다. 지왕종문에 들어가는 일은 워낙 위험한 일이라 뒤에 남겨두었습니다."

"그게 정말이오?"

유취려가 놀란 표정으로 물었다.

"그들 스스로 원한 일입니다."

"그들은 어디 있소?"

"십여 리 밖에서 기다리고 있을 겁니다."

"스스로 마의의 길을 선택하다니… 그 희생이 고마우나 안타까운 일이오. 그리고… 그렇다 한들 북두회를 상대할 수는 없소."

그러자 유천궁의 시선이 자연스레 적풍에게로 향했다.

적풍이 도와줄 수 있지 않느냐는 표정이지만 입 밖으로 그 말을 하지는 않았다. 적풍이 천의비문에 대해 가지고 있는 감정을 알고 있기 때문이었다.

"봉황침이나 주시오. 지금 나중 일을 걱정하고 있을 때가 아니오."

적풍이 유천궁의 시선을 회피하며 말했다.

그러자 유취려가 잠시 망설이다가 품속에서 봉황침이 든 목함을 꺼내 적풍에게 건넸다.

적풍이 목함을 받아 뚜껑을 열자 신비한 황금빛 신침이 모습을 드러냈다.

"어찌하면 되오?"

적풍이 유취려에게 물었다.

그러자 유천궁이 대신 대답했다.

"내가 이르는 대로 고모님께 시침하면 된다. 어려운 일은 아니다. 정확하게 시침하기만 하면 이후에는 봉황침과 고모님께서 알아서 하실 테니."

적풍이 팔자에 없는 의원 노릇을 한 시간은 길지 않았다. 침하나 놓는 것치고야 오래 걸린 것이지만 그래 봐야 침 하나다.

일각이 지나고 유취려의 정수리에 봉황침이 꽂혔다. 유취려는 바위 위에 가부좌를 틀고 앉아 운기를 하며 봉황침의 약효를 받아들였다.

그사이 적풍과 유천궁은 어색한 침묵을 지키고 있었다.

"그들은 잘 있느냐?"

침묵을 먼저 깬 사람은 유천궁이었다.

천의비문의 문도들이 신곡에 머물러 있다는 소식을 동해 월출산을 떠나기 직전에 들었으므로 그들의 안부를 묻지 않을 수 없었다.

"잘 있소."

적풍이 짧게 대답했다.

"그들을 월출산으로 보내지 않은 것은 잘한 일이다."

"그들이 원한 일이오."

한쪽은 집안사람 대하듯 하대를 하고, 다른 쪽은 처음 본 외인 대하듯 대꾸하는 이 기이한 대화는 또 신기하게 그런대로 이어져 갔다.

"아무튼… 고맙다는 말은 하지 않겠다. 네 여인을 찾기 위함이었으니까."

"상관없소."

적풍은 여전히 냉랭하다.

"그런데 왜 다시 지왕종문에 온 것이냐? 더군다나 제대로 지왕종문을 공격하려면 십자성의 고수들을 데리고 왔어야 하는 것 아니냐? 혹, 고모님을 모시러 온 거냐?"

"겸사겸사……."

"고맙구나."

유천궁의 말에 적풍이 그를 잠시 바라보다 물었다.

"정말 북두회와 맞설 생각이오?"

"사대의선을 데려오기 위해선 뭐든 하겠다."

"그러다 천의비문이 아예 멸문당할 수도 있소."

"글쎄… 마의가 되기로 결심하는 순간 그런 최후도 감수하기로 한 것이지."

유천궁의 무덤하게 말했다.

적풍은 유천궁이 지난번과는 확연히 달라졌다는 것을 새삼스레 느꼈다. 그러자 생각지도 않았던 말이 튀어나왔다.

"굳이 북두회에 갈 필요 없소."

"무슨 소리냐?"

"그들이 돌아가기 전에 잡혀 있는 사람들을 돌려받을 생각이오."

"설마……? 회군하는 북두회 고수들을 공격할 생각이냐?"

"비슷하긴 하지만 공격하는 것은 아니오."

"하면 어쩔 생각인 거냐?"

"그들로서는 거절할 수 없는 거래를 할 거요. 그 정도만 알아두시고 북두회로 갈 생각은 마시오. 난 이만 가보겠소. 추격할 자도 없을 거고, 설혹 추격한다 해도 문주의 무공이면 충분히 이분을 지킬 수 있을 것 같으니 말이오."

적풍이 할 말 다 했다는 듯 몸을 돌려 숲으로 걸어가기 시작했다.

"대체 뭘 하려는 거냐? 나도 돕겠다."

유천궁이 급히 소리쳤다.

"도움은 필요 없소. 기다리다 보면 천의비문의 사대의선인지 뭔지 하는 사람들도 돌아오게 될 것이오. 잠시 북두회 원정대의 뒤를 조용히 따르시오. 때가 되면 다시 일의 결과를 알려주겠소."

적풍의 마지막 말은 그가 보이지 않은 곳에서 들려왔다.

유천궁은 적풍을 따라가 좀 더 묻고 싶었지만 유취려를 혼자 두고 갈 수 없기에 이러지도 저러지도 못한 상태로 그저 적풍이 간 곳을 바라보고 있을 뿐이었다.

유취려가 깨어난 것은 적풍이 떠난 지 한 시진이나 지나서였다. 그때까지 유천궁은 침울한 표정으로 꼼짝 않고 서서 산 아래로 흘러가는 작은 강물을 바라보고 있었다.

"문주, 무슨 생각을 그리 골똘히 하시오?"

운기를 마치고 깨어난 유취려의 목소리가 들리고 나서야 유천궁이 몸을 움직였다.

"몸은 어떠십니까?"

"괜찮소. 우다문이 쓴 양강지기를 완전히 해소하려면 시간이 좀 더 필요하겠지만 움직이는 데는 큰 문제가 없소. 그런데 무슨 생각을 그리하시오?"

유취려가 다시 물었다.

"그 아이 말입니다."

"누구 말이오?"

"십자성주요."

"음… 그 아이에게 무슨 문제라도 있소?"

"너무 위험하단 생각이 드는군요."

유천궁이 말했다.

"후후, 역시 사람의 본성은 변하지 않는 모양이구려. 문주께선 비록 몸은 마의가 되었지만 아직 신의의 마음을 가지고 있구려. 그 아이를 걱정하는 것을 보면……"

"역시 그렇지요? 나약한 마음이라……"

"아니, 아니, 탓하는 것이 아니오. 외려 기쁘오. 난 문주께서 심성까지 변하면 어쩌나 걱정하고 있었소. 해선께서 마의(魔醫)

의 술(術)을 만드시고도 동해 월출산에 홀로 칩거해 후인을 두지 않으신 이유가 바로 술(術)이 마음(心)을 변화시키는 것을 우려했기 때문 아니오? 그런데 문주께서 초심을 잃지 않으셨으니 다행이오."

"글쎄요. 과연 시간이 지나도 제 자신을 지킬 수 있을지는 모르겠습니다."

"이번에 사대의선을 복귀시킬 수 있다면 그땐… 모든 걸 잊고 은거하세요."

"은거라……."

유천궁이 허무한 표정을 지으며 중얼거렸다.

"그게 문주를 위해 좋습니다. 마의의 부작용은 문주께서 더 잘 알고 계시지 않습니까?"

"마의의 힘을 강호가 모르면 비문은 계속 비루한 처지에 놓이게 될 겁니다."

"알게 되겠지요. 이번에……."

유취려의 말에 유천궁이 놀란 표정으로 그녀를 바라봤다. 그리고 확인하듯 물었다.

"저더러 그 아이의 일에 관여하란 말씀이십니까?"

"기왕에 마의가 되셨습니다. 육가의 주인들에게 천의비문이 독한 결심을 하면 어떤 일이 벌어지는지 알려줄 필요가 있지요. 그리고 그것으로 마의로서 문주의 역할을 끝내세요. 모두를 위해……."

"음……."

유천궁이 갈등의 빛을 보였다.

적풍의 일에 관여하는 것이 부담스러운 건지 아니면 단 한 번의 강호행으로 비문 최고의 비밀이라는 마의의 힘을 봉인하는 것이 아쉬운 것인지 알 수 없는 모습이다.

"일단 그 아이가 하는 일을 두고 보지요. 솔직히 제 도움이 필요 없을 수도 있습니다. 괜히 관여했다가 외려 사이가 틀어질 수도 있고……."

유천궁의 대답했다.

"신중하게 움직이는 것이 나쁠 것은 없소. 사실 나도 궁금하오. 운기를 하며 들었지만 대체 그 아이가 어떻게 육가의 주인들을 상대하려는지 말이오."

"괜찮으시겠습니까?"

"아시지 않소, 봉황침이 어떤 물건인지."

"하긴 그렇군요. 가시죠."

유천궁이 말하자 유취려가 앞서서 걸음을 옮기기 시작했다.

*   *   *

불은 삼 일 동안 타올랐다.

삼 일이 지나서도 간혹 연기가 솟아오르기도 했다. 대혈산은 철저히 파괴되었다.

죽은 자의 수가 수백에 이르는 처참한 싸움의 결과 지왕종문은 강호에서 사라졌다. 적어도 표면적으로는 그랬다.

북두회의 수장들은 승리를 자축하면서도 내심 꺼림칙한 마음을 털어버릴 수 없었다.

이유는 단 하나, 염화마군 철특이 살아 있기 때문이었다.

더군다나 그는 이제부터 북두회 육가의 본거지를 공격하겠다고 경고했으니 승리를 자축하고만 있을 상황이 아니었다.

이번 지왕종문 원정에 육가의 수장이 모두 나섰다. 이번 원정에서 얻게 될 달콤한 열매를 다른 문파에게 빼앗기고 싶지 않았기 때문이었다.

수장이 원정에 참여한 문파와 그렇지 않은 문파가 차지하는 이득에는 분명 차이가 생길 터. 그들로선 어쩔 수 없는 선택이었는데, 그 선택이 지금 그들을 불안하게 만들고 있었다.

수장이 없는 문파를 염화마군이 공격한다면 그 피해는 가늠하기 힘들었다.

그래서 육가의 수장들은 지왕종문을 차지한 지 삼 일째 되던 날 사후의 일을 제대로 매듭짓지도 못한 채 대혈산을 떠났다.

덕분에 즐거워진 사람은 묵안노 마한이었다. 육가의 수장들이 이후의 일을 모두 그에게 일임했기 때문이었다.

더군다나 육가 수장들의 급한 마음이 묵안노 마한의 절대적 실책이자 책임이랄 수 있는 정천사자들의 예상치 못한 행보에 대한 추궁조차 제대로 할 수 없게 만들었다.

몇 차례 그들에 대한 질문이 있었지만, 묵안노는 정천사자들이 자신의 명을 어겼다는 사실을 숨겼다. 북두회의 수장들은 정천림의 정천사자들이 여전히 묵안노의 통제하에 있다고 믿고 있었다.

묵안노가 염화마군 철특을 공격할 때 정천사자들이 나타나지 않은 이유가 그와 정천사자들 간의 소통에 잠시 혼란이 있었기 때문이라고 둘러댔기 때문이었다.

난전이 벌어지는 전장에선 흔히 있을 수 있는 일이라 북두회의 수장들도 의심 없이 묵안노의 말을 믿었다.

물론 묵안노 마한은 내심 정천사자들의 행보에 대해 크게 우려하고 있었다. 그는 은밀히 호천대 후오조의 고수들을 움직여 정천사자들의 행방을 찾고자 했으나 소득이 없는 상태였다.

하지만 어쨌거나 정천림의 문제만 제외하면 모든 일이 묵안노에게 유리하게 흘러가고 있었다.

그렇게 한 명은 흡족한 마음으로, 다른 여섯 명은 다급한 심정으로 대혈산 지왕종문의 성터를 떠났다.

이번 공격에 동원된 북두회 고수의 인원이 근 삼백여 명. 육가에서 각기 삼십 명 전후의 절정고수가 동원됐고, 호천대와 정천림의 정천사자 일백여 명 이상이 움직인 이번 공격에서 죽은 자의 숫자가 절반에 이르렀으므로 돌아가는 각 파의 고수는 많은 곳이라야 스물이 넘지 못했다.

대혈산이 위치한 곳이 워낙 깊은 산중이라 장안까지의 거리는 고수들의 빠른 걸음으로도 칠팔 일. 그 와중에 지왕종문 생존자들의 기습을 받을 수도 있기에 육가는 장안에 이를 때까지는 자연스레 동행하기로 결정됐다.

그런데 그렇게 서둘러 길을 떠난 북두회 고수들은 전혀 예상치 못했던 상대들을 만날 운명이었다.

후웅, 후웅!

정확이 일곱 개의 모닥불이 타오르고 있는 북두회 고수들의 숙영지. 이제 막 피곤한 하루 여정을 마치고 잠자리에 들려는 사람들의 귀에 멀리서 부엉이 소리가 들려왔다.

노숙을 하는 자에게 부엉이 소리는 자장가와 같은 것이어서 외려 운치 있는 밤을 보내겠구나 생각하기도 하지만, 오늘 밤 부엉이 소리는 결국 문제가 되고 말았다.

후웅, 후웅!

처음 한 마리로 시작했던 부엉이의 울음소리가 이각이 지나면서 십여 마리로 늘어났다.

이쯤 되면 부엉이 소리는 자장가가 아니라 깊은 잠을 방해하는 훼방꾼이라고 할 수 있었다.

"젠장! 무슨 놈의 부엉이가 이렇게 많이 울지?"

번을 서던 천룡문의 고수가 짜증 섞인 표정으로 주변 숲을 돌아보며 투덜댔다.

"그렇게 말이야. 기괴한 일일세. 적어도 열 마리는 넘는 것 같지?"

"열 마리는 무슨! 스무 마리도 넘는 거 같아. 젠장, 온 산의 부엉이가 다 몰려왔나?"

"근처에 들쥐가 많은 모양이야."

"아무래도 그렇지?"

"그나저나 이래서야 잠은 다 잤군."

"하하, 그래도 얼마나 다행이야. 번을 서는 시간에 울어서."

"하긴 그래. 설마 밤새 울려구! 번이 끝날 즈음에는 다른 곳으로 가겠지."

북두회 고수들이 애써 자신들의 처지를 위로했다.

그런데 그때였다.

"웬 자냐?"

갑자기 남궁세가의 노숙지가 있는 방향에서 누군가의 날카로운 목소리가 흘러나왔다.

순간 부엉이 소리를 두고 농을 하던 천룡문 고수들의 눈빛이 날카로워졌다.

"뭐지?"

"어떤 작자가 감히 북두회의 진영에……?"

자연스레 도검을 잡아가며 중얼거리던 두 사람의 귀에 남궁세가주 남궁천의 목소리가 들렸다.

"무슨 일이냐?"

"아, 아닙니다. 들짐승이 지나간 듯합니다."

"정신들 차려라. 사람과 짐승도 구분치 못하느냐?"

"죄송합니다, 문주!"

"지왕종문의 잔당이 살아 있다. 한시도 경계를 늦추지 말라."

"예, 문주!"

남궁세가주 남궁천의 엄한 목소리를 끝으로 사위가 다시 조용해졌다. 그러나 올빼미 소리만큼은 여전히 사방에서 들리고 있었다.

"망할 놈의 올빼미!"

한바탕의 소란이 사람 마음을 심란하게 만들었을까. 올빼미 소리가 더욱 귀에 거슬린다.

그런데 대꾸를 해줘야 할 자의 목소리가 들리지 않았다. 자연스레 투덜거린 자가 고개를 돌려 동료를 찾았다. 그러자 그의 눈에 잔뜩 긴장한 듯한 동료의 얼굴이 보였다.

"이봐, 왜 그래?"

사내가 묻자 그의 동료가 손가락을 입에 가져다 댄 후, 다시 그 손가락으로 숙영지 앞에 괴물처럼 솟아 있는 산봉우리를 가리켰다.

사내가 동료가 가리킨 방향으로 시선을 돌렸다. 그러자 그의 눈에 봉우리로부터 이어진 능선을 타고 움직이는 거뭇한 그림자들이 보였다.

"뭐지? 저것들은?"

"자네가 보기에 들짐승 같나?"

동료가 되물었다.

그러자 사내가 고개를 저었다.

"아니!"

"좋아. 그럼 문주께 아뢰게, 조용히. 놈들이 도주할 수도 있으니까."

"알겠네."

사내가 급히 신형을 날려 천룡문주 흑제 오릉의 천막으로 달려갔다.

스스슥!

십여 명의 북두회 고수가 빠르게 산비탈을 타고 올랐다. 번을 서던 무사의 보고를 받은 흑제 오룡은 급히 육가의 수장들에게 그 사실을 알렸고, 육가의 수장들은 묵안노에게 호천대를 움직일 것을 요구했다.

묵안노는 육가 수장들의 요구를 당연하게 받아들였다. 이런 경우 제일 먼저 움직여야 할 사람들이 호천대이기 때문이었다.

묵안노의 명을 받아 움직인 호천대는 구 조였다.

명사성이 이끄는 호천대 구 조 역시 이번 원정에 합류했었는데, 조원 중 절반 가까이 희생당해 십여 명이 남아 있었다.

한밤중에 깨어났음에도 호천대 구 조의 고수들은 날렵하게 움직였다. 이런 움직임에 무척 익숙해 보였다.

파팟!

선두에서 조원들을 이끌던 명사성이 곧 굴러떨어질 것같이 위태롭게 서 있는 거대한 바위를 수직으로 타고 넘었다. 그러자 드디어 그의 눈앞에 하늘과 경계를 이르는 산 능선이 펼쳐졌다.

그런데 그 순간 그의 눈이 차갑게 식었다. 기다렸다는 듯이 그의 앞에 한 사내가 나타났기 때문이었다.

그리고 사내는 과거 본 적이 있는 사내다.

북두회에서 별종의 사람들로 치부되는 호천대의 무사들보다도 더 별종의 인간들인 정천림의 정천사자, 그중에서도 정천육장으로 불리는 우두머리 중 한 명인 정무창이다.

명사성은 갑작스레 혼란에 빠졌다.

지난 며칠 마한의 명으로 호천대 후오조 고수들이 은밀히 정천사자들을 찾아 움직이고 있었다. 그런데 아무리 찾아도 행방이 묘연하던 정천사자 중 한 명이 자신의 앞에 나타난 것이다.

"어찌 된 거요?"

사실 명사성은 당장 욕이라도 퍼붓고 싶었다.

이들이 정천사자라는 그럴듯한 별호를 가지고 있어도, 결국 이자들은 북두회의 무노다.

비루한 목숨 살려준 대가로 이들은 북두회, 정확히는 묵안노에게 충성을 맹세했다. 그런 자들이 명을 어겼고, 흔적을 감췄다. 용납할 수 없는 일이다. 보통 때라면 당장에 목을 칠 일이었다.

그런데 명사성은 정천사자 정무창을 보고도 욕은커녕 감히 제대로 된 추궁도 하지 못했다.

그래서 겨우 한 말이 어찌 된 거냐고 묻는 정도였다.

기이한 일이었다. 다시 만난 정무창은 과거의 그가 아닌 듯 보였다. 살기 위해 스스로 무노를 자처했던 자의 눈빛이 아니다.

그의 눈빛은 살아 있었고, 자신감에 차 있었으며, 스스로에 대한 확신을 가지고 있는 듯 보였다. 이런 눈빛을 가진 자는 결코 노예가 아니다.

"묵안노께 전해주시오."

명사성의 말에 대답하는 대신 정무창이 품속에서 한 장의 서찰을 꺼내 건넸다.

"이게 뭐요?"

"정천림은 새로운 길을 가기로 했소!"

"그게… 무슨 소리요?"

명사성이 눈을 가늘게 뜨며 물었다.

이자가 지금 북두회의 그늘을 벗어나겠다고 지껄이는 것이 아닌가. 이렇게 되면 당장 이자를 제압하는 편이 좋을 것 같았다.

명사성이 슬며시 검을 잡아갔다. 그러자 정무창이 고개를 저으며 말했다.

"허튼짓 마시오. 검을 뽑는 순간 당신들은 죽을 거요."

순간 명사성은 소름이 돋았다. 갑자기 사방에서 찌르는 듯한 살기가 파고들었기 때문이었다.

명사성이 재빨리 주위를 살폈다. 어디에도 사람의 모습은 보이지 않는다. 그러나 명사성은 알고 있었다. 그와 그를 따라온 동료들이 이미 정천사자들의 그물에 들어와 있음을…….

"후회할 거요."

명사성이 검을 뽑는 대신 경고했다.

"그건 우리 몫이고……."

정무창이 무심하게 대답했다.

명사성은 그 무심함이 왠지 모르게 두렵게 느껴졌다. 자신의 협박 따위 안중에도 없다는 듯한 모습이다.

"전하겠소."

"수고하시오."

정무창이 고개를 까딱이고는 어둠 속으로 사라졌다. 그 모습을 보고 있던 명사성의 뇌리에 전설적인 하나의 이름이 떠올랐다. 절대 그들일 수 없으나 왠지 모르게 닮아 있는 그들······.

"검은 사자······."

명사성이 자신도 모르게 뇌까렸다.

쾅!

묵안노 마한의 앞에 놓였던 서탁이 박살 났다. 그 바람에 서탁 위에 올려놓았던 서찰이 두어 곳 찢어졌다.

그의 분노를 호천대 고수들과 그의 대제자 돈오가 걱정스런 모습으로 바라봤다.

"이놈들이······!"

묵안노 마한의 눈에서 차가운 살기가 흘러나왔다. 막사 안이 얼음장처럼 차가워졌다.

돈오와 호천대 후오조 조장들은 묵안노가 이렇게 분노하는 모습을 본 적이 없었다.

"스승님······."

지나치게 흥분한 듯한 묵안노를 돈오가 나직하게 불렀다.

그러자 묵안노가 이내 자신의 감정을 추슬렀다. 역시 특별한 심기를 지닌 인물이다.

"어떤 내용입니까?"

돈오가 물었다.

"날 떠나겠다는구나."

그거야 이미 구 조의 조장 명사성의 손에 서찰이 들려 왔을 때부터 짐작했던 일이다. 그리고 그 정도로 스승이 저토록 흥분했을 리 없다고 돈오는 생각했다.

돈오의 예상대로 묵안노가 다시 말을 이었다.

"이골마족들, 그들의 식솔을 모두 풀어주라는구나. 그러지 않으면… 우릴 모두 죽이겠다고 하는군."

"허!"

"미친놈들이 아닙니까?"

후오조의 조장들이 화가 나다 못해 어이없는 표정으로 한마디씩 내뱉었다.

"그들이 그런 요구를 할 때는 필시 방책을 세웠을 것 같습니다만……."

돈오는 다른 자들과 달리 침착했다. 이것이야말로 묵안노 마한이 그를 대제자로 들인 이유다.

"단지 날 떠나는 것이 아니라 새로운 배를 탔다."

묵안노가 대답했다.

"누굽니까?"

"지금은 알 수 없다. 그것까지는 쓰여 있지 않아. 하지만 수백의 고수가 자신들을 돕고 있다고 하는군."

"누굴까요? 강호에서 감히 북두회를 적대시할 세력이? 과연 그런 곳이 있긴 할까요?"

"찾아보면 몇 군데 있긴 하지. 천무맹의 십자성도 그렇고. 그래, 그자가 어부지리를 노렸을 수도 있겠어. 지왕종문을 멸문시키느라 원정대의 피해가 극심한 틈을 노려 우리의 앞길에 천라지망을 펼쳤다고 한다면 천무맹 말고는 어려운 일이지."

"아!"

후오조 조장들 사이에서 탄식이 흘러나왔다.

단지 정천림 정천사자들만의 반란이라면 걱정할 게 없었다. 비록 그들이 특출 난 재주를 지니고 있고 신력을 발휘할 수 있다 해도 그 숫자가 겨우 서른 전후, 손해가 컸다고는 해도 능히 원정대 고수들이 감당할 만한 숫자다.

더군다나 이곳에는 북두회 육가의 수장이 모두 모여 있었다. 그들의 무공이라면 이 기괴한 피를 가진 배신자들의 머리를 남김없이 자르고도 남을 것이다.

그러나 천무맹이라면 상황이 달라진다.

지왕종문에서 극심한 피해를 당한 원정대 고수들에게 천무맹의 천라지망은 벗어나기 힘든 함정일 것이다.

"천무맹이 뒤에 있다면 식솔들을 풀어달라는 것 말고 다른 요구를 하지 않았겠습니까? 단지 이골마족을 구하기 위해 천무맹이 그들을 돕는다는 건 이해하기 어렵습니다만……."

돈오가 물었다.

"아니아니, 그건 아니지."

마한이 고개를 저었다.

"천무맹에게 이골마족이 북두회와 맞설 만큼 중요하단 말씀이십니까?"

"그들이 진정으로 원하는 것은 무림의 패권이다. 이골마족들과 천의비문 의원들은 하나의 상징이다. 북두회에서 그들을 내놓는다는 것은 곧 그들에게 굴복했다는 의미가 되니까. 그 사

실이 강호에 퍼지는 순간 무림의 판세는 급격하게 천무맹으로
기울 것이다."

마한이 말했다. 그러자 호천대 육 조의 조장인 노왕이 조심
스레 물었다.

"이해할 수 없는 일이 아닙니까? 그렇다면 그들 자신의 이름
을 앞세우면 될 일이지 왜 정천사자들의 뒤에 숨는 것일까요? 아
니면 차라리 당장 우릴 공격해 몰살시키는 방법도 있을 텐데요."

"하나는 알고 둘은 모르는 소리. 당장 이곳에서 육가의 수장
들이 모두 죽어봐라. 그 이후에 어떤 일이 벌어지겠느냐? 육가
의 수장들이 죽었다고 육가가 멸망할까? 아니면 겁을 먹고 천
무맹에 항복할까? 아니다. 아마도 모든 전력을 기울여 천무맹
에 복수하려 할 것이다. 그러니… 사실 그들도 길을 막고 양보
를 요구할지언정 우릴 몰살할 수는 없는 것이다. 정천사자들을
앞세우는 것 역시 일이 잘못될 경우를 고려한 거다. 일이 틀어
지면 자신들이 관여한 흔적을 지우겠지."

마한의 말에 장내 고수들의 얼굴에서 두려움이 옅어졌다.

"일단 시간을 벌면 되는 것 아닙니까? 전서를 보내 원군을
청하고, 단단히 방비하면서 시간을 끌면 저들이라고 언제까지
길을 막을 수는 없을 것입니다."

"본래는 그게 상책이지. 하지만 한 가지 문제가 있다."

"무엇입니까?"

"천무맹은 모르지만… 놈들은 다르다. 식솔들의 생사가 걸린
일이니까. 일단 돌아선 이상 마지막 한 놈까지 공격할 것이다."

"이… 골마족 말입니까?"

노왕이 되물었다.

"음……."

마한이 고개를 끄떡였다.

"하면 어찌하실 요량이신지……?"

"그렇다 한들 방법은 그뿐이다. 놈들의 공격을 막아내면서 시간을 끄는 것! 아니면… 놈들의 요구를 들어줘야 하는데 나로선 그럴 수 없다. 문제는 육가 수장들의 생각이다. 사실 이골마족들이 필요한 것은 나지 그들은 아니니까. 여기서 정천사자들과 일전을 벌이면 그나마 살아 있는 육가의 정예들이 또 한 번 크게 상할 것이다. 육가의 수장들이 과연 그 손실을 감당하려 할지 모르겠구나."

마한이 어두운 안색으로 말했다.

그런데 그때였다. 갑자기 천막 밖에 인기척이 느껴지더니 소림승 하나가 천막 안으로 들어왔다.

소림 방장 월명을 수행하는 법일이라는 무승(武僧)이다.

"대사께서 어쩐 일이시오?"

마한이 갑작스런 소림승의 등장에 놀라 물었다.

"육가의 주인들께서 뵙자십니다."

"이 시간에 말이오?"

"그렇습니다."

"대체 무슨 일로 주무시지들 않고……."

"정천림… 아니, 이골마족의 우두머리란 자가 육가의 수장들에게 서신을 보냈습니다."

"정천림주가 말이오?"

"그렇습니다."

"그자들이 어떻게……?"

마한이 놀란 표정으로 물었다.

"그러게 말입니다. 육가의 어른들께서는 궁금해하십니다. 어떻게 삼엄한 경비를 뚫고 육가 어른들의 처소에 서신을 놓고 갈 수 있었는지. 그리고 대체 정천림과 정천사자들에게 무슨 일이 일어난 것인지 육가의 수장들께서 노야의 대답을 원하십니다. 가시지요."

소림승 법일의 추궁이 매서웠다.

그 순간 묵안노 마한은 자신이 계획했던 비밀스런 일들이 오늘 밤 갑자기 그 자신을 옭아맬 단단한 그물이 되어버렸다는 것을 알아챘다.

그리고 수십 년 노력한 그의 원대한 야망이 커다란 위기에 봉착했음을 본능적으로 직감했다.

『십자성─전왕의 검』 7권에 계속…

초대형 24시 만화방

신간 100%, 샤워실, 흡연실, 수면실(침대석), 커플석, 세탁기 완비

■ 강북 노원역점 ■

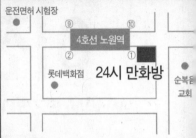

서울 노원구 상계동 340-6 노원역 1번 출구 앞 3층
02) 951-8324 (화용빌딩 3층)

■ 일산 정발산역점 ■

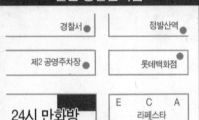

라페스타 E동 건너편 먹자골목 내 객잔건물 5층
031) 914-1957

■ 일산 화정역점 ■

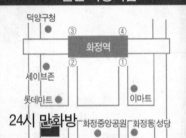

경기도 고양시 덕양구 화정동 984번지 서일빌딩 7
031) 979-4874 (서일사우나 건물 7층)

■ 부천 역곡역점 ■

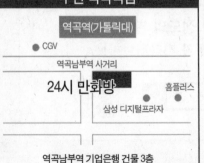

역곡남부역 기업은행 건물 3층
032) 665-5525

■ 부평역점 ■

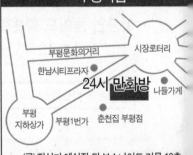

(구)진선미 예식장 뒤 보스나이트 건물 10층
032) 522-2871

풍신서윤

風神徐潤

강태훈 新무협 판타지 소설

FANTASTIC ORIENTAL HEROES

2015년 대미를 장식할 무협 기대작!

『풍신서윤』

부모를 잃은 서윤에게 찾아온
권왕 신도장천과 구명지은의 연.
그러나 마교의 준동은
그 인연을 죽음으로 이끄는데……

"나는 권왕이었지만
너는 풍신(風神)이 되거라!"

권왕의 유언이 불러온 새로운 전설의 도래.
혼란스러운 세상을 정화하는 풍신의 질주가 시작된다!